本书受到浙江树人学院出版基金资助

外国文学研究丛书

查尔斯·约翰逊的
"完整视域"文学思想研究

史永红　著

A Study of Charles Johnson's
Literary Thoughts of "Whole Sight"

ZHEJIANG UNIVERSITY PRESS
浙江大学出版社
·杭州·

图书在版编目（CIP）数据

查尔斯·约翰逊的"完整视域"文学思想研究 /
史永红著.—杭州：浙江大学出版社，2023.4
　ISBN 978-7-308-21805-4

　Ⅰ.①查⋯　Ⅱ.①史⋯　Ⅲ.①查尔斯·约翰逊—文学
思想—研究　Ⅳ.①I712.07

中国版本图书馆 CIP 数据核字（2021）第 202821 号

查尔斯·约翰逊的"完整视域"文学思想研究

史永红　著

策　　划	董　唯	
责任编辑	董　唯	
责任校对	徐　旸	
封面设计	周　灵	
出版发行	浙江大学出版社	
	（杭州市天目山路 148 号　邮政编码 310007）	
	（网址：http://www.zjupress.com）	
排　　版	浙江大千时代文化传媒有限公司	
印　　刷	广东虎彩云印刷有限公司绍兴分公司	
开　　本	710mm×1000mm　1/16	
印　　张	13.5	
字　　数	262 千	
版 印 次	2023 年 4 月第 1 版　2023 年 4 月第 1 次印刷	
书　　号	ISBN 978-7-308-21805-4	
定　　价	68.00 元	

缩略语对照

（本书引用以下小说作品内容时，一般直接用缩写和英文原著页码注明，具体版本信息见参考文献）

FG	*Faith and the Good Thing*	《费丝与好东西》
MP	*Middle Passage*	《中间航道》
DM	*Dreamer*	《梦想家》
OT	*Oxherding Tale*	《牧牛传说》

目　录

1 绪 论

1.1 研究对象与内容

本书以当代美国黑人^①作家查尔斯·约翰逊(Charles Johnson,1948—)的"完整视域"(whole sight)文学思想为研究对象,首先梳理并阐释了约翰逊的"完整视域"文学思想及实践该思想的载体"黑人哲理小说"这两个重要概念,继而从创作手法、多元文化元素和济世情怀等三个方面深入探讨了约翰逊"完整视域"文学思想在其创作实践中的体现。本书的研究涵盖约翰逊的 4 部长篇小说、部分短篇小说^②,以及重要学术论著、访谈录、散文和信件等。

---

① 本书在提及美国黑人时主要使用"美国黑人"(Black American)这一称谓,但偶尔也会使用"非裔美国人"(African American)这一称谓,主要是因为约翰逊认为任何命名和称谓背后都包含着意义。黑人已在美国扎根多年,与非洲已无多少关联,他们首先是美国人,然后才是黑人。因此,约翰逊宣称自己宁可选择"美国黑人"也不愿用"非裔美国人"来称呼黑人同胞。参见:Johnson,C. *The Words and Wisdom of Charles Johnson*. Ann Arbor:Dzanc Books,2015:270.但本书偶尔也会根据引文作者的选择而相应使用"非裔美国人"这一称谓。

② 截至 2021 年年底,约翰逊共出版 7 部长篇小说。鉴于最后 3 部,即《转变的时刻》(*Bending Time*,2013)、《难解的问题》(*The Hard Problem*,2015)和《不受欢迎的明天》(*The Tomorrow No One Wanted*,2020)属于儿童文学,故本书的研究主要围绕前 4 部,后 3 部只是在结论中稍做探讨。约翰逊还出版了 4 部短篇小说集,因其短篇小说数目庞大,所以本书在研究中选取了其中最能体现其"完整视域"文学思想的几篇,如《中国》("China",1983)、《魔法师的学徒》("The Sorcerer's Apprentice",1986)、《武馆》("Kwoon",1991)、《金博士的冰箱》("Dr. King's Refrigerator",2005)等。

1. 2　研究价值与现实意义

本书的研究至少具有以下几个方面的学术价值和现实意义。

第一,"完整视域"文学思想显著地体现在约翰逊的诸多文论作品、散文及访谈中,同时也完整地贯穿于他几乎所有的长篇和短篇小说中。另外,非常值得注意的是,约翰逊还发表过两篇以"完整视域"为题的论文,反复论述解放知觉、走向"完整视域"对于美国非裔文学、文化及黑人乃至所有的文学、文化及民族的生存和发展的重要性。由此可见,"完整视域"文学思想在约翰逊研究中具有重要的价值,应该引起研究者的高度重视。

第二,约翰逊的作品和思想中一个最为显著的特征便是混合杂糅性,这一特征使他的作品和思想明显具有"完整视域"意识。约翰逊以通达"完整视域"这一目标为参照,对各种文学传统和文化传统合理继承并大胆融合、创新,竭力超越传统非裔文学狭隘、单一、僵化的状态,推动了美国非裔文学和文化的多样化发展。对约翰逊的"完整视域"文学思想予以研究,不仅能够在一定意义上补充和完善国内外的约翰逊研究,而且能够充实美国非裔文学及美国文学研究的内容,促进该领域的研究逐步走向"完整视域"。

第三,约翰逊的"完整视域"文学思想既可用于指导文学创作,也可用于指导现实生活。美国学者迈克尔·博奇亚(Michael Boccia)说:"小说以与宗教和政治观点相同的方式塑造我们的信仰。"[①]约翰逊也认为,艺术的作用之一是教育人类。为此,他始终将自己的创作目标与现实生活紧密结合,积极探索不同种族和谐相处、共同发展之道,思考黑人的现实出路,强调人类的相互联系性和一体性,主张以文化和种族融合、建造"爱之共同体"等方法对治西方文化中的二元对立和分裂思维顽疾,这对美国黑人乃至整个美国社会的生存和发展都大有裨益。研究约翰逊的"完整视域"文学思想及其对现实生活的指导,对我国的读者也具有积极的借鉴作用和启示意义。

---

① Boccia, M. Charles Johnson and the Philosopher's Ghost: The Phenomenological Thinking in *Being and Race*. In Byrd, R. P. (ed.). *I Call Myself an Artist: Writings by and about Charles Johnson*. Bloomington: Indiana University Press, 1999: 322.

1.3 国内外查尔斯·约翰逊研究综述

1.3.1 国内外查尔斯·约翰逊研究总体现状

自 1990 年约翰逊以其长篇小说《中间航道》(*Middle Passage*)荣获美国国家图书奖以来,国外约翰逊研究已结出丰硕的成果。截至 2021 年年底,国外已出版 10 部约翰逊研究专著和编著,笔者还从 EBSCO、JSTOR、Literature Online、PQDT 等数据库上收集到了国外发表的 60 多篇直接相关的学术论文、14 篇相关博士论文。总体看来,目前国外约翰逊研究已经进入较为系统、深入的阶段,主要从以下四个视角展开。

(1)约翰逊生平和作品研究。主要有约翰逊本人撰写的自传体散文《我称自己为艺术家》("I Call Myself an Artist",1993)[1],以及威廉·R. 纳什(William R. Nash)[2]和约翰·沃伦-布里奇(John Whalen-Bridge)[3]发表的约翰逊评介。这些文章不仅为约翰逊研究提供了一些背景知识,如约翰逊生平、其创作所受的影响及其艺术成就等,还分析了其小说的主题、风格及内涵。这些成果为约翰逊研究的进一步发展奠定了基础,对刚刚涉足约翰逊研究的学者很有助益。

(2)约翰逊东西方文化思想研究。实际上,很多研究者都注意到了约翰逊作品中包含着丰富的东西方文化思想。乔纳森·利托(Jonathan Little)最早探讨了约翰逊长、短篇小说中的宗教文化及融合思想,强调了其文化思想的多种来源

① Johnson, C. I Call Myself an Artist. In Byrd, R. P. (ed.). *I Call Myself an Artist: Writings by and about Charles Johnson*. Bloomington: Indiana University Press, 1999: 3-32.

② Nash, W. R. Charles Johnson. In Parini, J. (ed.). *American Writers: A Collection of Literary Biographies, Supplement 6*. New York: Charles Scribner's Sons, 2001: 64-84.

③ Whalen-Bridge, J. Charles (Richard) Johnson. In Giles, J. R. & Giles, W. H. (eds.). *Dictionary of Literary Biography (Vol. 278)*. Detroit: Gale, 2003: 132-150.

及杂糅特征,并指出了他对东方思想的运用。^① 盖里·斯道豪夫(Gary Storhoff)指出,佛学视角是理解约翰逊作品的一个关键。^② 确实,约翰逊作品中包含的哲学理念和东西方文化思想使其与众不同。琳达·F.赛尔泽(Linda F. Selzer)则将约翰逊与一群专业哲学家并置一处,探讨了其小说创作与当时的三个主要知识语境(黑人哲学家、黑人佛教徒和"新"黑人知识分子)之间的互动关系。^③ 吉姆·麦克威廉姆斯(Jim McWilliams)在他编著的访谈录中常常探讨约翰逊文化思想方面的问题。^④ 马克·C.康纳(Marc C. Conner)和纳什在他们合编的论文集中分别从实用伦理学、教育学等多个角度探讨了约翰逊小说中的哲学、文化和文学思想。^⑤

近年来,约翰逊在他的两部著作中继续将文化思想作为一个重要主题。他的《驯牛:佛教故事及对政治、种族、文化与精神的思考》(*Taming the Ox*：*Buddhist Stories and Reflections on Politics*，*Race*，*Culture*，*and Spiritual Practice*,2014,简称《驯牛》)主要讨论了"总体上与佛教相关,尤其与最近出现的具有革命性的美国黑人佛法修行相关的那些传统问题"^⑥;《查尔斯·约翰逊的语录与智慧》(*The Words and Wisdom of Charles Johnson*,2015,简称《语录与智慧》)则是一部书信访谈录,包含了他的很多重要文化思想。^⑦

除此之外,以下学者也在他们的论文中论及了约翰逊的东西方文化思想。威廉·格里森(William Gleason)最早研究了约翰逊的长篇小说《牧牛传说》

---

① Little，J. *The Spiritual Imagination of Charles Johnson*. Columbia：University of Missouri Press，1997.

② Storhoff，G. *Understanding Charles Johnson*. Columbia：University of South Carolina Press，2004.

③ Selzer，L. F. *Charles Johnson in Context*. North Dartmouth：University of Massachusetts Press，2009.

④ McWilliams，J.（ed.）. *Passing the Three Gates*：*Interviews with Charles Johnson*. Seattle：University of Washington Press，2004.

⑤ Conner，M. C. & Nash，W. R.（eds.）. *Charles Johnson*：*The Novelist as Philosopher*. Jackson：University Press of Mississippi，2007.

⑥ Johnson，C. *Taming the Ox*：*Buddhist Stories and Reflections on Politics*，*Race*，*Culture*，*and Spiritual Practice*. Boston：Shambhala Publications，2014：xii.

⑦ Johnson，C. *The Words and Wisdom of Charles Johnson*. Ann Arbor：Dzanc Books，2015.

(*Oxherding Tale*,1982,简称《牧牛》)与东方文化思想的联系。① 鲁道夫·P. 拜尔德(Rudolph P. Byrd)研究了德国作家赫尔曼·黑塞(Hermann Hesse)对约翰逊的《牧牛》的影响②;他的另一篇论文则讨论了《魔法师的学徒》中的过程哲学③。斯道豪夫以约翰逊的两部短篇小说为例,分析了英国哲学家乔治·柏克莱(George Berkeley)对约翰逊的影响。④ 赛尔泽运用 G. W. F. 黑格尔(G. W. F. Hegel)的主—奴辩证法理论对约翰逊的短篇名作《明格的教育》("The Education of Mingo",1977)中的自我他者、主体和客体的关系进行了深入探讨。⑤ 阿什拉夫·H. A. 拉什迪(Ashraf H. A. Rushdy)则重点考察了短篇小说《交换价值》("Exchange Value",1986)中的马克思主义思想以及约翰逊作品对精神价值不懈的倡导和追求⑥;他还在另一篇论文中运用主体间性(intersubjectivity)理论研究了约翰逊的《牧牛》和两部短篇小说⑦。

(3)约翰逊后现代文学特征研究。约翰逊成长于 20 世纪六七十年代的美国,当时后现代主义已经发展成一股强劲的批评潮流,因而约翰逊的作品也不可避免地打上了后现代文学的烙印,拼贴、戏仿、互文、时代误置、自我指涉等手法在其小说中俯拾皆是。国外学术界从后现代视角展开约翰逊研究的主要有:格

---

① Gleason, W. The Liberation of Perception: Charles Johnson's *Oxherding Tale*. *Black American Literature Forum*, 1991, 25(4): 705-728.

② Byrd, R. P. *Oxherding Tale* and *Siddhartha*: Philosophy, Fiction, and the Emergence of a Hidden Tradition. In Byrd, R. P. (ed.). *I Call Myself an Artist*: *Writings by and about Charles Johnson*. Bloomington: Indiana University Press, 1999: 305-317.

③ Byrd, R. P. It Rests by Changing: Process in "The Sorcerer's Apprentice". In Byrd, R. P. (ed.). *I Call Myself an Artist*: *Writings by and about Charles Johnson*. Bloomington: Indiana University Press, 1999: 333-352.

④ Storhoff, G. The Artist as Universal Mind: Berkeley's Influence on Charles Johnson. *African American Review*, 1996, 30(4): 539-548.

⑤ Selzer, L. F. Master-Slave Dialectics in Charles Johnson's "The Education of Mingo". *African American Review*, 2003, 37(1): 105-114.

⑥ Rushdy, A. H. A. Charles Johnson's Way to a Spiritual Literature. *African American Review*, 2009, 43(2/3): 401-412.

⑦ Rushdy, A. H. A. The Phenomenology of the Allmuseri: Charles Johnson and the Subject of the Narrative of Slavery. *African American Review*, 1992, 26(3): 373-394.

里森和索内·雷特曼（Sonnet Retman）分别探讨了《牧牛》[①]；巴巴拉·Z.塔登（Barbara Z. Thaden）和马克·斯坦伯格（Marc Steinberg）则都探讨了《中间航道》[②]。另外，从后现代视角展开研究的还有科里纳·克里苏（Corina Crisu）[③]、普莱斯顿·P.库柏（Preston P. Cooper）[④]和斯蒂芬·卢卡西（Stephen Lucasi）[⑤]等。

（4）约翰逊小说的政治思想研究。虽然约翰逊在访谈中曾公开声明他的作品不讨论政治，但他的小说常常触及政治话题，甚至有时围绕政治事件展开，这却是不争的事实。纳什的专著《查尔斯·约翰逊小说研究》（*Charles Johnson's Fiction*，2003）细致考察了约翰逊政治立场的转变，认为约翰逊小说中的理想与现实之间始终存在着一种张力。[⑥] 康纳认为，约翰逊的作品参与了对"公共领域"这个更为宽泛的政治概念的探讨。[⑦] 格里森则敏锐地观察到，通过大量的评论文章，尤其是书评，约翰逊加入了威廉·詹姆斯（William James）、W. E. B.

---

① Gleason，W. The Liberation of Perception：Charles Johnson's *Oxherding Tale*. *Black American Literature Forum*，1991，25(4)：705-728；Retman，S. Nothing Was Lost in the Masquerade：The Protean Performance of Genre and Identity in Charles Johnson's *Oxherding Tale*. *African American Review*，1999，33(3)：417-437.

② Thaden，B. Z. Charles Johnson's *Middle Passage* as Historiographic Metafiction. *College English*，1997，59(7)：753-766；Steinberg，M. Charles Johnson's *Middle Passage*：Fictionalizing History and Historicizing Fiction. *Texas Studies in Literature and Language*，2003，45(4)：375-390.

③ Crisu，C. "A Cultural Mongrel"：Transatlantic Connections in Charles Johnson's *Middle Passage*. *Comparative American Studies*，2008，6(3)：265-280.

④ Cooper，P. P. "All Narratives Are Lies，Man，an Illusion"：Buddhism and Postmodernism Versus Racism in Charles Johnson's *Middle Passage* and *Dreamer*. In Hakutani，Y. (ed.). *Cross-cultural Vision in African American Literature：West Meets East*. New York：Palgrave Macmillan，2011：191-202.

⑤ Lucasi，S. False to the Past：Charles Johnson's Parabiographical Fiction. *Critique*，2011，52(3)：288-312.

⑥ Nash，W. R. *Charles Johnson's Fiction*. Champaign：University of Illinois Press，2003：47.

⑦ Conner，M. C. Introduction：Charles Johnson and Philosophical Black Fiction. In Conner，M. C. & Nash，W. R. (eds.). *Charles Johnson：The Novelist as Philosopher*. Jackson：University Press of Mississippi，2007：xviii.

杜波依斯(W. E. B. Du Bois)等学者的哲学实用主义阵营。① 这些论著避开了约翰逊研究中常见的对种族、身份与文化关系的分析,重点关注约翰逊小说的政治主题,可谓另辟蹊径,令人耳目一新。

近年来,国外约翰逊研究除了从以上视角展开并取得了骄人成果之外,随着研究的不断升温,其他研究视角也纷纷出现,如后殖民主义、性别批评、叙事学等。这里略举几例:布莱恩·法格尔(Brian Fagel)运用后殖民主义批评理论探讨了《中间航道》②;伊丽莎白·穆特尔(Elizabeth Muther)、阿丽娜·R. 凯泽(Arlene R. Keizer)讨论了约翰逊小说中的厌女症倾向和男性气概的建构③;约翰·C. 坎宁安(John C. Cunningham)则揭示了《存在与种族:1970 年以来的黑人写作》(*Being and Race:Black Writing since 1970*,1988,简称《存在与种族》)中暴露的性别偏见和种族政治④。

国内对约翰逊的研究刚刚起步。笔者在中国知网上搜索,截至 2021 年年底,共查询到相关学术专著 1 部,学术论文 21 篇(含博士论文 1 篇,硕士论文 4 篇),译作 1 篇。最早向国内介绍约翰逊及其作品的是朱新力。1990 年,他发表了一篇题为《1990 年美国全国图书奖⑤揭晓》的短文(200 多字),报道了约翰逊

① Gleason,W. Go There:The Critical Pragmatism of Charles Johnson. In Conner,M. C. & Nash,W. R. (eds.). *Charles Johnson:The Novelist as Philosopher*. Jackson:University Press of Mississippi,2007:83.

② Fagel,B. Passages from the Middle:Coloniality and Postcoloniality in Charles Johnson's *Middle Passage. African American Review*,1996,30(4):625-634.

③ Muther,E. Isadora at Sea:Misogyny as Comic Capital in Charles Johnson's *Middle Passage. African American Review*,1996,30(4):649-658;Keizer,A. R. Being,Race,and Gender:Black Masculinity and Western Philosophy in Charles Johnson's Works on Slavery. In Keizer,A. R. (ed.). *Black Subjects:Identity Formation in the Contemporary Narrative of Slavery*. Ithaca:Cornell University Press,2004:48-74.

④ Cunningham,J. C. Between Violence and Silence:Intersections of Masculinity and Race in Contemporary United States Men's Writing. Los Angeles:University of California,1995.

⑤ 即美国国家图书奖。

的长篇小说《偷渡者的航行》(即《中间航道》①)荣获美国国家图书奖的消息。②
但这则报道未能引起国内学术界的注意。直到 2010 年马希武、马燕的《美国作
家查尔斯·约翰逊评介》正式介绍了约翰逊的艺术成就(含文学成就)及美国学
术界对其研究的状况③,国内学者才开始对约翰逊及其创作显示出一定的兴趣。
2011 年,戴欢发表了论文《中间性及其超越——查尔斯·约翰逊小说〈中途〉主
人公的身份转化》,并完成硕士论文《迈向"无需战败他者的胜利"——查尔斯·
约翰逊小说〈中途〉解析》,但遗憾的是,这两篇论文都只将研究对象局限于《中间
航道》,且在视角和观点上主要跟随国外研究成果。④ 2012 年,史永红翻译并发
表了约翰逊的短篇小说《追捕黑人者》("Soulcatcher",2001)⑤,这是约翰逊作品
在国内翻译界的第一个成果。2013 年,陈后亮的《国外查尔斯·约翰逊研究述
评》主要从"黑人哲理小说研究""东方宗教思想研究"和"后现代主义研究及其
他"等三个维度对国外约翰逊研究进行了较为详尽的梳理和总结,并指出了该领
域研究中存在的某些不足。⑥ 2014 年,何新敏、赵文博合作发表了《〈中途〉的空
间及意义表征》,此文的最大特点是运用了空间批评理论分析约翰逊的作品。⑦
2015 年,约翰逊研究在国内出现了新气象,有 7 篇新论文面世。庞好农、薛璇子
的《唯我论的表征与内核:评约翰逊的〈中间通道〉》运用马克思主义理论分析了
约翰逊小说中的哲学和政治思想。⑧ 史永红的《〈中途〉的心理创伤与救赎之道》
运用文学批评、文化批评和精神分析相结合的方法,重点分析了小说主人公所遭
受的家庭和种族创伤,揭示了产生这些创伤的社会历史根源及约翰逊提供的救

---

① 英文中的 Middle Passage 指的是贩奴贸易三段航道中的中间一段,即装载了奴隶的贩奴
　船从非洲返回美洲的一段,国内有些学者将其译为"中途"。

② 朱新力.1990 年美国全国图书奖揭晓.世界文坛动态,1990(4):203.

③ 马希武,马燕.美国作家查尔斯·约翰逊评介.外国文学动态,2010(3):18-19.

④ 戴欢.中间性及其超越——查尔斯·约翰逊小说《中途》主人公的身份转化.当代教育理
　论与实践,2011(4):138-141;戴欢.迈向"无需战败他者的胜利"——查尔斯·约翰逊小
　说《中途》解析.湘潭:湖南科技大学,2011.

⑤ 约翰逊.追捕黑人者.史永红,译.译林,2012(1):186-188.

⑥ 陈后亮.国外查尔斯·约翰逊研究述评.世界文学研究论坛,2013(3):532-542.

⑦ 何新敏,赵文博.《中途》的空间及意义表征.长春理工大学学报(社科版),2014(10):
　127-129.

⑧ 庞好农,薛璇子.唯我论的表征与内核:评约翰逊的《中间通道》.外语教学,2015(1):81-84.

赎之道。① 陈后亮等人的《美国非裔文学中的"新鲜事物"——论〈牧牛传说〉里的道家思想》等 5 篇论文分别从中国道家思想、禅宗等视角研究了约翰逊的长篇小说《牧牛》、《梦想家》(*Dreamer*,1998)和短篇小说《武馆》。② 随后的几年中,约翰逊研究在国内快速掀起了一个小小的热潮,随着更多的学者投入该领域,其研究范围和视角也相应拓展了。陈后亮又连续发表了 4 篇论文③,其中 3 篇分别运用创伤理论、文学伦理学批评和文化批评等方法探讨了约翰逊的长篇小说《中间航道》、《费丝与好东西》(*Faith and the Good Thing*,1974,简称《费丝》)和短篇小说《中国》,另一篇则从"完整视野"的角度探讨了约翰逊的黑人哲理小说观。尤为令人惊喜的是,陈后亮还出版了国内第一部约翰逊研究专著《当代非裔美国作家查尔斯·约翰逊小说研究》,该作主要从哲学、宗教与伦理等维度研究了约翰逊的小说作品,重点关注其中渗透的东方传统宗教和文化元素及其对解决美国当下种族困境的启迪。④ 史永红的博士论文《查尔斯·约翰逊的"完整视域"文学思想研究》从创作手法、文化元素和济世情怀等三个方面来探讨约翰逊的"完整视域"文学思想,并以其 4 部长篇小说、部分短篇小说和散文作品来印证该思想在其创作实践中的运用。⑤ 另外,唐金凤的论文从后现代视角分析了《中间

---

① 史永红.《中途》的心理创伤与救赎之道. 贵州社会科学,2015(1):54-59.

② 陈后亮等的 5 篇论文是:陈后亮,贾彦艳. 美国非裔文学中的"新鲜事物"——论《牧牛传说》里的道家思想. 外语教学,2015(1):89-92;陈后亮. 佛教视野中的美国种族问题——论《牧牛传说》中的佛教思想. 外语与翻译,2015(4):58-62;陈后亮. 用传统东方智慧启迪现代西方人的心灵——论查尔斯·约翰逊及其《武馆》. 外国文学,2015(6):3-8;陈后亮."你若行得好,岂不蒙悦纳?"——评约翰逊在《梦想家》中对黑人的伦理告诫. 外文研究,2015(2):67-72;陈后亮,申富英. 艺术是通往他者的桥梁——论查尔斯·约翰逊的小说伦理观. 中南大学学报(社会科学版),2015(6):173-179.

③ 陈后亮的 4 篇论文是:蓄奴制、民族创伤与黑人父性缺失问题. 当代外国文学,2016(2):61-67;伦理责任与日常生活——《菲丝与好东西》的文学伦理学批评. 山东外语教学,2017(2):70-75;佛教、中国功夫与美国种族问题——评约翰逊在《中国》里对东方文化的创造性使用. 中国比较文学,2017(3):79-88;再现黑人经验的"完整视野"——论查尔斯·约翰逊的黑人哲理小说观. 中南大学学报(社会科学版),2017(5):160-165.本书在叙述时将 Faith 均译为"费丝"。

④ 陈后亮. 当代非裔美国作家查尔斯·约翰逊小说研究. 北京:中国社会科学出版社,2018.

⑤ 史永红. 查尔斯·约翰逊的"完整视域"文学思想研究. 杭州:浙江大学,2017.

航道》的叙事策略。① 张鸣纷的硕士论文《查尔斯·约翰逊的〈中途〉中的权力关系和身份重建》运用新历史主义等理论,审视了小说中的权力关系和主人公卢瑟福德的身份重构问题;程明亮的硕士论文《论查尔斯·约翰逊〈中间航道〉中的人性恶》集中研究了人性恶及其救赎之道;魏永丽的硕士论文《"混杂性"理论下〈牧牛传说〉中安德鲁的身份构建》借用霍米·巴巴(Homi Bhabha)的混杂性理论探讨了约翰逊的小说《牧牛》。② 以上研究多从全新的视角展开,拓宽了约翰逊研究领域的视野。但除了陈后亮的专著和史永红的博士论文之外,几乎所有论文的研究对象都只限于约翰逊的单篇作品,而且没有将其小说创作与其创作思想联系起来进行考察,所以该领域的研究还需进一步拓展和深化。

1.3.2 国内外查尔斯·约翰逊"完整视域"文学思想研究现状

约翰逊既是一位作家也是一位文论家,因此在进行小说创作的同时,他还撰写了大量的文论作品以阐发"完整视域"文学思想,集中体现在《哲学与黑人小说》("Philosophy and Black Fiction",1980)、《完整视域:新黑人小说札记》("Whole Sight:Notes on New Black Fiction",1984)、《哲学与小说相遇之处》("Where Philosophy and Fiction Meet",1988)、《美国奴隶叙事的终结》("The End of American Slave Narrative",2008)、《完整视域》("Whole Sight",2007)等论文以及《存在与种族》、《转动轮子:论佛教与写作》(*Turning the Wheel:Essays on Buddhism and Writing*,2003,简称《转动轮子》)、《越过三重门:查尔斯·约翰逊访谈录》(*Passing the Three Gates:Interviews with Charles Johnson*,2004,简称《越过三重门》)、《驯牛》、《语录与智慧》等 5 部著作中,同时也散见于其大量的书评和访谈之中。

国外有些约翰逊研究者在不同层面上、以不同的方式对约翰逊的"完整视域"文学思想进行了一定的思考。1991 年,利托发表论文《查尔斯·约翰逊具有

① 唐金凤.后现代语境下的历史重构——查尔斯·约翰逊小说《中途》叙事策略解读.开封教育学院学报,2017(11):14-16.

② 张鸣纷.查尔斯·约翰逊的《中途》中的权力关系和身份重建.昆明:云南大学,2017;程明亮.论查尔斯·约翰逊《中间航道》中的人性恶.武汉:华中师范大学,2018;魏永丽."混杂性"理论下《牧牛传说》中安德鲁的身份构建.兰州:兰州大学,2021.

革新意义的《牧牛传说》》（"Charles Johnson's Revolutionary *Oxherding Tale*"），这是探讨约翰逊"完整视域"文学思想的最早研究成果。利托发现，约翰逊的《牧牛》与其文论著作《存在与种族》所呼吁的文学实验和文学多样性高度契合，实践了后者提出的全新创作观，表现出的美学的多样性将帮助美国非裔文学从"从狭隘的抱怨走向豁达的欢庆"。[①] 同年年底，格里森发表了论文《解放知觉：查尔斯·约翰逊的《牧牛传说》》（"The Liberation of Perception：Charles Johnson's *Oxherding Tale*"），重点阐释了《牧牛》所蕴含的"完整视域"文学思想及其内涵，并指出约翰逊的幽默与禅宗幽默有关，可以帮助他实现解放非裔文学的目标。[②] 1995 年，美国学者詹姆斯·W. 科尔曼（James W. Coleman）在《查尔斯·约翰逊在《牧牛传说》中对黑人自由的追求》（"Charles Johnson's Quest for Black Freedom in *Oxherding Tale*"）一文中将约翰逊的文学理论和实践与其对修改黑人文本的尝试及对自由和解放的追求联系起来。科尔曼指出，约翰逊将黑人书写文本传统看作一种狭隘、受限的传统，并用现象学悬置来修改这种传统，努力打破其霸权，书写了一种修改过的黑人自由与解放。[③] 1999 年，拜尔德编著了《我称自己为艺术家：查尔斯·约翰逊文选及研究》（*I Call Myself an Artist：Writings by and about Charles Johnson*）一书，这是一部具有混杂特点的著作。全书分为 7 个部分，其中包含了 4 篇与"完整视域"文学思想相关的重要文论作品，如《哲学与黑人小说》和《完整视域：新黑人小说札记》等。[④] 2003 年，纳什在其专著《查尔斯·约翰逊小说研究》的第二章中专门解读了约翰逊的几篇文论作品。他指出，约翰逊的"完整视域"文学思想有两个驱动力：一是努力丰富对黑人身份的理解；二是努力拓展非裔美国作家能够实现的创造可能性。努力培养一种更加广阔的关于种族身份的视野是约翰逊小说创作设计的基本前

① Little，J. Charles Johnson's Revolutionary *Oxherding Tale*. *Studies in American Fiction*，1991，19(2)：141-151.

② Gleason，W. The Liberation of Perception：Charles Johnson's *Oxherding Tale*. *Black American Literature Forum*，1991，25(4)：705-728.

③ Coleman，J. W. Charles Johnson's Quest for Black Freedom in *Oxherding Tale*. *African American Review*，1995，29(4)：631-644.

④ Byrd，R. P. (ed.). *I Call Myself an Artist：Writings by and about Charles Johnson*. Bloomington：Indiana University Press，1999.

提,约翰逊对混合传统的借鉴开启了关于黑人存在和黑人艺术的新观念。① 另外,纳什还在一篇论文中探讨了约翰逊的专著《转动轮子》。此文认为,《转动轮子》使约翰逊发现了一种媒介,帮助他充分讨论在美国身为黑人意味着什么的问题,并展示非裔美国人可以在佛法中得到的解放。② 2004 年,玛格丽特·I. 乔丹(Margaret I. Jordan)在论文《"演进或者死亡":重写查尔斯·约翰逊〈中间航道〉中的"奴役的扭曲之手"》("'Evolve or Die':Rewriting 'the Disfiguring Hand of Servitude' in Charles Johnson's *Middle Passage*")中分析了约翰逊"完整视域"文学思想的几个主题,如黑人牺牲品观念(the victimization of Black people)、现象学悬置、文化融合观等。③ 2005 年,拜尔德在其专著《查尔斯·约翰逊小说研究:书写美国的羊皮卷》(*Charles Johnson's Novels:Writing the American Palimpsest*)中运用羊皮卷这一比喻形象地说明了约翰逊的文本和概念所包含的多重意义,并认为约翰逊最重要的成就之一是"实践了一种有关文化和社区的世界大同观,这种观念包含在他的'完整视域'概念中"④。2011 年,库柏的《"叙事皆谎言,人类是幻觉":查尔斯·约翰逊的〈中间航道〉和〈梦想家〉中佛教、后现代主义与种族主义的对决》("'All Narratives Are Lies, Man, an Illusion':Buddhism and Postmodernism Versus Racism in Charles Johnson's *Middle Passage* and *Dreamer*")一文简要讨论了约翰逊的"完整视域"概念,并揭示了约翰逊"完整视域"创作目标的现实追求。⑤

---

① Nash,W. R. *Charles Johnson's Fiction*. Champaign:University of Illinois Press,2003:30-50.

② Nash,W. R. The Application of an Ideal:*Turning the Wheel* as Ontological Program. In Conner,M. C. & Nash,W. R. (eds.). *Charles Johnson:The Novelist as Philosopher*. Jackson:University Press of Mississippi,2007:171-181.

③ Jordan,M. I. "Evolve or Die":Rewriting "the Disfiguring Hand of Servitude" in Charles Johnson's *Middle Passage*. In Jordan,M. I. (ed.). *African American Servitude and Historical Imaginings*. New York:Palgrave Macmillan,2004:191-194.

④ Byrd,R. P. *Charles Johnson's Novels:Writing the American Palimpsest*. Bloomington:Indiana University Press,2005:90.

⑤ Cooper,P. P. "All Narratives Are Lies, Man, an Illusion":Buddhism and Postmodernism Versus Racism in Charles Johnson's *Middle Passage* and *Dreamer*. In Hakutani,Y. (ed.). *Cross-cultural Vision in African American Literature:West Meets East*. New York:Palgrave Macmillan,2011:191-202.

国内学术界对约翰逊的文学思想已经有了一定的研究,但研究成果甚微。比如陈后亮、申富英在论文《"艺术是通往他者的桥梁"——论查尔斯·约翰逊的小说伦理观》的结尾提醒读者,约翰逊"是通过文学去增进人与人之间跨越种族、阶级、信仰、肤色、文化的理解和沟通,让人们意识到彼此的密切关联和兄弟情谊,并为最终建造金所设想的'友爱社会'做出努力"①。陈后亮在论文《再现黑人经验的"完整视野"——论查尔斯·约翰逊的黑人哲理小说观》中,则从"完整视野"的角度探讨了约翰逊的黑人哲理小说观。②

上述研究成果虽然都在不同层次上涉及了约翰逊的"完整视域"文学思想,但却有一个共同缺憾,即它们对约翰逊的这一思想未能展开全面、深入的探讨,由于受单篇论文的长度所限,它们在研究的深度和广度上都远远不够。由此可见,国内外关于约翰逊文学思想的研究尚未系统化,有待进一步拓展和深化。

1.3.3　国内外查尔斯·约翰逊研究中存在的不足

综观 20 多年来约翰逊研究的状况,国外学者对约翰逊及其创作进行了纵向和横向探讨,使该领域的研究呈现出一种喜人的立体式风采,并取得了丰硕的成果。但同时该领域的研究也存在一些明显不足:第一,虽然很多学者注意到了约翰逊小说中蕴含着丰富的东方文化思想,有些论著也确实重点关注了其小说中的印度教、佛教文化,但或许是对中国传统文化了解不够,国外学者极少论及约翰逊小说中道家、儒家等思想;第二,现有 60 多篇相关学术论文中绝大多数的研究对象都只限于约翰逊的单篇小说,尤其是《牧牛》和《中间航道》,而缺少对其作品进行整体观照;第三,约翰逊研究者对其文学思想仅做了一些零散探讨,未能系统深入地展开研究;第四,国外少数涉及约翰逊文学思想的研究中,一般都未能将其"完整视域"创作目标与其拯救黑人大众的现实追求联系起来进行探讨,这样就无法真正认识约翰逊"黑人哲理小说规划"的重大意义。

国内约翰逊研究虽然刚刚起步,但近几年已呈现升温趋势。现有成果有些

① 陈后亮,申富英."艺术是通往他者的桥梁"——论查尔斯·约翰逊的小说伦理观.中南大学学报(社会科学版),2015(6):178.此处的"金"指马丁·路德·金。

② 陈后亮.再现黑人经验的"完整视野"——论查尔斯·约翰逊的黑人哲理小说观.中南大学学报(社会科学版),2017(5):160-165.

共同的优点,例如每篇论文的研究视角和讨论重点各异,在研究方法和观点上都有一定的创新等。但除了存在与国外研究的一些共同不足之外,国内该领域至少还有以下几点缺憾:第一,未能跳出文本,将约翰逊及其创作置于美国黑人以及欧美主流历史和文学传统中,与其他重要作家的作品进行历时性和共时性的对比研究;第二,对约翰逊小说中东西方哲学和多元思想的挖掘还有待深入与拓展;第三,对约翰逊作品的译介不足;第四,现有成果中缺少从整体上对约翰逊的文学思想进行系统深入探讨的研究论文和专著。

总之,国内外约翰逊研究领域对约翰逊"完整视域"文学思想的关注都还很少,该领域尚有巨大的空间等待开拓,需要学术界投入更多的关注。由此笔者认为,从"完整视域"的视角考察约翰逊的文学思想和黑人哲理小说创作将是一项很有意义的工作。

1.4 研究方法、思路和本书结构

1.4.1 研究方法和思路

本书以约翰逊的小说、文论、散文、访谈录、演讲稿、书信等为原始资料,以文本细读方法为基础,结合文学和文化批评、社会学、心理学的相关理论与成果,着重考察约翰逊的"完整视域"文学思想中的创作手法、文化元素和济世情怀。同时,本书也会用到比较研究的方法,将约翰逊的文学创作置于西方文学传统中,与一些著名的白人和黑人前辈作家做横向和纵向比较,用后者来反观前者,这样更能见出约翰逊对各种文学传统的继承和发展,以及其小说的独特价值。此外,本研究会涉及文学、哲学、心理学等多个学术领域,因此本书还会用到跨学科的研究方法。

1.4.2 本书结构

本书主体共分为六个部分:

第1章是绪论,主要论述本书的研究对象与内容,研究价值与现实意义,国内外约翰逊研究现状及存在的问题,研究方法、思路和本书结构。

第 2 章重点探讨"完整视域"与黑人哲理小说,首先聚焦于约翰逊文学创作中的"完整视域"思想,重点探讨其来源及约翰逊对它的阐释,继而尝试界定这一概念并归纳其主要特征。然后结合约翰逊的文论、小说、散文、访谈等文本探讨"黑人哲理小说"这一概念与"完整视域"的关系、约翰逊对"黑人哲理小说"的倡导与界定,并分析其来源以及约翰逊在这一文学传统中所处的地位。

第 3 章主要分析约翰逊"完整视域"文学思想中的创作手法,结合约翰逊的小说文本,具体分析其"完整视域"文学思想中的现象学悬置与互文性书写。为了实现"完整视域"创作目标,约翰逊特别运用了现象学悬置和互文性书写这两种创作手法,因为它们具有极大的开放性和包容性,能够帮助约翰逊悬置和打破已有的视角和偏见,走出狭小的自我,用全新的、开阔的视角重新观察事物,逐渐接近"完整视域"目标。

第 4 章主要考察约翰逊"完整视域"文学思想中的多元文化元素,结合约翰逊的 4 部长篇小说,主要从中国的道家哲学、西方的过程哲学、东方文化思想等视角探讨了构成约翰逊"完整视域"文学思想的一些重要文化维度。在文化思想上,约翰逊的"完整视域"思想主要体现于:他始终保持一种开放思维,将东西方诸多不同的哲学、文化思想糅合在一起,使之成为摧毁二元对立和分裂思维模式的有力工具,并为其重塑自我和重建世界等作品主题服务。由此,其作品不仅打破了传统非裔文学片面、僵化的思维模式和创作范式,而且可以帮助读者解放知觉,形成"完整视域"意识。

第 5 章主要研究约翰逊"完整视域"文学思想中的济世情怀,主要从三个方面探讨。这一章首先分析了约翰逊提出的自救之路——加强"第二条战线"思想的缘起及与之相关的种种争论;然后探讨了约翰逊提出的人类和谐共生之路,即合理运用"乐队指挥家的本能"(The Drum Major Instinct),避免滥用这一本能;最后探讨了约翰逊的重建主题,即创建马丁·路德·金设想的理想的生存状态——"爱之共同体"的重要性及其途径。

最后一部分得出结论:"完整视域"思想在约翰逊的文学创作中占据着核心地位,而解放知觉、通达"完整视域"则既是约翰逊文学创作的终极目标,也是他对现实人生意义的最高追求。"完整视域"思想不仅鲜明地体现在他不倦地追求打破僵化和公式化的非裔文学传统的创作思想和创作手法中,也同样体现于他强烈的社会责任感和充满关爱的文化思想与济世情怀中。尽管如此,他却对通达"完整视域"的局限性有着清醒的认识,明确指出"完整视域"只是我们为之奋斗的一个艺术理想。在某种意义上,能认识到这一点也说明约翰逊具有充分的"完整视域"意识。

2 "完整视域"与黑人哲理小说

文学的作用之一应该是解放知觉与意识。

——查尔斯·约翰逊,《越过三重门:查尔斯·约翰逊访谈录》

一旦由"完整视域"拓宽视野,黑人小说便会以最为生动难忘的方式描绘国家的忧思。

——查尔斯·约翰逊,《完整视域:新黑人小说札记》

约翰逊认为,艺术①创作的终极目标是通达"完整视域"。② 在美国非裔文学语境下,约翰逊所称的"完整视域"目标主要包含两层意思。其一,它指美国非裔文学创作的终极目标。不断朝此目标努力,便有望将美国非裔文学从僵化、公式化的传统模式中拯救出来。其二,它指一种理想的生存状态。沿此方向不断前进,便可解放知觉与意识,获得真正的身心自由,创建健康和谐的人类生活。

"完整视域"思想贯穿了约翰逊文学创作的始终,是约翰逊研究中的一个重要主题。但需注意的是,在研究该思想时,黑人哲理小说也是一个极为重要的概念,因为它是约翰逊用来实践其"完整视域"文学思想的载体,与"完整视域"思想就像一枚硬币的两面,具有一体两面、不可分割的关系。如果说前者是形式和方法,后者便是目标和结果。在约翰逊研究中,谈及黑人哲理小说便自然包含打破

---

① 本书中的"艺术"一词包含了"文学"之意。之所以常使用"艺术"一词主要出于两点考虑:首先,约翰逊既是一位作家也是一位画家,他惯于用"艺术家"称呼自己;其次,约翰逊将文学也视为艺术的一种,因而常使用"艺术创作""艺术目标"等词来代替"文学创作""文学目标"。

② Johnson, C. Whole Sight: Notes on New Black Fiction. In Byrd, R. P. (ed.). *I Call Myself an Artist: Writings by and about Charles Johnson*. Bloomington: Indiana University Press, 1999: 86.

僵化思维、拓宽视野、走向"完整视域"之意。而在约翰逊看来,欲在文学创作中通达"完整视域",作家,尤其是黑人作家,需要运用现象学悬置,把一切固有的先入之见都"加上括号",以崭新的目光观察事物,并具有主体间性意识,能与他人分享不同的视角和文化,在这种前提下创作黑人哲理小说才是通达"完整视域"的最佳途径。

本章分为两节:2.1节首先探讨约翰逊对"完整视域"这一概念的提出及阐释,然后尝试界定这一概念并归纳其主要特征;2.2节首先分析约翰逊对"黑人哲理小说"的倡导与界定,接着考察其来源和作用、它与"完整视域"的关系,以及约翰逊在黑人哲理小说传统中的特殊地位。

2.1 "完整视域":文学创作的终极目标

"完整视域"文学思想是约翰逊研究中的一个重要主题。这不仅因为他曾专门撰写、发表过两篇以"完整视域"为题的论文来对其进行阐述和强调,还因为他几乎在所有的作品,尤其是小说、文论、散文、访谈录中,都反复探讨过通达"完整视域"的意义和途径。

作为一位当代美国非裔作家,约翰逊敢于挑战分裂主义和本质主义的种族描述,拒绝关于美国非裔身份的已有假设。为此,他呼吁人们超越二元对立思维模式,拓展意识,解放知觉,以新的方式理解自我、种族和身份等概念。在一次访谈中,他说:"作家,尤其是黑人作家,必须与限制进行抗争……文学的作用之一应该是解放知觉与意识。"①

约翰逊的"完整视域"概念源自英国小说家、文学评论家约翰·福尔斯(John Fowles)。约翰逊在《完整视域:新黑人小说札记》一文中评论20世纪七八十年代美国非裔文学的新发展时指出:"这些作品仅仅代表了非裔文学的一个发展阶段,正如约翰·福尔斯在《丹尼尔·马丁》(*Daniel Martin*,1977)中所言,艺术的

---

① Levasseur, J. & Rabalais, K. An Interview with Charles Johnson. In McWilliams, J. (ed.). *Passing the Three Gates: Interviews with Charles Johnson*. Seattle: University of Washington Press, 2004: 263.

目的或者说终极目标是达到'完整视域'的话。"①在长篇小说《丹尼尔·马丁》中，福尔斯开篇便警告读者："拥有完整视域；否则，其他一切皆为荒芜。"（WHOLE SIGHT；or all the rest is desolation.）②福尔斯并未明确告诉我们"完整视域"的含义，但他通过主人公丹尼尔及其女友简的故事展示了"完整视域"的内涵与重要性。根据该小说，这一思想与马克思主义哲学家、文学批评家格奥尔格·卢卡奇（Georg Lukács）的"整体性"（totality）思想有着承继关系。

《丹尼尔·马丁》的主人公丹尼尔是一位好莱坞剧作家，也是一个失去了"完整视域"意识的人。他总是与外界隔绝，生活在自我的空间里，久而久之，不但对自己的真实渴望和需求乃至生活的意义都产生了困惑，而且变得无法深入感受事物，并由此逐渐陷入孤独绝望的情绪中。如何解决这个问题？其实，在故事开篇，作者福尔斯便明确提出了解决办法：拥有"完整视域"。但对于丹尼尔来说这并不容易，要通过一系列的精神追寻并接受种种教育，在最终产生醒悟后才能实现。丹尼尔所受的教育有很多来源，其中最重要的部分来自他的三个引路人：卢卡奇、德国教授和安东尼。丹尼尔从卢卡奇的著作中领悟到其整体观，学会了辩证地看待世界。这让他认识到，人类是环境的产物，但也具有改变环境的能动性；而且，人不是绝对独立的存在，他既是世界的一部分，也是过程的一部分。从德国教授那里，丹尼尔学会了全面、完整地看待人类：我们应该首先把人类看作个体，然后再看成整体；而在"完整性"（wholeness）方面，把人类看作个体和整体都十分有必要。由此丹尼尔理解了生命是互相依存的，应将自己与外部世界联系起来，将自我放进"人类"这个整体中，才有可能摆脱那种蛰居在他内心深处、日益吞噬着他的生命的孤独感和绝望感。如果说卢卡奇的整体观和德国教授的联系观已经为丹尼尔后来发生转变铺平了道路的话，那么，简的丈夫安东尼的遗言则是促使丹尼尔真正发生转变的催化剂。在临终之际，安东尼一语道出了小说的中心观点，指出了"片面视域"的可怕性。他对丹尼尔说：改变必须从我们自

---

① Johnson，C. Whole Sight：Notes on New Black Fiction. In Byrd，R. P. （ed.）. *I Call Myself an Artist：Writings by and about Charles Johnson*. Bloomington：Indiana University Press，1999：86.

② Fowles，J. *Daniel Martin*. London：Jonathan Cape，1977：1.

身开始,"魔鬼即不看整体"①。这使丹尼尔幡然醒悟,认识到他的悲观情绪是自我孤立的产物,是他不能将自己看作世界的一部分造成的。由此他决心抛弃孤立主义和环境决定论,学会了肯定自己的生活,肯定自己与世界的联系;同时,他还学会了为自己的行动和生命过程负责。在丹尼尔的影响下,其女友简也发生了显著变化。两人终于克服了各自的"片面视域",携手走向理解与完整。

法国现象学家莫里斯·梅洛-庞蒂(Maurice Merleau-Ponty)告诫我们:"退归自己即离开自己。"②在美国社会中,那些黑、白种族主义者也像丹尼尔一样,习惯于用孤立、片面的眼光看待世界,这使他们总是退缩在自己的世界里,主张种族和文化分离,人为地割裂不同种族之间的联系,由此给黑人和白人都造成了隔离感、绝望感和不自由感。只有像丹尼尔一样转变看待世界的方式,走出狭小的自我世界,以全面、完整的视角处理种族关系,他们才能真正获得健康、和谐、自由的生活。约翰逊借助福尔斯的"完整视域"概念及其含义,强调生活中人与人、人与世界的相互联系与依存,并指出艺术家(含作家)若想真实地反映世界,也需要具备"完整视域"意识。他认为,美国非裔文学中的"黑人艺术运动"(Black Arts Movement)所特有的两大缺陷——分离主义倾向和本质主义倾向——即由缺乏"完整视域"意识所致。约翰逊在散文《忆旧派作家》("Novelists of Memory",1989)中认为,黑人艺术运动所倡导的分离主义倾向与大多数黑人所推行的种族融合思想恰好相反,其本质主义倾向则导致许多具有艺术价值但与政治无关的主题被故意避开,同时这种倾向也促使黑人作家高度选择性地解读非洲和美国历史,并单向度地描写白人。③ 在《从狭隘的抱怨走向豁达的欢庆:与查尔斯·约翰逊的对话》("From Narrow Complaint to Broad Celebration: A Conversation with Charles Johnson",2004)中,约翰逊指出黑人艺术运动的很多支持者对于"黑人"的意义持狭隘观念,并天真地拒绝任何被他们定义为"非黑人"的文化,这使他们的作品与慷慨大度、视野广阔背道而驰,在

① Fowles, J. *Daniel Martin*. London: Jonathan Cape, 1977: 182.

② 转引自:Johnson, C. *Being and Race: Black Writing since 1970*. Bloomington: Indiana University Press, 1988: 44.

③ Johnson, C. Novelists of Memory. In Byrd, R. P. (ed.). *I Call Myself an Artist: Writings by and about Charles Johnson*. Bloomington: Indiana University Press, 1999: 101.

精神、艺术、哲学上,甚至在对历史记录的复杂性之精确程度上都是单维度的、缺乏想象力的、贫乏的。① 确实,拉里·尼尔(Larry Neal)和阿米利·巴拉卡(Amiri Baraka)等黑人艺术运动的领袖人物都号召黑人作家抛弃主流文化标准,期望非裔种族融入美国主流文化的"融合诗学观"。巴拉卡明确要求黑人作家"从作为美国黑人情感史(emotional history)的牺牲品和记录者的角度……去开发他的合法的文化传统"②。在他们的影响下,当时的黑人作家和批评家一致拒绝接受欧美主流文学界正在流行的各种新理论,如阐释学、结构主义、解构主义等,③"旗帜鲜明地进行着与白人文学传统相对抗的差异性书写。即使是在文化对峙结束之后的多元文化时期,美国非裔作家仍然坚持着这一文学道路"④。这种将黑人文化与白人文化彻底对立的分裂立场虽然有利于促进文化多元主义的产生,并"解构了美国文学中心的单一结构"⑤,但同时也使得非裔文学在总体上逐渐陷入约翰逊所批评的单一、贫乏和僵化境况。

为了阐述自己的相关思考,约翰逊曾以"完整视域"为题发表过两篇论文。一篇是上文提到的《完整视域:新黑人小说札记》,该文与另一篇论文《哲学与黑人小说》一起为他后来的文论《存在与种族》中的很多观点奠定了基础。在《哲学与黑人小说》中,约翰逊与福尔斯一样没有界定"完整视域"这个概念。按照约翰逊本人的说法,主要原因是"这个短语很难描述"⑥。但他解释说,我们可以在拉尔夫·埃利森(Ralph Ellison)、吉恩·图默(Jean Toomer)和理查德·赖特(Richard Wright)这些写作高手们视野开阔的作品中看到它,更能在赫尔曼·梅尔维尔(Herman Melville)、纳撒尼尔·霍桑(Nathaniel Hawthorne)和埃德加·爱伦·坡(Edgar Allan Poe)所具备的想象力、创造性和阐释水平中看到它。为了帮助我们厘清经验,满足我们对完全理解事物的渴望,并改变我们的认知,

① Ghosh, N. K. From Narrow Complaint to Broad Celebration: A Conversation with Charles Johnson. *MELUS*, 2004, 29(3):371.

② 程锡麟. 西方文论关键词:黑人美学. 外国文学, 2014(2):110.

③ 程锡麟. 西方文论关键词:黑人美学. 外国文学, 2014(2):112.

④ 罗良功. 中心的解构者:美国文学语境中的美国非裔文学. 山东外语教学, 2013(2):11.

⑤ 罗良功. 中心的解构者:美国文学语境中的美国非裔文学. 山东外语教学, 2013(2):11.

⑥ Johnson, C. Whole Sight: Notes on New Black Fiction. In Byrd, R. P. (ed.). *I Call Myself an Artist: Writings by and about Charles Johnson*. Bloomington: Indiana University Press, 1999:86.

这些作者塑造了一个四维的小说世界。① 在此文的中间部分,约翰逊则深入探讨了在小说创作中通达"完整视域"的具体方法:

> 我认为,通达"完整视域"的问题既包含完善小说的"黑人"视角或"女性"视角,也包含扩充有关这些视角的表达,拓宽视野……对于那些熟悉文学形式的宗旨的人而言,小说表达这个媒介本身就渗透着意义,代表着一种文化观和特定的价值观……总之,黑人小说——所有的艺术和发展——都能从跨文化滋养(它实际上已作为我们生活的组成部分出现在生活中)带来的充满活力的影响中受益,从而更加接近"完整视域"目标。②

约翰逊认为,在小说创作中有很多通达"完整视域"的方法,比如:运用不同的"视角",扩充有关这些视角的表达,拓宽视野,或者说探索多样的主题,以及借鉴不同的文学形式,等等。然而,最重要的却是借助"跨文化滋养"的方法,广泛继承和借鉴东西方文学传统和文化思想,进而表达自我。因为"美国黑人文化不是一个独立的篇章,而是与所有多样化、全球化贡献的历史互相交织的一个细胞组织,这些贡献使美国成为一张由欧洲、非洲、东方,现代和古典的共同影响织成的网络"③。实际上,约翰逊所总结的这些通达"完整视域"的方法可以从他所推崇的黑人作家前辈那里发现端倪。图默始终倡导超越单一文学形式、文化思想和种族观念的限制,这体现了他充分的"完整视域"意识。在其名作《甘蔗》(*Cane*,1923)中,他将散文、诗歌和小说等多种文学形式有机地融于一体,令人耳目一新;在后期诗歌集《蓝色的子午线》(*The Blue Meridian*,1936)中,他塑造

---

① Johnson,C. Whole Sight:Notes on New Black Fiction. In Byrd,R. P. (ed.). *I Call Myself an Artist*:*Writings by and about Charles Johnson*. Bloomington:Indiana University Press,1999:86.

② Johnson,C. Whole Sight:Notes on New Black Fiction. In Byrd,R. P. (ed.). *I Call Myself an Artist*:*Writings by and about Charles Johnson*. Bloomington:Indiana University Press,1999:87-88.

③ Johnson,C. Whole Sight:Notes on New Black Fiction. In Byrd,R. P. (ed.). *I Call Myself an Artist*:*Writings by and about Charles Johnson*. Bloomington:Indiana University Press,1999:88.

的"宇宙人"(Universal Man)"必须长得超越氏族、阶级、肤色的界限……并在更大的心灵里发现一个更大的真理"①。约翰逊对视角和形式多样性的坚持则可从赖特那里找到来源。在《黑人创作的蓝图》("Blue Print for Negro Writing", 1984)一文中,赖特敦促黑人作家从"无数种视角,不受任何技巧和风格的限制"②来接近黑人生活,以此避免黑人民族主义这类阻碍事物发展的东西。埃利森是另一位受到约翰逊尊崇的黑人作家,约翰逊在许多场合公开表示,无论在创作思想还是创作形式上,埃利森都给了他巨大影响。埃利森的名作《看不见的人》(Invisible Man,1952)中充满着多元文化、种族融合和民主思想,约翰逊认为这些都是"完整视域"的真实体现。

约翰逊在其小说创作中也常常运用上述方法接近"完整视域"创作目标。首先,他的小说经常变换视角,每一种视角都从不同侧面探讨了身处美国社会的黑人遭遇的不同问题。例如,约翰逊公开出版的第一部长篇小说《费丝》采用了黑人女性视角,主要反映了现代美国社会中"成功""进步"话语对黑人心灵的异化,以及黑人女性对心灵解放与精神自由的追寻;荣获美国国家图书奖的《中间航道》选择了黑人男性视角,主要讲述在奴隶贸易的"中间航道"航程中非洲黑人遭受的残暴待遇以及他们的勇敢反抗,反思了西方文化中二元对立思维模式及其造成的世界分裂,并提出以跨文化的视野来进行对治;他的代表作之一《牧牛》的叙事者是个黑白混血儿,以自己越界冒充白人的经历颠覆了"白人优越论""黑人男性神话"等种族神话,并证明种族身份不过是一种人类建构;短篇小说《行政决定》("Executive Decision",2005)则从一位年轻白人的视角思考了美国"肯定性行动计划"(Affirmative Action Program)存在的意义和必要性。其次,约翰逊不断通过拓宽视野来接近"完整视域"。在探索领域的广度方面,约翰逊除了讲述美国社会中黑人的遭遇之外,更加注重探讨一些具有普适性的根本问题和具有时代意义的社会问题,主要包括:自我、身份、种族和自由的本质是什么? 过度追求"成功"和"进步"会导致怎样的结果? 赢得了身体解放之后,黑人应该怎样

---

① Toomer, J. *The Wayward and the Seeking*. Washington, D. C.: Howard University Press, 1980: 225.

② Wright, R. Blue Print for Negro Writing. In Gates, H. L. Jr. (ed.). *Black Literature and Literary Theory*. New York: Methuen, 1984: 1409.

生活？在美国社会做个黑人意味着什么？应该怎样对待种族"他者"？"如何才能结束邪恶而又不制造错误或邪恶？"[①]等等。在短篇小说《试验品》("Guinea Pig",2011)中，他甚至通过想象涉足科技领域，探索人类与动物之间的交感体验。再次，约翰逊非常注重运用不同的文学形式来表达思想和意义。他认为，每个作家在继承文学传统时也应努力创新，即"为形式增光添彩"（honor the form）[②]。为此，他广泛吸纳借鉴包括各民族、各种族在内的东西方多种文学和文化传统。他的作品，尤其是《中间航道》《牧牛》等，可以说是航海小说、流浪汉小说、成长小说、历史小说、寓言、史诗、罗曼史和奴隶叙事（slave narrative）等各种文学形式的有机糅合，而经糅合后产生的新形式反过来又赋予了他的作品羊皮卷般的丰富意义。他还在《存在与种族》中深入探讨了速写、寓言、小说等文学形式。通过重新界定，他更好地模仿了这些形式。然而，最为重要的是，约翰逊具有十分开放的文化混合意识和开阔的跨学科视野，能将东西方哲学与宗教文化中具有辩证、联系、整体、流动和变化发展特征的思想元素，如中国道家思想中的"柔弱"哲学和"天人合一"思想，美籍英裔数学家、哲学家阿尔弗雷德·N. 怀特海（Alfred N. Whitehead）的过程哲学中的变化和发展思想，佛教思想的"缘起说"和"空性说"，以及基督教的奉献与博爱思想等，有机地融入自己的文学创作——他称这一过程为"跨文化滋养"，并通过这种文化融合来达到实现知觉的解放（the liberation of perception），认识、表征黑人生活和文学全景的目标。

在《完整视域：新黑人小说札记》一文发表23年之后的2007年，约翰逊再次发表文章阐述他的"完整视域"思想。此文直接以《完整视域》为题，反复阐释了相互联系观和主体间性意识在文学创作和人类生活中的重要性，继续倡导"跨文化滋养"或"文化混合"（creolization）意识，并借助这些思想揭示了他在《完整视域：新黑人小说札记》中所借用的福尔斯的"完整视域"的内涵。文章首先探讨了几位约翰逊素来尊崇的知识界的前辈对文化融合和"完整视域"的理解与追求。他们主要有拉尔夫·W. 爱默生（Ralph W. Emerson）、埃利森、科瓦穆·A. 阿

①　Johnson, C. *Dreamer*. New York: Scribner, 1998: 114, 224. 本书中对该小说的引用均出自此版本，译文为笔者自译，后文将直接在文中标明 DM 和页码，不再具体加注。

②　Johnson, C. *Being and Race: Black Writing since 1970*. Bloomington: Indiana University Press, 1988: 8.

皮亚(Kwame A. Appiah)、梅洛-庞蒂、福尔斯等。约翰逊首先强调,在爱默生看来,任何人都不是陌生人,人类经验中的任何事物都不是陌生物或外来物,我们在种族、性别、宗教和阶级之间进行的划分只不过是一种部落偶像崇拜而已。正如他在 1840 年的一封信中所写的,"世界上的每个历史都是我的历史"①。约翰逊也十分欣赏非洲哲学家阿皮亚相互联系观中的智慧,因为它一语道破了人类存在的真实状况:"我们都已经被相互染浊(mutual contamination)了。"②约翰逊对此的理解是:这种"相互染浊""跨文化滋养"或"文化混合",即埃利森、阿皮亚以及生活在白人主流社会中的所有有色人在人生早期就必须学会的东西。因为自入学之日起,黑人孩子就必须主动学习、吸收那些为白人孩子编写的课程中所包含的主流文化,这种开放谦虚的学习态度是黑人的一种基本生存策略,他们至少必须知道怎样从黑、白两个视角阅读美国社会。③ 实际上,这种双重视角就体现了一种文化融合立场。

约翰逊将这种观察世界的方式或文化混合意识称作"阿莱夫意识"(Aleph Consciousness),并将其比作人类的"灵魂"。④ 他申明,该短语借自阿根廷作家、翻译家豪尔赫·L. 博尔赫斯(Jorge L. Borges)的短篇小说《阿莱夫》("The Aleph",1945),提出了一种认识技巧或观察世界的方式。博尔赫斯提到,"阿莱夫"是指从不同的角度看去,世界上所有地方的交汇之处。它是希伯来语字母表里的第一个字母,形状很像一个人指着天和地,表明地面世界是天上世界的地图和镜子,从这个有利位置人们可以"同时看到夜晚和白天"。⑤ 由此可见,"阿莱夫意识"实际上就是一种文化混合意识,是"完整视域"意识的另一种表达。除了《完整视域》一文,约翰逊在其他文章中也反复借助"阿莱夫"一词来表达"完整视域"之意,如《从狭隘的抱怨走向豁达的欢庆:与查尔斯·约翰逊的对话》和《讲故事与阿尔法叙事》("Storytelling and the Alpha Narrative",2005)等文都用了这个词。由此,他对"完整视域"意识的重视可略见一斑。

① 转引自:Johnson, C. Whole Sight. *Boston Review*,2007(7/8):27.
② Appiah, K. A. *In My Father's House*:*Africa in the Philosophy of Culture*. New York:Oxford University Press,1992:44.
③ Johnson, C. Whole Sight. *Boston Review*,2007(7/8):27.
④ Johnson, C. Whole Sight. *Boston Review*,2007(7/8):29.
⑤ 转引自:Johnson, C. Whole Sight. *Boston Review*,2007(7/8):28.

在《完整视域》中,约翰逊在探讨埃利森的文化混合意识时,将他对自我与他者关系的认识与爱默生、马丁·路德·金等的思想联系起来,以此强调相互联系思想的重要性及普遍性。他说:

> 就像爱默生和马丁·路德·金一样,埃利森懂得,生活和文化中的一切都是相互联系、相互联结的——黑人、白人、西方人、东方人——正如金所言,都相互联结"在同一件命运之衣中"。……没有什么事物是独立形成的,这个世界上任何事物的存在都依赖于其他事物。①

世界是相互联系、相互依存的,人类的存在是一种主体间的共在,这是约翰逊文学作品的一个核心思想。在《越过三重门》中,他声称世界确实是一个指向他人的存在、生活和劳作的细胞组织。这种意识很可能使我们远离极端化和种族对抗。② 他还常常引用非裔哲学家盖伊·默齐(Guy Murchie)的相互联系观提醒我们:根本没有"纯洁的种族"这回事,地球上也没有任何不与其他种族相联系的种族。随便哪位懂得基因知识的人都能向你证明,"如果将任何一个人的生命往回追溯 50 代,他便与这个星球上的每个其他人拥有一个共同的祖先",这时,"'种族'便消失了"。③ 由此,约翰逊进一步指出,美国是一个基因高度混杂的国家,只要注意到这一点,彻底拆毁种族本质并非不可思议之事。④

接着,约翰逊借助梅洛-庞蒂的相互联系观揭示了福尔斯"完整视域"思想的深刻内涵。梅洛-庞蒂承认自己的思考和行动的领域是由"受到了严格规定和严重干扰的、不完整的意义"⑤构成的。他的思考和行动的意义只有在他人那里才得以完成,因为他人不仅能看到他的背面,也能看到他看不到的那些事物的侧

---

① Johnson,C. Whole Sight. *Boston Review*,2007(7/8):28.

② Davis,L. Charles Johnson:Interview. In McWilliams,J. (ed.). *Passing the Three Gates:Interviews with Charles Johnson*. Seattle:University of Washington Press,2004:147.

③ 转引自:Murchie,G. *The Seven Mysteries of Life*. Boston:Houghton Mifflin,1978:357.

④ Johnson,C. *Being and Race:Black Writing since 1970*. Bloomington:Indiana University Press,1988:43.

⑤ 转引自:Johnson,C. Whole Sight. *Boston Review*,2007(7/8):28.

面。同时,这对于他人亦然,于是:

> 我们的经验都反映了真理的某个侧面;同时,每个经验也都拥有另一个经验所没有的秘密,我们结合起来一起构成了一个走向醒悟和圆满的整体……我们从未被关进自我的圈子里。[①]

梅洛-庞蒂的这段话至少包含三点提示:其一,在认识真理的过程中,每个人的经验都只能反映真理的一个侧面;其二,只有通过分享、补充各自的经验,才能发现事物的全貌和真相;其三,世界具有相互联系、主体间性的特征,任何事物都不是孤立存在的。约翰逊在文论《存在与种族》中也曾引用并阐释过这段话。他说,从现象学的角度看,我们拥有的不是与他人不同的世界,而是投射在同一个世界上的无数视角。恰当地思考这个世界就会发现,"所有的视角都将我们直接带向一个共同处境,一个所有意义都在其中演变的共同历史"[②]。对于上述梅洛-庞蒂的最后一句话,约翰逊回应道:"不,我们从未被'关进自我的圈子里',除非我们选择如此,这对一个创造性作家而言无异于自杀。"[③]换言之,约翰逊认为,如果一个作家不想"自杀",那么他就必须走出自我,拓宽视野,努力迈向"完整视域"。约翰逊之所以反复引用梅洛-庞蒂的这段话,显然是因为它恰如其分地道出了约翰逊的观点,生动形象地解释了通达"完整视域"的必要性与重要性,并道出了在生活和艺术创作中"走向醒悟和圆满"或者说通达"完整视域"的一个必要条件——具有主体间性意识。在《完整视域》一文中,约翰逊在引用了梅洛-庞蒂的上述话之后,进一步阐释了自己对福尔斯"完整视域"的理解:

> 我愿相信这就是约翰·福尔斯创造"完整视域"这个短语时的意思。面对艺术,我们永远不可能被"关进自我的圈子里"。艺术是一个主体通往另一个主体的桥梁,因而艺术经验如果不是普适的,至少也是主体间的,那便

---

① 转引自:Johnson, C. Whole Sight. *Boston Review*,2007(7/8):28.

② Johnson, C. *Being and Race*:*Black Writing since 1970*. Bloomington:Indiana University Press,1988:44.

③ Johnson, C. *Being and Race*:*Black Writing since 1970*. Bloomington:Indiana University Press,1988:44.

是我们能对艺术和科学抱有的最好期待。[①]

　　至此,约翰逊的意思已十分清晰:从艺术(含文学)角度而言,福尔斯的"完整视域"意味着,艺术经验是主体间的,甚至是普适的,因为艺术是一个主体通往另一个主体的桥梁;从现实角度观之,人们之所以有时会陷入孤独和绝望(一如福尔斯笔下的丹尼尔),主要是因为忽视了世界的联系性和整体性,以致割断了自己与世界的亲密联系,将自己锁进了狭小的自我。

　　综上所述可见,约翰逊借鉴并融合了福尔斯、卢卡奇、阿皮亚、默齐、梅洛-庞蒂等人的相互联系观和整体观,结合自己作为非裔美国人的经验和小说创作实践,形成了内涵丰富的"完整视域"文学思想。虽然约翰逊未给"完整视域"下过明确的定义,但他在两篇主标题为《完整视域》的论文、数篇散文、访谈及文论著作中都对其进行过解释,并始终在自己的小说创作中实践这一思想。由此,为了更加深入地认识约翰逊的"完整视域"文学思想,笔者在分析、总结约翰逊对"完整视域"的阐释及运用的基础上,尝试界定这一概念,并归纳其主要特征:"完整视域"是艺术创作(含文学创作)的终极目标,指具有超越一切限制与偏见、以联系和整体的思维模式全面深入、完整客观地认识和看待事物的视野或意识。具体而言,在文学创作上,它反对片面、僵化及公式化地描述生活世界,尤其是黑人的生活世界,要求作家开放思维,运用一切方法(如现象学悬置),打破一切限制,直观地面对描述的对象;同时,作家必须走出狭小的自我,广泛借鉴世界各国的文学传统和文学形式,因为艺术经验是具有主体间性的,而这种主体间性可以帮助作家通达"完整视域"。在文化思想上,它要求作家具有"跨文化滋养"或文化混合意识,吸纳融合东西方不同的文化元素,解放知觉与意识,竭力描绘出事物的多样性和丰富性。在现实生活中,它反对片面孤立、僵化静止和二元对立的世界观,强调人与人、人与世界的相互联系与依存,呼吁用辩证、联系、整体和变化发展的观点看待世界,以便获得精神的觉醒与解放,培育健全完善的人格,最终达到人类健康和谐的生存状态。

---

①　Johnson, C. Whole Sight. *Boston Review*, 2007(7/8): 29.

2.2　黑人哲理小说:通达"完整视域"的最佳途径

1980 年,32 岁的约翰逊发表了其首篇重要文论作品《哲学与黑人小说》,此文宣告了他一生的文学理想与追求。论文首先回应了白人评论家卡尔·M. 休斯(Carl M. Hughes)对黑人小说所下的一个结论:黑人小说中"包含着能够影响黑人思想体系的哲理小说尚未出现"[①]。对此,约翰逊指出,黑人小说当时在主题和风格上都呈现出了新的发展。但他也承认,总体观之,休斯所言不虚。他指出,好莱坞电影和一些垃圾小说中频频出现对黑人及其生活的刻板化描述,这些描述根本没能表达看待世界的真正方式。由于大部分黑人作家对经验的解释已变得僵化和高度公式化,因此他们的作品"展示出类似的黑人世界,即克隆出来的世界"[②];很多黑人作家描述的是"一个没有自由、因充斥着性羞辱和耻辱而变得肮脏不堪的黑人世界"[③]。他认为,对黑人生活的这种阐释是部分和片面的,急需完善,接受这种阐释就等于扼杀了拓展与丰富黑人生活的可能性。[④] 更为严重的是,这样的作品不但未能丰富意义、厘清知觉,反倒给一些聪明的白人作家提供了模仿的对象。在这些白人作家的笔下,黑人生活变成了一种僵化的、单向度的存在,而这些"非常僵化、打着相同烙印的世界"又反过来"窒息了我们的小说"。[⑤]

① 　Hughes,C. M. *The Negro Novelists*. New York: The Citadel Press,1953:251.

② 　Johnson,C. Philosophy and Black Fiction. In Byrd,R. P. (ed.). *I Call Myself an Artist*: *Writings by and about Charles Johnson*. Bloomington: Indiana University Press,1999:80.

③ 　Johnson,C. Philosophy and Black Fiction. In Byrd,R. P. (ed.). *I Call Myself an Artist*: *Writings by and about Charles Johnson*. Bloomington: Indiana University Press,1999:80.

④ 　Johnson,C. Philosophy and Black Fiction. In Byrd,R. P. (ed.). *I Call Myself an Artist*: *Writings by and about Charles Johnson*. Bloomington: Indiana University Press,1999:82.

⑤ 　Johnson,C. Philosophy and Black Fiction. In Byrd,R. P. (ed.). *I Call Myself an Artist*: *Writings by and about Charles Johnson*. Bloomington: Indiana University Press,1999:84.

作为一位黑人作家和文论家,约翰逊对非裔文学的上述状况一直深感不安。除了《哲学与黑人小说》,他还在《存在与种族》及《美国奴隶叙事的终结》等文论作品中深入讨论过该话题。在《存在与种族》的后记中,约翰逊谈起两位白人评论家对非裔文学的诟病。首先是大卫·里特尔约翰(David Littlejohn)严厉批评了 1966 年之前出版的非裔美国小说,并描述了它们给白人读者带来的阅读感受:毁灭性的雷同,对丑陋感情和悲凉情境进行反复、刻板的描写,并一再重复同样的问题和同样的控诉,对此,白人读者的反应是"首先感到悲哀,接着是疲倦,随后便麻木了"①。其次是布莱登·杰克逊(Blyden Jackson)表达了类似的看法:只有极少数的文学世界像黑人小说世界那样贫乏,最有趣的东西在黑人小说里根本找不到。约翰逊承认,他们的结论"令人痛苦地真实,很值得进一步探析"②。他指出,由于黑人作家常常被迫将自己限制在种族和社会问题中,而这些问题通常都已被白人和黑人批评家用最狭隘的术语定义过,因此,1970 年之前出版的很多黑人小说普遍存在技巧和主题单一的问题;非裔文学中明显缺乏冒险的精神和创造的雄心,有色人种作家未能放眼世界,而是"一遍遍地翻犁同一块种族和社会之地"③。

众所周知,黑人在美国社会遭受了独特的奴隶制经历,反映在文学上,奴隶叙事成了黑人小说的祖传之根。经美国内战黑人赢得解放之后,美国非裔文学虽经历过几次发展高潮,但总体观之,这些作品仍热衷于描写黑人在种族制度下遭受的痛苦,主要表达了对美国社会种族压迫和种族歧视制度的谴责与抗议。在《存在与种族》中,约翰逊回顾了美国非裔文学的几个重要发展阶段,并指出:20 世纪 20 年代哈莱姆文艺复兴期间,美国黑人作家虽然创作了很多有别于旧文学中的刻板化黑人的新黑人形象,但他们在促进非裔文学的繁盛和提升生活意义方面没有取得太大成就。1940 年赖特的《土生子》(Native Son)出版后,美国非裔文学界出现了一股"抗议小说"(protest novel)热潮。此类作品的缺陷是,

---

① Johnson, C. *Being and Race*:*Black Writing since 1970*. Bloomington:Indiana University Press, 1988:119.

② Johnson, C. *Being and Race*:*Black Writing since 1970*. Bloomington:Indiana University Press, 1988:119.

③ Johnson, C. *Being and Race*:*Black Writing since 1970*. Bloomington:Indiana University Press, 1988:119.

以放弃描写黑人生活中正面文化人物为代价来获取感人肺腑的力量。换言之，黑人文化中很多正面、欢乐的东西都在赖特的文学世界中消失了。到了六七十年代，随着黑人民权运动的蓬勃发展，黑人艺术运动随之兴起，它所倡导的"黑人美学"(black aesthetics)仅仅是对先前白人的黑人刻板化描写进行的一种典型颠倒。① 这与托尼·莫里森(Toni Morrison)对"黑人美学"的看法完全一致："黑人美学"实际上是黑人"对一个白人概念的反其道而行之……完全是白人的那一套"②。当然，约翰逊也注意到了一些例外，在《存在与种族》和《哲学与黑人小说》中，他表扬了一批能够超越上述传统的黑人作家，如：克莱伦斯·梅杰(Clarence Major)、伊什梅尔·里德(Ishmael Reed)、艾尔·扬(Al Young)、小约翰·麦克克拉斯基(John McCluskey Jr.)、约翰·埃德加·怀德曼(John Edgar Wideman)及莫里森等，因为"他们不迷恋于表现黑人世界的阴暗面，而是发掘那些拥有先在和谐、种种幽默、日常奇异经验和优雅的世界"③。但总体看来，上述非裔文学传统具有一些共同特征：都把有关黑人经验的概念当成与生俱来的东西，因此都常常从狭隘、受限或本质化的视角来描述黑人经验。美国非裔文学这种单一、僵化的状况一直持续到后民权时代，至今多数黑人作家仍然只关注种族问题，这不仅限制了他们的创造性，也限制了读者"以不同方式看待黑暗事物"④的能力。

约翰逊曾多次诟病美国非裔文学的这种单一、僵化的状态。他称这种文学传统为"美国黑人叙事"(Black American Narrative)，认为它是过时的、不符合现实的叙事，并呼吁当代黑人作家摒弃之，代之以能够展现美国黑人生活丰富性和

① Johnson，C. *Being and Race*：*Black Writing since 1970*. Bloomington：Indiana University Press，1988：12-19.

② 转引自：胡允桓. 译序//莫瑞森. 最蓝的眼睛. 陈苏东，胡允桓，译. 海口：南海出版公司，2005：译序 1-2. Morrison 现一般译为"莫里森"。

③ Johnson，C. Philosophy and Black Fiction. In Byrd，R. P. (ed.). *I Call Myself an Artist*：*Writings by and about Charles Johnson*. Bloomington：Indiana University Press，1999：80.

④ Conner，M. C. Introduction：Charles Johnson and Philosophical Black Fiction. In Conner，M. C. & Nash，W. R. (eds.). *Charles Johnson*：*The Novelist as Philosopher*. Jackson：University Press of Mississippi，2007：xii.

复杂性、能够厘清作家和读者知觉的全新叙事。[①] 在《哲学与黑人小说》中,约翰逊在分析了非裔文学的僵化状况之后提出了此文的核心问题:怎样才能将黑人小说从僵化中拯救出来?[②] 约翰逊认为,可以通过"发展严肃的哲理小说"[③]来拯救黑人小说,因为:

> 哲学阐释学和对意义的探索是所有文学作品与生俱来的特质;黑人世界的特殊性中体现着普适性;严肃小说最终关心的是知觉的解放。[④]

利托指出,约翰逊所说的"严肃的哲理小说"即指美学上大胆的和种类上极丰富的美国黑人哲理小说,这种小说既不依赖任何一种文学种类,也不受任何单一的意识形态或政治议程所驱使,[⑤]而是将小说创作技巧与美国黑人生活的主题问题以及东西方哲学元素融合起来,通过这种融合帮助作家实现"知觉的解放",以便"认识并表征黑人生活和非裔文学的全景"。[⑥]

在约翰逊看来,黑人哲理小说是一种"真正的小说"。那么,什么是"真正的小说"呢? 他指出:

---

① Johnson,C. The End of the Black American Narrative. *American Scholar*,2008,77 (3):32-39.

② Johnson,C. Philosophy and Black Fiction. In Byrd,R. P. (ed.). *I Call Myself an Artist*:*Writings by and about Charles Johnson*. Bloomington:Indiana University Press, 1999:80.

③ Johnson,C. Philosophy and Black Fiction. In Byrd,R. P. (ed.). *I Call Myself an Artist*:*Writings by and about Charles Johnson*. Bloomington:Indiana University Press, 1999:84.

④ Johnson,C. Philosophy and Black Fiction. In Byrd,R. P. (ed.). *I Call Myself an Artist*:*Writings by and about Charles Johnson*. Bloomington:Indiana University Press, 1999:84.

⑤ Little,J. An Interview with Charles Johnson. In McWilliams,J. (ed.). *Passing the Three Gates*:*Interviews with Charles Johnson*. Seattle:University of Washington Press,2004:97-122.

⑥ Conner,M. C. Introduction:Charles Johnson and Philosophical Black Fiction. In Conner,M. C. & Nash,W. R. (eds.). *Charles Johnson*:*The Novelist as Philosopher*. Jackson:University Press of Mississippi,2007:xii.

黑人生活既是流动的,又是静止的,不存在唯一真实的黑人世界形象……我们作为黑人男女的经验完全超出了我们的知觉——黑人经验是含混的,是一个意义丰富、拥有多个侧面的万花筒。真正的黑人作家所做的是删除(原有)意义,抓住呈现在他面前的最新解释,这才是真正的小说。①

约翰逊认为,黑人生活和黑人世界是丰富多彩的,没有唯一真实的黑人世界形象。黑人哲理小说能够丰富意义、厘清知觉,调和普适性与黑人生活的特殊性之间的关系,并描绘出黑人生活和非裔文学的全景,因而是帮助作者和读者通达"完整视域"的最佳途径。

在一次访谈中,约翰逊明确声称:"我首先是一位哲理小说家。"②而他从事文学创作的意图是"通过探索那些其他黑人作家忽视、忽略或不愿思考的哲学和科学问题,去'填充空白'"③,即他在学生时代便察觉到的一个现象:非裔文学中缺乏在哲学上可以构成体系的小说。为了实现这一创作目标,他为自己设计了一个"黑人哲理小说规划"。此规划从他正式出版的第一部长篇小说《费丝》开始,涵盖了他后来的所有长篇小说和绝大部分短篇小说。

在《哲学与黑人小说》中,约翰逊明确界定了"黑人哲理小说"这个概念:"它是质问人类经验的艺术,首先是一种思考方式,是阐释过程或更高意义上的阐释学。"④此界定高度简约,仅从广义上概括了此类小说的一般特征。在之后的一次访谈中,他对黑人哲理小说的内涵做了一些补充:它是"包含哲学体系的黑人

① Johnson,C. Philosophy and Black Fiction. In Byrd,R. P. (ed.). *I Call Myself an Artist*:*Writings by and about Charles Johnson*. Bloomington:Indiana University Press,1999:82.

② McWilliams,J. An Interview with Charles Johnson. In McWilliams,J. (ed.). *Passing the Three Gates*:*Interviews with Charles Johnson*. Seattle:University of Washington Press,2004:275.

③ Myers,G. Being and Race:An Interview with Charles Johnson. In McWilliams,J. (ed.). *Passing the Three Gates*:*Interviews with Charles Johnson*. Seattle:University of Washington Press,2004:35.

④ Johnson,C. Philosophy and Black Fiction. In Byrd,R. P. (ed.). *I Call Myself an Artist*:*Writings by and about Charles Johnson*. Bloomington:Indiana University Press,1999:80.

小说——那种致力于解决西方人的一些永恒问题的黑人小说,探讨价值问题、伦理问题、意义问题,讨论真、善、美、自我和认识论之类的问题"①。

一些研究者在约翰逊的界定基础上做出了进一步的阐释和总结。沃伦-布里奇认为,黑人哲理小说是"积极追问那些永恒的哲学问题,并在黑人的故事世界里进行这些追问的小说"②。拜尔德则重点阐释了黑人哲理小说中运用的现象学悬置并指出了此类小说的基本主题:

> 广言之,约翰逊将"黑人哲理小说"定义为质问人类经验的艺术。更具体地说,它首先是一种关于思考方式和阐释过程的小说,也是一种致力于将所有对非裔美国人生活的假设都悬置起来、束之高阁、加上括号的小说。加上括号之后,非裔美国经验就变成了一个纯显现的领域,它处于两极之内:意识,以及与之有意向性联系的那些人和现象……此类小说的基本主题是:身份、解放和醒悟。③

既然黑人哲理小说如此重要,那么我们需要进一步厘清以下几个相关问题:黑人哲理小说源自何处?黑人哲理小说的写作传统中还有哪些代表作家?约翰逊与他们之间存在着怎样的承接或影响关系?约翰逊在该传统中占据了怎样的地位?他为该传统的发展做了哪些贡献?

从文类上看,黑人哲理小说是哲理小说的一种变体。历史上,哲学与文学的关系在欧美主流知识界不断被提出探讨,虽然有人反对两者的结合,认为作品的哲学意蕴和艺术性无法并存,但事实上,运用文学模式探讨哲学思想的传统源远流长。古希腊时期,斯多葛派便提出了如下观点:"诗是传达哲理的有效工

---

① O'Connell, N. Charles Johnson. In McWilliams, J. (ed.). *Passing the Three Gates: Interviews with Charles Johnson*. Seattle: University of Washington Press, 2004: 22.

② Whalen-Bridge, J. "Whole Sight" in Review: Reflections on Charles Johnson. *MELUS*, 2006, 31(2): 244.

③ Byrd, R. P. *Oxherding Tale* and *Siddhartha*: Philosophy, Fiction, and the Emergence of a Hidden Tradition. In Byrd, R. P. (ed.). *I Call Myself an Artist: Writings by and about Charles Johnson*. Bloomington: Indiana University Press, 1999: 315.

具。"①柏拉图(Plato)的《理想国》(*The Republic*)就是以文学形式表达哲学思想的典范。梅洛-庞蒂告诉我们,哲学和小说实际上说的是同一回事。② 约翰逊的恩师、著名美国小说家和文学评论家约翰·加德纳(John Gardner)则进一步宣称,小说是一种哲学表达方法。③ 约翰逊本人也指出,"那种认为哲学和小说是两个不同学科的古老愚蠢的说法是不实的——他们是姊妹学科";他还进一步强调,"如果一个批评家认识不到这一点,他的立场就站不住脚"。④ 在 2004 年的一次访谈中,约翰逊解释了哲理小说存在的合理性与必要性,以及哲理小说家的任务,他说:

> 思想不是从高高漂浮在人类经验之上的某个抽象王国来的,相反,它们产生于人类日常经验的历史淤泥之中,为这个世界的诸多特殊事物所遮蔽……哲理小说家所做的,只是让那些思想返回产生它们且可触知的经验世界,一如将血肉放回它们抽象的骨架上。⑤

《辞海》这样界定哲理小说:

> 小说类别之一。以阐明某种哲理为目的,不注重人物性格的刻画,常常通过富有传奇性的故事和有明显喻意的形象,表达作者对哲学、政治、社会的思想见解。这种小说样式最早由 18 世纪法国启蒙主义文学所采用,代表作有伏尔泰的《查第格》、《老实人》和狄德罗的《拉摩的侄儿》等,它们反对封

---

① 顾祖钊. 文学原理新释. 北京:人民文学出版社,2000:15.

② 转引自:Johnson,C. *Being and Race：Black Writing since 1970*. Bloomington：Indiana University Press,1988：32.

③ 转引自:Johnson,C. Philosophy and Black Fiction. In Byrd,R. P. (ed.). *I Call Myself an Artist：Writings by and about Charles Johnson*. Bloomington：Indiana University Press,1999：79.

④ Johnson,C. *Being and Race：Black Writing since 1970*. Bloomington：Indiana University Press,1988：32.

⑤ Ghosh,N. K. From Narrow Complaint to Broader Celebration：A Conversation with Charles Johnson. *MELUS*,2004,29(3)：376.

建专制，阐发启蒙思想。哲理小说常采用书信、日记、对话等形式创作。①

由此可见，哲理小说直面社会现实，可以帮助作家思考风俗习惯、政治、道德、信仰等社会领域的重大问题，参与公共事务的讨论，表达个人见解，揭示社会现实，是推动世界变化的力量之一。它不仅是一门艺术，也是一种工具，是人类思想中的一种战斗武器。② 随着 20 世纪人类生存困惑的不断增强，文学探讨生命意义、揭示生存悖论的使命也愈益突出，由此，大量哲理作家涌现出来，如弗里德里希·W. 尼采（Friedrich W. Nietzsche）、让-保罗·萨特（Jean-Paul Sartre）、萨缪尔·贝克特（Samuel Beckett）、阿尔伯特·加缪（Albert Camus）等，他们分别以诗歌、小说、戏剧等不同文学形式表达了对人类整体生存方式的哲学思考。

大学时代的约翰逊认为，美国非裔文学传统中没有任何可以被称作"哲理小说"的作品，但后来他逐渐发现，事实上非裔文学史上已经存在一些具有哲思性的"思想小说家"，他们的作品提出了存在与种族、文化与意识等基本问题，充满着"哲学话语的活力"，③为黑人作家提供了新的创作方向，并加深了读者对生活世界的认知，尤其是对黑人世界的认知。④ 约翰逊常提到的此类黑人作家主要有三位：图默、赖特和埃利森。换言之，约翰逊意识到，美国非裔文学中本来就存在着一个哲理小说传统。对此，康纳和拜尔德等都深表赞同。前者认为，约翰逊的创作加入了一个特定的文学种类，即黑人哲理小说，并为之做出了贡献："如果

---

① 夏征农，陈至立. 辞海（第六版插图本）. 上海：上海辞书出版社，2009：2902.
② 韩水仙. 文学的哲思——论启蒙时代"从哲思到小说"的法国哲理小说. 广东外语外贸大学学报，2008(1)：13-15.
③ Johnson, C. Where Philosophy and Fiction Meet. In Byrd, R. P. (ed.). *I Call Myself an Artist：Writings by and about Charles Johnson*. Bloomington：Indiana University Press, 1999：92.
④ Johnson, C. Philosophy and Black Fiction. In Byrd, R. P. (ed.). *I Call Myself an Artist：Writings by and about Charles Johnson*. Bloomington：Indiana University Press, 1999：83.

说约翰逊没有创造这个类别,那么至少可以说主要是他定义了这个类别。"①后者则声称,黑人哲理小说是一个隐藏的非裔文学传统,这个传统涵盖了一个较大的作家群,开始于杜波依斯,除了图默、赖特和埃利森之外,还包括詹姆斯·鲍德温(James Baldwin)、莫里森等人,他们为建构一个合乎逻辑的小说世界而改写了复杂的哲学体系。该传统由男性作家开创和主导,"好像是非裔美国作家的独有领域"②。不过拜尔德还指出,对约翰逊而言,该传统的真正源头应追溯至德国作家黑塞。因为尽管约翰逊通过阅读图默、赖特和埃利森进入了这个传统,但黑塞的哲理小说《悉达多》(Siddhartha,1922)对他的奠基之作《牧牛》产生了巨大的影响。③

康纳和拜尔德还对约翰逊在黑人哲理小说传统中的地位做了思考。拜尔德认为,约翰逊是该传统中唯一一位受过哲学训练的作家,而且在努力达到他所宣称的如下目标方面最具自觉性:通过运用不同哲学体系去考察具有道德模型的那些问题,而这又让他能够以新颖有力的方式去探索非裔美国人的生活。④ 康纳则指出,虽然这个传统中不止约翰逊一人,"然而,鉴于约翰逊对东西方影响融合的程度之深并阐明了创作'黑人哲理小说'的系统方法,因此,他在这个传统中无疑显得很独特"⑤。

---

① Conner,M. C. Introduction:Charles Johnson and Philosophical Black Fiction. In Conner,M. C. & Nash,W. R. (eds.). *Charles Johnson:The Novelist as Philosopher*. Jackson:University Press of Mississippi,2007:xii.

② Byrd,R. P. *Oxherding Tale* and *Siddhartha*:Philosophy,Fiction,and the Emergence of a Hidden Tradition. In Byrd,R. P. (ed.). *I Call Myself an Artist:Writings by and about Charles Johnson*. Bloomington:Indiana University Press,1999:316.

③ Byrd,R. P. *Oxherding Tale* and *Siddhartha*:Philosophy,Fiction,and the Emergence of a Hidden Tradition. In Byrd,R. P. (ed.). *I Call Myself an Artist:Writings by and about Charles Johnson*. Bloomington:Indiana University Press,1999:315.

④ Byrd,R. P. *Oxherding Tale* and *Siddhartha*:Philosophy,Fiction,and the Emergence of a Hidden Tradition. In Byrd,R. P. (ed.). *I Call Myself an Artist:Writings by and about Charles Johnson*. Bloomington:Indiana University Press,1999:305-317.

⑤ Conner,M. C. Introduction:Charles Johnson and Philosophical Black Fiction. In Conner,M. C. & Nash,W. R. (eds.). *Charles Johnson:The Novelist as Philosopher*. Jackson:University Press of Mississippi,2007:xiv.

2.3　小　结

本章主要探讨了约翰逊"完整视域"文学思想中的两个重要概念——"完整视域"和"黑人哲理小说",重点分析了它们的定义、来源、内涵、作用,以及两者的关系。约翰逊认为文学创作的终极目标是通达"完整视域",而黑人哲理小说书写是通达"完整视域"的最佳途径。我们认为,约翰逊所说的"完整视域"创作目标主要包含两层意思。其一,指美国非裔文学创作的终极目标。依约翰逊之见,黑人哲理小说书写及其"完整视域"目标的实现是将非裔文学从僵化、公式化的传统模式中拯救出来的最佳途径。其二,指一种理想的生存状态。约翰逊认为,"完整视域"意识能够帮助人们解放知觉与意识,并将人们(尤其是黑人同胞)从遭受精神奴役的状态中解救出来,从而获得真正的自由与精神解放,实现人类的和谐健康生存这一理想。

"完整视域"文学思想在约翰逊的作品中占据核心地位,但遗憾的是,约翰逊及其研究者至今未给"完整视域"下过明确的定义。鉴于该概念在本书中的重要性,笔者尝试在约翰逊本人及其研究者对该概念理解与阐释的基础上界定了该概念并阐释了其主要特征。

约翰逊认为,现象学悬置和互文性书写是帮助黑人哲理小说走向"完整视域"的两种重要创作手法。那么,这两种手法到底有何重要性? 在具体的小说创作中,约翰逊又是如何运用它们的呢? 下一章将结合约翰逊的小说文本对这些问题进行探讨。

3 查尔斯·约翰逊"完整视域"文学思想在创作手法中的体现

在黑人艺术中的经验和意义被挖掘出来之前,所有的偏见、所有的理论,都必须被悬置起来。

——查尔斯·约翰逊,《存在与种族:1970 年以来的黑人写作》

　　艺术是一个主体通往另一个主体的桥梁,因而艺术经验如果不是普适的,至少也是主体间的,那便是我们能对艺术和科学抱有的最好期待。

——查尔斯·约翰逊,《完整视域》

　　为了防止受到某些思维形式的奴役,不将自己锁进狭隘的个人视野,约翰逊在黑人哲理小说创作中采用了多种创作方法和技巧,它们相互对照、相互补充,共同引领约翰逊在文学创作中迈向了"完整视域"。在努力实现"完整视域"创作目标的过程中,约翰逊特别重视现象学悬置和互文性书写这两种创作手法,因为前者可爆发出强大的解构之力,能够帮助作者悬置、打破已有的视角和偏见,解放知觉和意识,学会用新的视角重新观察事物;后者则可通过借鉴吸纳一切优秀的文学传统、形式和文化思想,帮助作者走出狭小片面的自我,拓展思维,逐渐接近"完整视域"创作目标。

　　本章将结合约翰逊的部分文论作品和小说文本,探讨他对上述两种极具开放性和包容性特点的创作手法的运用。

3.1　现象学悬置

　　现象学是 20 世纪初在西方兴起的一种哲学思潮,创始人为德国哲学家埃德蒙德·胡塞尔(Edmund Husserl)。现象学"致力于研究人类的经验以及事物如何在这样的经验中并通过这样的经验向我们呈现"①。由于约翰逊在硕士和博士阶段所读专业皆为哲学,也由于他对现象学情有独钟,现象学方法便成了他常用的一种思维方法。在《存在与种族》的前言中约翰逊提醒读者,现象学并非一个抽象概念,它是我们做事情的方法;此作清楚地体现了他自己对现象学进行的奇特变异。② 在1993年的一次访谈中,他再次声明,读者可以在他所有的作品中看到现象学方法。③

现象学悬置对于哲理小说的创作过程具有极为重要的意义,约翰逊在文学批评和创作实践中经常运用该方法。"悬置"是胡塞尔现象学中的一个重要概念,也是一种"看"事物的方式。为了能够"回到事物的本身",观察者要尽可能地把关于某一现象的所有前认识置于一边,然后以"加括号"和白描式的报道来展示与所有对象相遇时所显示的状况,"也就是排除先见、前见和预见等的影响,像事物显现的那样,严格而无偏见地研究事物,像第一次看到它们一样去考察和'看'它们,进而使事物和事件能以新颖的方式进入人们的意识之中,发现其新的意义"④。

约翰逊曾举例说明现象学悬置或"加括号"的方法。比如,在人物画课上,绘画者正在描摹模特的手,但他突然发现自己画的不是模特的手,而是自己对于手应该是什么样的想法,那是他通过观看其他画家画过的手而得来的一个关于手的概念,而非来自他对许多个体的手的观察。这种受到严重限制的观看会导致知觉僵化,绘画课要解放的正是这种僵化。这种对眼睛的训练就是画家对已有假设采取的现象学悬置或"加括号",目的是抓住一个新的、原创性的观点。⑤ 约翰逊还常常使用"立方体比喻"(metaphor of Necker cube)来解释现象学悬置的运用。当很多人一起观察一个立方体时,先是有人看到立方体的一个外形

① 索科拉夫斯基. 现象学导论. 高秉江,张建华,译. 武汉:武汉大学出版社,2009:2.

② Johnson, C. *Being and Race: Black Writing since 1970*. Bloomington: Indiana University Press, 1988: ix.

③ Davis, L. Charles Johnson: Interview. In McWilliams, J. (ed.). *Passing the Three Gates: Interviews with Charles Johnson*. Seattle: University of Washington Press, 2004: 144.

④ 肖峰. 现象学与月亮. 哲学分析,2012(1):94.

⑤ Johnson, C. *Being and Race: Black Writing since 1970*. Bloomington: Indiana University Press, 1988: 4-5.

(profile)，然后有人看到第二个、第三个外形……你若问他们看到了什么，有人会说，"我看到了一个纸袋"，而其他人此前却没看到这个"纸袋"。那些人在这个人的描绘中与他共享了观察体验，由此原本完全出自主观的事物在分享中变成了主体间的事物。约翰逊特别强调了一个有趣现象：在分享一个物体外形的过程中，人们初见它时会肯定地认为它是某种东西，但等他们发现了第15或第20个外形的时候，你再问它是什么，他们却常常无以回答了，因为这时他们已认识到它的存在是一个非固定的、非必然的存在，一个永远开放的存在。① 正如现象学家罗伯特·索科拉夫斯基（Robert Sokolowski）所言："最终说来，立方体是在外形的多样性中被给予我的。"②通过艺术家画手的经历和"立方体比喻"，约翰逊揭示了凭借现象学悬置打破僵化思维和对事物的片面认识，解放知觉和创造性，从而走向"完整视域"的途径。

　　具体到对黑人世界的认识，约翰逊进而指出，当我们与黑人生活初次相遇时，我们应该做到：一是不论我们认为自己对黑人生活了解多少，都必须把所有的假设，我们所珍藏的关于"*所是*"（what *is*）及其出现方式的所有信念全部悬置起来，搁在一边，"加上括号"。悬置之后，黑人世界的方方面面仅仅变成了反映世界的特殊场合。二是"加上括号"之后，黑人经验会变成一个只具重要两极的纯表象领域：意识和物体，后者指与意识意向性地相连的事物。我们描述它们是如何出现的，并注意到黑人主体性（记忆、欲望、期待、意愿）以一种特殊的感觉染浊了它们。三是最后我们要问，这种对黑人生活的观察（在第一阶段就去除了所有的黑人独特性）如此纯净，以致它现在作为此类所有经验的代表出现在我们面前，是否展示了能够阐释我们的主题的那些特征？③ 通过这三个步骤，约翰逊给我们提供了客观、全面、真实地认识黑人生活和世界的方法。

　　约翰逊在《存在与种族》中便使用了现象学认知模式。在该作的前言中，他

① Little，J. An Interview with Charles Johnson. In McWilliams，J. （ed.）. *Passing the Three Gates：Interviews with Charles Johnson*. Seattle：University of Washington Press，2004：101-102.

② 索科拉夫斯基. 现象学导论. 高秉江，张建华，译. 武汉：武汉大学出版社，2009：18.

③ Johnson，C. Philosophy and Black Fiction. In Byrd，R. P. （ed.）. *I Call Myself an Artist：Writings by and about Charles Johnson*. Bloomington：Indiana University Press，1999：80-81.

解释了自己选用该模式的原因。胡塞尔认为,很多知觉原则和领域都建立在未被厘清的、天真的假设之上,倘若这些领域想获得一个更加安全可靠的基础,那么它们就需要被提出来。约翰逊认为,"美国黑人小说,事实上是整个'创造性写作'领域,都未看到它们自身存在的这种基本假设①。因此,他相信现在到了探讨这些假设的时候了,而他最大的希望便是通过《存在与种族》对这场探讨做出贡献。在《越过三重门》中,他再次说明了自己特别青睐现象学方法的原因:总体来说,人们在说话的时候会很随便地使用"种族""经验"和"故事"这样的术语,而现象学为重新检验我们讨论黑人生活和非裔文学时使用的那些不加思考的术语,尤其是媒体术语,提供了一个理论框架。② 换言之,约翰逊认为,有些术语已经携带了一定的偏见和特殊含义,现象学方法可以帮助人们纠正对这些术语的不当使用。

在《存在与种族》中,约翰逊呼吁:"在黑人艺术中的经验和意义被挖掘出来之前,所有的偏见、所有的理论,都必须被悬置起来。"③因为现象学的目标是把那些先入之见"加上括号"或放在一边,让人们能够接近那种使得事物或事件如其所是的根本本质。此作回顾了非裔文学的历史,并评论了各个时期的非裔文学和作家。在此过程中,约翰逊尽量悬置那些已有的僵化观点,坚持在全面、深入思考的基础上重新评估非裔文学的已有成果。可以说,现象学悬置给他的文学评论打上了鲜明的"完整视域"意识的印迹。比如,在评价哈莱姆文艺复兴时,他一方面肯定这个时期取得了巨大的文学成就,赞赏一些黑人作家能够回归黑人民俗创作源泉,并认为这个时期是个多产时期,出现了一批杰出作家,如图默、左拉·N. 赫斯顿(Zora N. Hurston)、乔治·斯凯勒(George Schuyler)、华莱士·瑟曼(Wallace Thurman)、克劳德·麦凯(Claude McKay)等;另一方面也大胆批评了这个时期的多数作家"在促进非裔文学和生活的意义丰富方面突破不

① Johnson, C. *Being and Race*: *Black Writing since 1970*. Bloomington: Indiana University Press, 1988: ix.
② Myers, G. Being and Race: An Interview with Charles Johnson. In McWilliams, J. (ed.). *Passing the Three Gates*: *Interviews with Charles Johnson*. Seattle: University of Washington Press, 2004: 34-35.
③ Johnson, C. *Being and Race*: *Black Writing since 1970*. Bloomington: Indiana University Press, 1988: 29.

多,而在以新的刻板化形象取代旧的刻板化形象方面倒是颇有建树"①。另外,在评价 60 年代的"黑人美学"时,他既批评该美学由于坚持"艺术即宣传"的观点而将文学政治化的弊端,同时也肯定了它在特定时期对非裔文学做出的重大贡献。

综观约翰逊的作品可以发现,为了改变非裔文学的单一化、类型化与模式化的状况,推动非裔文学向真实化、多样化方向发展,他不仅在文学批评中积极倡导并运用现象学悬置,也常在小说创作中运用这一方法。无论何时,约翰逊总是拒绝他所认为的"僵化的观点",为此他反复警告作家们不要接受任何由经验提前设定的模式。相反,他呼吁美国黑人作家"重新与标志着黑人世界经验和所有世界经验的感知变化做斗争,争取创造新意义"②。

约翰逊在小说创作中对现象学悬置的运用主要体现在:大胆解构传统文学中塑造的种种刻板化或他者化的黑人形象,重塑了众多极具颠覆性的黑人人物,尤其是男性黑人人物,由此参与了涉及黑人人性、智力、能力和道德等"种族神话"的一系列重要讨论。

在西方种族社会中长期流传着各类"种族神话",它们渗透进白人主流文化并在多数白人的思想意识中深深扎根,由此似乎为种族压迫和种族歧视制度的存在提供了合理性。由于这些"种族神话"已经历史悠久,并由白人主流社会通过报纸、电视、电影、文学和艺术作品等各种媒介不断强化,因此不但大多数白人不会对其真实性产生反思或质疑,就连很多黑人也在不知不觉中内化了它们所传播的种族歧视思想。黑人若想推翻种族制度,获得与白人平等的地位与自由权利,除了要进行不懈的政治斗争之外,同时也必须从思想意识上揭露并解构这些"种族神话"。它们主要是:(1)白人优越论(或白人至上论);(2)黑人低劣论;(3)黑人男性神话;(4)"一滴血"原则;(5)白人血统纯洁神话。其中第一和第二项、第四和第五项之间有着紧密的联系。

在《越过三重门》中,约翰逊指出了现象学的一个重要功用:

---

① Johnson，C. *Being and Race*：*Black Writing since 1970*. Bloomington：Indiana University Press，1988：18.

② Johnson，C. *Being and Race*：*Black Writing since 1970*. Bloomington：Indiana University Press，1988：7-15.

如果说现象学方法具有某种可靠性，那就是它允许我们检验这些经验时不带通常的预设，不落入任何阐释模式。所以在经过逼真的还原，即悬置或"加括号"之后，我们会实现与"种族"现象或者"故事"现象的一次全新相遇。①

　　在其作品中，约翰逊通过现象学悬置，对以上众多"种族神话"进行了质疑、反驳与解构，为世人还原了一个全新的、更为真实的黑人形象和黑人生活世界。

　　历史上，白人种族主义者为了维护自己的至上地位和白人优越论，千方百计地污蔑和贬低黑人，尤其是男性黑人。在生物学、人类学、历史学、哲学和文学等诸多研究领域，黑人都遭到了白人主流文化的野蛮化和妖魔化。法国思想家皮埃尔-安德烈·塔基耶夫(Pierre-André Taguieff)在其名著《种族主义源流》(*Le Racisme*,2005)中指出，在哲学领域，一系列著名哲学大师，从伏尔泰(Voltaire)到大卫·休谟(David Hume)，到伊曼努尔·康德(Immanuel Kant)，再到黑格尔，都坚持黑人低劣论、白人优越论。例如休谟认为，黑种人在本性上低于白种人，哪怕是最有才干的黑人，也与一只仅能清楚地说出几个单词的鹦鹉相差无几，而且黑人的低下是遗传性的、不可挽救的，因此，黑人生来便不能被文明化或改善，这是普遍和必然的状况；相反，白种人拥有高超的能力，最能体现人类的精华。康德全盘继承了休谟的种族遗传决定论，他认为黑人在本质上不如白人，黑人的低下是遗传性的，因而是总体性的，没有例外并且不可改变；黑人的"愚蠢"由其种族特性所决定，而他们的黑肤色正是明显的标记。黑格尔则将黑人低下论向前推进了一步，为反黑人的种族主义提供了思想上的贡献。他认为，严格说来非洲黑人无历史可言，他们仍处于野蛮和洪荒状态，这种状态阻止其成为文明的组成部分；而且，他们处于"儿童国"，遵循的是人吃人的原则。由此，与休谟和康德一样，黑格尔也认为黑人的状况不可能有任何发展，他们是一个为历史和思维生活所抛弃的种族，在他们的个性中找不到任何与人相对应的东西，因此，白

---

① Myers, G. Being and Race: An Interview with Charles Johnson. In McWilliams, J. (ed.). *Passing the Three Gates: Interviews with Charles Johnson*. Seattle: University of Washington Press, 2004: 5.

人不能在感情上认同他们。①

　　在主流文化的影响下,一系列的黑人刻板化形象出现了,这类形象直到现代社会仍无明显改观。在《美国一个世纪的黑人肖像画》("A Century of Negro Portraiture in America",1966)中,斯特林·布朗(Sterling Brown)总结了哈莱姆文艺复兴时期流行的受损黑人形象:喜剧型"黑鬼"、富于异国情调的原始人、知足的奴隶。约翰逊还补充了最可怕的一类,即一些电影[如《一个国家的诞生》(Birth of a Nation)]中所描述的"黑鬼野兽":这种生物胃口和性欲都大得可怕,通常由北方白人(或印第安人)管理。② 黑人男性遭受的丑化和妖魔化更是令人震惊。据张立新的研究,西方文化和文学对黑人男性的丑化和妖魔化主要经历了如下几个阶段:"傻宝"(Sambo)、"汤姆叔叔"(Uncle Tom)、"黑色的狒狒"(black baboon)、"千条腿的野兽"(thousand-legged beast)。③ 从这个发展过程可以看出,在前两个时期,黑人还被赋予了一定的人性,但到了后两个时期,黑人已完全被等同于野兽。"野兽"隐喻不仅将黑人完全非人化了,而且更为可怕的是,其中暗藏着著名的"黑人男性神话",亦即"黑人男性强奸神话"。

　　塔基耶夫指出,白人主流文化通过将黑人妖魔化,欲达到的真正目的是:为奴役和压迫黑人提供正当的合法性。因为野兽化可以将黑人完全非人化,剥夺他们的人格,并以科学或哲学甚至文明的名义,将他们变成一种可交换的东西、一种商品或是生产工具。总之,一种"次人类的种族主义论的目的,是奴隶制的或殖民化的臣服、奴役、剥削"④。

　　为了反驳对黑人的野兽化,1978 年,约翰逊发表了《黑人身体的现象学》("A Phenomenology of the Black Body")一文。此文愤怒地指出,黑人遭受的身体痛苦如此之深,以致白人意识里不敢接受和面对的东西都被归之于黑人:兽性、不

①　塔基耶夫. 种族主义源流. 高凌瀚,译. 北京:生活·读书·新知三联书店,2005:88-94.

②　转引自:Johnson, C. Being and Race: Black Writing since 1970. Bloomington: Indiana University Press, 1988: 11.

③　张立新. 文化的扭曲:美国文学与文化中的黑人形象研究(1877—1914 年). 北京:中国社会科学出版社,2007:1-75.

④　塔基耶夫. 种族主义源流. 高凌瀚,译. 北京:生活·读书·新知三联书店,2005:87.

洁、犯罪和所有传说中"黑暗的东西"。[①] 与此同时,约翰逊通过小说创作直接参与了对各类种族神话的讨论与解构。他在自己的小说中打破了文学与影视作品中黑人形象千人一面、静止不变的状况,塑造了众多个性鲜明、性格迥异的黑人人物,并赋予他们以全新的意义。在他笔下既有死守牺牲品观念、不愿转变看待世界的方式、誓与白人种族主义者拼杀到底的顽固的黑人民族主义者,如乔治和戴梅洛等;也有在苦难中学会反省与思考、逐渐醒悟并主动转变、不断完善自我的智慧型新黑人,如费丝、安德鲁、卢瑟福德、该姆、毕肖普等;有毫不负责、遭人唾弃的传统型"坏黑鬼",如里雷和奈特等;也有务实能干、人性高贵的黑人绅士,如杰克逊、马丁·路德·金等;更有精神分裂的大学生提皮斯,极端虚荣、拜金的编辑马克斯韦尔,超然世外宛若高僧的匠奴睿伯等。总之,在约翰逊笔下,除了肤色差异之外,黑人正如白人或其他任何种族一样,个性、心理和性格皆丰富多样,并处于不断的成长和转变中。

以《中间航道》的主人公卢瑟福德为例,他既不同于马克·吐温(Mark Twain)笔下智力低下、思维混乱且迷信懒惰的"傻宝"吉姆,又不同于赖特笔下冷酷凶残、无所畏惧且具极端反抗意识的别格,也不同于埃利森小说中苦苦思索如何才能被人看见的黑人青年。故事开始时卢瑟福德是个奴隶,却受过良好的教育,甚至熟知很多哲学著作。他是个典型的扒手、撒谎者、赌徒,玩世不恭且缺乏责任心和正义感,但同时在本质上却很善良,始终不乏良知和爱心。而且,虽然他总是有意识地自我孤立,内心却渴望得到温情与关爱;他瞧不起父亲里雷所过的那种叛逆、放荡的生活,却下意识地模仿着他的行为;他对黑人在美国社会遭受欺压极其不满,却又幻想通过继承前主人的财产过上不劳而获、欺压他人的生活。与传统文学中单向度、刻板化的黑人完全不同,卢瑟福德性格复杂、内心丰富,真实地体现了人性中的种种矛盾冲突,善与恶、美与丑、简单与复杂在他身上同时并存。更重要的是,他的性格不是一成不变的,而是始终处于发展变化

① Johnson, C. A Phenomenology of the Black Body. In Byrd, R. P. (ed.). *I Call Myself an Artist: Writings by and about Charles Johnson*. Bloomington: Indiana University Press, 1999: 114.

中,正如约翰逊所言,卢瑟福德"是个动词,而非名词——是个过程,而非结果"[①]。有评论者称,卢瑟福德这个形象"看起来与读者对这类人物的任何期待都不同"[②]。实际上,约翰逊的所有主人公几乎都如此,如费丝、安德鲁、该姆等,都是个性复杂鲜明、不容简单归类的"圆形人物"(round character)。

在西方文化中,黑人的人性与道德一直是争论的焦点,因为这些问题与黑人是否应该拥有与白人平等的地位和自由权利等重大社会问题直接相关。由于白人种族主义者始终竭力对黑人进行野蛮化、妖魔化,因此人们普遍认为,黑人懒惰、愚蠢、不诚实、放纵、淫荡,缺乏基本的道德感,是和动物相差无几的一个物种。约翰逊通过自己的小说创作参与了有关黑人形象的这些讨论,并通过对卢瑟福德等一系列黑人人物的塑造,有力地反驳了上述对黑人人性和道德的攻击。

在人性问题上,尽管约翰逊笔下的黑人形象各不相同,但他们绝大多数都与白人一样拥有完满的人性,甚至有些黑人在道德和人性上比白人还要胜出一筹,如:《牧牛》中将丈夫的私生子视如己出的黑人妇女玛蒂、《中间航道》中温厚仁爱并具有高度责任感的杰克逊和恩戈亚马、《梦想家》中忘我工作并关爱所有黑人的海尔医生,以及为了人类和平而放弃舒适生活并献出年轻生命的马丁·路德·金,等等。同时,约翰逊在自己的作品中从不否认黑人中存在着懒惰、偷窃、撒谎,甚至抢劫等违法行为,但他在承认这些现象的同时也揭示了迫使黑人陷入这种境地的客观社会—历史原因。上文说过,《中间航道》开始时卢瑟福德是个典型的扒手,但他对自己的不轨行为非但毫不讳言,甚至还流露出几分扬扬自得。他并非不知道这些行为是错误的、反社会的,不过对此他有自己的理解和解释。实际上,卢瑟福德对他从偷窃中获得的特殊感受的描述,以及他对自己偷窃行为的解释恰好质疑、反驳了世人对黑人偷窃属于道德问题的定性。鉴于小说中的这段描述对于分析"黑人为何爱偷窃"这个问题极为重要,笔者将其摘录

---

① Boccia,M. An Interview with Charles Johnson. In McWilliams,J.(ed.). *Passing the Three Gates:Interviews with Charles Johnson*. Seattle:University of Washington Press,2004:204.

② Cooper,P. P. "All Narratives Are Lies,Man,an Illusion":Buddhism and Postmodernism Versus Racism in Charles Johnson's *Middle Passage* and *Dreamer*. In Hakutani,Y.(ed.). *Cross-cultural Vision in African American Literature:West Meets East*. New York:Palgrave Macmillan,2011:191.

如下：

> 从岗哨上溜开，进入他的房间，用指尖小心翼翼地关上门，我感到了流过全身的变化。那是一种熟悉的、感官上的激动，每次我潜入某户人家时，这种感觉都会出现，就像我悄悄进入了另一个人的灵魂……偷窃，如实说来，是我所知道的最接近于超越的东西。更妙的是，它打破了有产阶级的权力，这令我很高兴。从童年时起，我便从未充分地拥有过任何东西……这种永远的物质匮乏总是使最简单的行为陷入道德困境……身着雷弗伦德·钱德勒和他的虔诚教友穿过的亚麻衣服……就好像我谁也不是，或者什么也不是……身为新世界的黑人，我难道不正是天生做小偷的材料吗？或者说得好听些，尽管这已有两千多年历史的事情不是我发明出来的，我难道不正是它的继承人吗？①

　　这段话描写了卢瑟福德偷偷潜入船长室时的感受和内心活动。在此，卢瑟福德不但描述了行窃带给他的兴奋与刺激，也揭示了对他而言偷窃所隐含的重要意义，并同时暗示了造成他偷窃成癖的深层原因。就偷窃的意义来看，卢瑟福德明确表示自己偷窃主要不为获得钱财，而在于这种行为所具有的心理和政治意义。从心理上说，由于卢瑟福德是个生活在社会最底层的黑奴，无论在物质上还是精神上都处于极端的贫穷匮乏中，而偷窃则可以帮助他超越这种贫乏、单调的生活层次和狭小的生活范围，从而窥视甚至在一定程度上分享那些令他向往的丰富生活，补偿他渴望获得多彩人生体验并与更广阔的社会发生联系的心理和情感需求。因此，在卢瑟福德看来，偷窃是贫苦黑人超越自身被欺压、受限制社会地位的一种手段；从政治上看，卢瑟福德则将偷窃视为自己的一种权利，是他随时进入特权阶级生活的一条途径。正如米歇尔·福柯（Michel Foucault）所言，权力并非自上而下的单向性流动关系，而是一种无处不在的"能量流"、一种相互交错的复杂网络。在这张网上，个人不仅流动着，而且"总是既处于服从的

---

① Johnson, C. *Middle Passage*. New York：Penguin Books，1990：46-47. 本书中对该小说的引用均出自此版本，译文为笔者自译，后文将直接在文中标明 MP 和页码，不再具体加注。

地位又同时运用权力"①。对于卢瑟福德们而言,偷窃是他们运用权力的一种方式,是处于社会底层的贫苦穷人打破有产阶级的特权、挑战统治阶级权威的一种行为。由此可见,卢瑟福德之所以如此迷恋偷窃,主要是因为这是黑人反抗种族制度的一个秘密武器,而造成他偷窃的根源则主要在于美国社会的种族制度。种族制度下黑人遭受着非人待遇,他们不但因此陷入极度的物质贫困,而且被剥夺了所有的权利与机会,甚至包括自我存在感,因此他们只能以窃取来补充生活和精神上的极度匮乏,在勉强维持生存的同时极力重构自我感与主体性。因此,人们不应不加分析地将所有的黑人偷窃都视为单纯的道德问题。在一定意义上,对一个处于种族压迫和歧视之下的黑人而言,偷窃既是一种需要也是一种必然。很多黑人自我放纵、缺乏责任感,堕落为撒谎者、赌徒,甚至罪犯,这几乎是种族制度的必然结果。对此,埃利森笔下的"看不见的人"机敏地指出:"缺乏责任感是我这个看不见的人的一个属性……话说回来,我对谁负责呢?你对我不屑一顾,我干吗要对你负责?……责任基于承认……"②或者,用卢瑟福德的话说:"这类黑人不正是西方文化和社会制度的继承人吗?"(MP 47)

黑人的偷窃行为与其道德水平之间的关系问题曾引起很多学者的热议。美国非裔文学研究专家拉什迪在《欲望的性质:查尔斯·约翰逊〈中间航道〉里奴隶身份的形式》("The Properties of Desire: Forms of Slave Identity in Charles Johnson's *Middle Passage*",1994)一文中分析了黑奴偷窃的社会和政治原因,并为之辩护。拉什迪以三个真实的事件为例来展示奴隶偷窃的逻辑。其中最典型的一个例子是:一位牙买加的奴隶被控告偷了主人的食糖,对此这位奴隶答道,既然食糖是主人的财产,我自己也是主人的财产,那么我只不过是把属于同一主人的两份财产合并了起来。因为只有人才能偷东西,而财产是不可能偷东西的,所以我只是"拿走"了食糖而未"偷窃"它。对此,得克萨斯州前奴隶约瑟芬·霍华德(Josephine Howard)敏锐地指出,隐藏在黑人偷窃背后的逻辑是:"奴隶主总是告诉我们撒谎和偷窃是错误的,但是为什么白人偷走了我的妈妈和

---

① 福柯. 必须保卫社会. 钱翰,译. 上海:上海人民出版社,1999:28.
② 艾里森. 看不见的人. 任绍曾,等译. 南京:译林出版社:2008:13. Ellison 现一般译为"埃里森"。

我妈妈的妈妈？……那是最可耻的偷窃。"①

　　莫里森在《宠儿》(Beloved,1987)中借助小说人物之口表达了类似的观点。黑奴西克索亲自宰杀、烹煮并与朋友们分吃了主人的猪崽,当主人谴责他的偷窃行为时,西克索的回答与上文中那位牙买加奴隶的回答如出一辙——他对主人说,那不是偷,而是"增进您的财产"②。这个回答已够机智有趣,但更有趣的是,在西克索因此遭到主人的鞭打后,奴隶们"就当真开始了小偷小摸,这不仅变成了他们的权利,而且变成了他们的义务"③。这种故意为之的集体偷窃行为表明,在此种情况下,奴隶不仅将偷窃当作补偿自己物资匮乏的手段,而且与卢瑟福德一样,他们还将其视为挑战压迫者特权的途径,更将其视为颠覆统治阶级的伦理观念并由此将自己定义为"人"的一种方式。

　　马克·吐温曾借其笔下人物亚当之口说:"一个人只有当丰衣足食时,原则对他来说才有真正的效力。"④著名黑人民权主义者埃尔德里奇·克利弗(Eldridge Cleaver)则一针见血地指出:"在人们为了生存而残酷斗争的地方不存在对与错。"⑤约翰逊则借助其小说人物摩西之口指出:如果一个人无权、无势,一无所有,或者实际上差不多是一无所有,甚至连他自己也是别人的财产,那么你不能要求他为其行为负责,一切后果或评判都不能加之于他。⑥ 上述三位作家虽来自不同种族,但他们都强调:相比于道德和所谓的国家法律,人类的生存权利具有绝对优先性。

　　综上可见,在评价黑人的道德时,不能简单地以白人主流社会的道德标准为参照,而应将黑人的行为置于他们所处的社会、文化,尤其是经济语境中来考虑。通过对《中间航道》中卢瑟福德的偷窃心理的分析可见,长期遭受剥削和压迫以及由此带来的极度贫困是造成他陷入道德困境的罪魁祸首。实际上,若将黑人偷窃置于奴隶制环境中来看,它是个普遍现象。在美国内战前的奴隶制背景下,

①　Rushdy, A. H. A. The Properties of Desire: Forms of Slave Identity in Charles Johnson's *Middle Passage*. *Arizona Quarterly*, 1994, 50(2): 75.

②　莫里森. 宠儿. 潘岳,雷格,译. 海口:南海出版公司,2006:241.

③　莫里森. 宠儿. 潘岳,雷格,译. 海口:南海出版公司,2006:242.

④　吐温. 亚当夏娃日记. 谭惠娟,译. 杭州:浙江文艺出版社,2003:61.

⑤　Cleave, E. *Soul on Ice*. New York: Dell Publishing, 1968: 105.

⑥　Johnson, C. *The Sorcerer's Apprentice*. Auckland: Penguin Books, 1986:18.

黑奴偷窃行为虽不受社会鼓励和公开认可,但也很少被视为违背伦理道德之事。由于白人奴隶主对黑人的贫穷状况十分清楚,因此对他们的小偷小摸大多心照不宣,很少会认真追究。在《中间航道》中,偷窃成了卢瑟福德的一种癖好,可以在紧张时帮他释放压力,在困境中帮他找到主体感和自由感(MP 103),也是他表达反抗的一种方式。但他最后终于明白,对这种反抗方式的迷恋本身就是一种束缚、一种精神奴役,包括偷窃在内的那些违法行为并不能使他获得真正的自由,真正的自由要通过摆脱自私自利的小我,与他人和世界建立真诚的联系,像哥哥杰克逊那样勇于承担自己的责任才能赢得。

约翰逊承认黑人中确实存在着某些恶习,并揭示了造成这些恶习的社会—历史根源,但他同时也展示了黑人聪明能干、诚实善良和尽职尽责的一面,不过具有这些良好品质的黑人绝不等同于温驯顺从、完全失去了反抗意识的刻板化黑人"汤姆叔叔"。比如《中间航道》中卢瑟福德的哥哥杰克逊为人善良温厚,对工作尽心尽责,对主人忠心耿耿,自幼便自觉担负起照顾弟弟的重任。可以说,杰克逊是个典型的"黑人绅士"。乍一看,他委实与斯托夫人(Mrs. Stowe)笔下的汤姆颇为相像,因此,那些激进的黑人,包括卢瑟福德本人,都暗地里将杰克逊斥为"汤姆叔叔"。但仔细观察便会发现,杰克逊虽具有某些类似于"汤姆叔叔"的表面特征,然而两人之间却存在着根本区别:"汤姆叔叔"已经内化了奴隶制的压迫机制,对主人逆来顺受、毫不反抗,甚至在主人决定卖掉他的时候也发自内心地拒绝逃跑;而杰克逊却非常珍爱自由,他内心并未真正接受奴隶制的束缚,甚至像其他黑人一样策划过逃跑,只因不忍丢下年幼的弟弟才打消了这一念头。可见他后来对主人的衷心服务并非"汤姆式"的愚忠,而是在认识到自己无法进行公开的反抗之后,针对现实而选择的一种较为隐蔽可行的反抗策略。鉴于主人钱德勒常年疾病缠身且无亲人照料这一情况,杰克逊竭力照顾好主人的生活起居和内外事务,以此博得主人的信任与感激,以致主人在临终前宣布解放他们兄弟并将庄园的所有财产遗赠给他们。因此,与"汤姆叔叔"最后被新主人折磨致死的结局相反,杰克逊通过不懈的努力,不但以和平的方式为自己和弟弟赢得了人身自由,也为黑人乡邻们争取到一笔可观的合法财产,改善了同胞们的处境。可以说,杰克逊是约翰逊心目中理想的黑人形象,他的行动体现了约翰逊的主张:以非暴力斗争的方式对社会进行渐进式的改良,而不是以暴力方式进行血腥的革命斗争。

白人种族主义者在将黑人男性妖魔化的同时,也制造出黑人男性是残暴的强奸犯这一神话,即所谓的"黑人男性神话"。"黑人男性神话"不仅直接否定了黑人男性的道德意识,而且彻底否定了他们的人性,所以是黑人面临的一个无法回避的关键性问题。如果黑人男性真是传说中可怕的强奸犯,那么他们便与野兽相差无几,自然也就没有资格与白人共处同一生存空间,更谈不上获得平等与自由的权利。为了构建这个神话,白人种族主义者宣称黑人男子长有庞大的阳具,天生像野兽一样性欲极其旺盛,并惯于侵犯白人女性。为此,他们制定了严厉的禁戒律令,不但在很多区域禁止黑人白人通婚,还发明出阉割生殖器等极为残忍的私刑来惩罚"淫荡"的黑人,以保护白人女子的"贞洁"。黄卫峰在其论文《美国内战前白人女子与黑人男子间的性关系》一文中详细论证了"黑人男性神话"的虚假性。此文指出,"美国自由民调查委员会"在美国内战期间的调查表明,白人女子与黑人男子之间存在大量的性关系,而且多数情形下都是女方占主动和支配地位。实际上,美国内战前黑人男子与白人女子之间的性关系可分为三类:合法婚姻、通奸与同居,以及强迫型性关系。就最后一类而言,有学者揭示:"正如白人男子在家里诱奸完全无助的黑人女仆一样,白人妇女凭借同样的权力诱奸黑人男仆。"[①]而且,种植园白人女主人强迫黑奴与其发生性关系的情况并不少见。尽管如此,白人种族主义者仍无视事实,任意歪曲夸大黑人男子的性欲及性能力。因此,揭露"黑人男性神话"的真相成为黑人争取自由与平等的斗争的重要组成部分。[②]

在《费丝》和《牧牛》中,约翰逊运用现象学悬置参与了对"黑人男性神话"的讨论。他将白人社会普遍流传的"黑人男性神话""加上括号",放在一边,而从黑人的叙述视角揭示了黑人、白人跨种族性关系中可能存在的不同于传言的种种情形,促使读者进行全面思考,重新认识"黑人男性神话"的真相。

《费丝》讲述了黑人女孩费丝的父亲托德无故遭遇私刑的故事。三个白人种族主义者无端质问托德是否曾与白人女子有染,并要求他脱下裤子以满足他们

---

① Washington, J. R. Jr. *Marriage in Black and White*. Lanham: University Press of America, 1993: 300.

② 黄卫峰. 美国内战前白人女子与黑人男子间的性关系. 世界民族,2008(6):86-91.

对黑人阳具的好奇心。不堪欺辱的托德怒极反抗,结果被三人吊死在树林里。六岁的费丝不但从此失去了最疼爱她的父亲,而且目睹了父亲的尸体被悬挂在树上的惨状,这一切给她造成了终生的心理创伤。小说不仅清楚地交代了这起私刑的前后经过,凸显了白人种族主义者残酷凶狠的犯罪行径及黑人托德的冤屈无辜,从而揭示了"黑人男性神话"的杜撰性和诬蔑性,还描写了私刑给黑人遇难者的子女造成的灾难性影响。由此,通过《费丝》,约翰逊一方面反击了白人种族主义者对黑人男性的恶意诋毁,同时也控诉了种族制度给黑人及其家庭带来的巨大伤害。

《牧牛》则分别讲述了乔治及儿子安德鲁与三位白人女性之间发生的故事。小说开篇便以狂欢化的笔调交代了主人公安德鲁非同寻常的降生,幽默的描述令人忍俊不禁,冲淡了安德鲁身世的尴尬。从安德鲁的自述中可知,他是个黑白混血儿,为黑人奴隶乔治与奴隶主乔纳森的妻子安娜所生,而黑人乔治之所以能有机会与自己的白人女主人安娜交媾,是因为一天晚上,醉酒的主人乔纳森强令乔治与他换妻而眠。乔治反对无效,只好壮着胆子爬上了女主人安娜的床,尽管熟睡中的安娜发现之后竭力与其厮打,安德鲁这粒混血的种子还是在一片混乱中被播下了。分娩之后的安娜从此自闭于楼上的房间,不见任何人,包括她的孩子安德鲁。就这样,原本活泼优雅的安娜渐渐精神失常,变成了"阁楼上的疯女人"。安德鲁在养母玛蒂和生父乔治的家中长大成人,后来向主人乔纳森提出以自己的工作所得换取家人和自己的自由,主人出于报复将他派往女奴隶主弗洛的"利维坦"庄园。不料这是乔纳森布下的一个陷阱。弗洛是个色情狂,专门诱骗年轻黑奴作"情人"。庄园里只要有点模样的男黑奴全都难逃她的魔掌。刚到"利维坦"时,单纯的安德鲁一心只想勤奋工作赚钱赎身,但在弗洛的百般挑逗勾引下,他终于像刚死去的黑人青年帕特里克和"月亮"一样沦为弗洛的情人。为了让安德鲁更好地满足其欲望,弗洛耐心地教他"快乐哲学"及种种技巧,并令他每天服用鸦片以增强情欲。在弗洛恶魔般的折磨下,安德鲁很快患上了心绞痛,然而弗洛依然不肯放过他。最后,奄奄一息的安德鲁终于认识到弗洛的腐朽与可怕,在黑人睿伯的帮助下设法逃离了虎口。

众所周知,埃利森是约翰逊最尊崇的非裔文学前辈之一。在《看不见的人》中,埃利森竭力反驳、解构了"黑人男性神话"。通过黑人青年"看不见的人"与两位白人女性的性接触经历,埃利森揭示出:在黑人男性与白人女性的性关系中,白人女性往往是主动者。她们并非白人主流文化中所宣称的"纯洁的天使",而是不甘寂寞的浪女,常常对黑人男性怀着性幻想,并伺机千方百计地勾引黑人男性,而黑人男性在这种关系中由于种种原因多处于被动无辜的地位。因此,黑人男性并非荒淫无耻的强奸者。白人主流文化宣传的"黑人男性神话"完全是一种想象性建构,是对黑人进行的恶意污蔑与诋毁,白人主流社会杜撰这一神话的真正目的是通过它来禁锢和阉割黑人男性,维护白人至上的社会特权。在《牧牛》中,约翰逊以更加广阔的视野,不但重复而且修正、补充了埃利森的这一主题。

在乔治与安娜的性关系中,约翰逊主要凸显了白人男性的荒唐无稽与黑人男性和白人女子的冤屈无辜。在安德鲁与弗洛的性关系中,约翰逊则强调了白人女性的放荡淫乱及黑人男性的受害地位。由此,《牧牛》中上述两个跨种族性关系的故事揭示了如下现象:一是不仅女黑奴常常遭受主人的性剥削,男黑奴同样难逃厄运;二是白人女性主动勾引或强迫黑人男性与其发生性关系,有时不是出于淫荡的本性,而是白人男性的荒淫无度和他们对女性的压抑欺凌造成的。如上所言,女奴隶主弗洛是个色情狂,但她的性格之所以如此扭曲,主要是因为她的前夫总是对她百般压制和束缚,令她对爱情和婚姻陷入了彻底的绝望。实际上,与其说弗洛对黑奴的诱骗是出于性需求,不如说是出于情感和心理需求;安娜与乔治发生性关系则完全是安娜的丈夫在醉酒之下一手安排的结果。通过这些故事,约翰逊揭示出种族关系之外某些复杂的社会问题:在种族制和等级制社会中,白人女性和黑人皆为弱势群体,都遭受高居金字塔顶端的白人男性的压迫和控制,因此,在"黑人男性神话"中,黑人和白人女性皆为牺牲品,皆沦为维护"白人至上论"的有力工具。如果说埃利森在《看不见的人》中揭示了"黑人男性神话"的荒谬性和杜撰性,由此讽刺、颠覆了白人优越论,那么约翰逊在《牧牛》中则不仅展示且超越了这一视野,而且揭示了白人父权制社会对女性的压制和摧残,体现了一种超越种族关系的、博大的济世关怀。

"一滴血原则"是种族社会制造的一个用来判断黑白混血儿种族身份的标准。它宣称,只要一个人身上有十六分之一的黑人血统,他便是个"黑人"。众所周知,在美国这个"大熔炉"中,黑白混血儿几乎无处不在。面对美国社会的种族压迫和种族歧视,为了获得与白人平等的社会地位和发展机会,在美国历史上,很多浅肤色的黑人(即黑白混血儿)甘愿冒险跨越种族界限,冒充白人进入白人社会,此即所谓的"越界"(passing)。在白人看来,黑人越界是一种种族身份上的欺骗,也是对白人特权的窃取和侵犯。而在一般黑人看来,这种越界则是对所有黑人的贬低和背叛。传统上,黑人作家一般通过越界小说来揭示种族制度和白人优越论的荒谬性,同时也悖论式地宣扬一种反越界的观点。所以早期越界小说的模式"一般都是'悲剧混血儿'(tragic mulatto)"[1],它为越界的黑人设置的结局主要有两种:其一,如果越界真相败露,越界的黑人不但会遭受严厉惩罚并被逐出白人社会,同时因为脱离了与黑人社区与文化的联系,还会最终陷入身败名裂、孤立无援的境况,有些甚至死得很惨;其二,即使越界行为未被发现,越界的黑人一般也会因为无法适应白人的生活和文化习俗而难以真正融入白人社会,加之内心"双重意识"(double consciousness)[2]的强烈冲突和认同危机的痛苦折磨,以及对自己越界行为的内疚,根本无法获得平静幸福的生活。

在黑人越界与种族混血问题上,约翰逊同样"悬置"了以上传统观点,展示了一种更为开阔包容、乐观人道的态度。上文提到的《牧牛》既是一部奴隶叙事,也是一部越界小说。它既继承又超越了传统的越界小说,因为其主旨不仅是为了揭示美国社会种族与肤色问题中的悖论并控诉和抗议种族制度,还是为了向黑白混血儿的生存方式提供更大的可能性和更多的选择。安德鲁从弗洛的种植园逃走后,不但成功越界,还给自己建构了一个令人尊敬的新身份和一段尊贵的家史。他的新身份是威廉姆·哈里斯,有个名叫埃德温·哈里斯的曾在美国独立战争中立下赫赫战功的爷爷;他的父母原为富裕的有产者,后不幸破产,仅给他留下一位忠诚的家奴睿伯。另外,在佩吉的帮助下,安德鲁顺利地当上了当地白人学校的教师。虽说教授一群无知白人的工作对他来说委实是大材小用,但安

---

① 张德文. 种族身份的思考及其复杂心态的书写——哈莱姆文艺复兴的越界小说研究. 长春:吉林大学,2009:25.

② 著名黑人社会活动家杜波依斯在其名作《黑人的灵魂》(*The Souls of Black Folk*,1903)中指出,美国黑人具有"双重意识":"这种双重意识,这种永远通过别人的眼睛来看自己,用另一个始终带着鄙薄和怜悯的感情观望着世界的尺度来衡量自己的思想,是非常奇特的。它使一个人老感到自己的存在是双重的——是一个美国人,又是一个黑人;两个灵魂,两种思想,两种彼此不能调和的斗争;两种并存于一个黑人身躯内的敌对意识,这个身躯只是靠了它的百折不挠的毅力,才没有分裂。"参见:杜波依斯. 黑人的灵魂. 维群,译. 北京:人民文学出版社,1959:3-4.

德鲁的这一新身份具有重大的象征意义——它颠覆了黑人低劣、智商不如白人的种族神话。更为重要的是,出生于白人中产阶级之家的佩吉深深地爱上了安德鲁(当然安德鲁也爱佩吉),并逼着他向自己求婚,由此安德鲁一路顺畅地步入了一个白人中产阶级家庭。颇富深意的是,在此约翰逊借助一个十分有趣的"求婚"场面详细生动地展示了黑人与白人的性关系中白人常常占据主动和主导地位的情形:首先是佩吉的父亲杰拉德——一位当地颇富名望的医生,经过调查开始怀疑安德鲁的身份,但他并未举报或惩罚安德鲁,而是私下里严厉地警告他:"如果我女儿因为与你交往而受到伤害,其中包括机会成熟时你还不求婚,那么我就肯定会把你的身份挖出来,并且睹你被绞死。"①杰拉德爱女心切,眼见女儿心仪之人只与女儿保持正常交往而无半点求婚之意(安德鲁岂敢高攀),不禁心急如焚。无奈之下他竟以揭示安德鲁的真实身份相威胁,命他早日求婚。接着是佩吉亲自出马,借着酒力的掩饰直接胁迫安德鲁向她求婚。请看发生在小酒店里的这段精彩滑稽的对话与场景:

> "威廉姆!"佩吉的拳头砸得桌子直打战。"如果你此刻不请求我嫁给你,我就告诉每个人你是'同性恋'!"
>
> ……
>
> "水果,"②我放低声音说,"关于睿伯和我,我还有些事情没跟你说呢。"
>
> "你确实是同性恋吗?"
>
> "我绝对是异性恋……"
>
> "威廉姆,如果你不立即跪下求婚,我就卧轨自杀。等一下,我们这儿没有火车。那我就去撞公共马车。"
>
> 我把手帕铺在地上,右腿跪地,双手合十,向佩吉求了婚……(OT 136)

上文显示,虽然安德鲁与佩吉内心已经相爱,但他们之所以能够开始真正的

① Johnson, C. *Oxherding Tale*. New York: Grove Weidenfeld, 1982: 134. 本书中对该小说的引用均出自此版本,译文为笔者自译,后文将直接在文中标明 OT 和页码,不再具体加注。
② "水果":这是安德鲁对佩吉的昵称,因为佩吉特别爱吃水果。

接触并顺利步入婚姻,完全是佩吉父女主动出击的结果。约翰逊通过这些描述揭示了这样一个事实,一般来说,在黑人和白人的性关系中,黑人男性即使内心对白人女性怀有爱慕,多数也会由于对自己的种族身份和经济背景缺乏信心而不敢显示出来。相反,在此情形下女方更为自信大方,常会设法主动推进双方的关系。

幸运的是,在安德鲁和佩吉的关系中,当安德鲁的身份真相泄露后,他并未遭受佩吉父女的歧视,这使他赢得了真正的自由生活,并幸福地期待着混血女儿小安娜的出生。这种大团圆的美好结局与前述传统"悲剧混血儿"的结局截然不同:新一代混血儿小安娜是两个种族自愿融合的结果,是爱的果实。她将像美国社会的普通婴儿一样在温馨祥和的氛围中降生、成长,这与老一代混血儿安德鲁混乱不幸的出生及受尽欺凌的成长迥然相异。莫里森认为:"种族已变成一个隐喻,是指涉并掩盖社会力量、事件和阶级的一种方式,也是表达社会腐朽和经济分配的一种方式,比起过去的'生物'种族,它对主体政治的威胁更大。"[1]通过对安德鲁成功越界和同一家庭中两代混血儿的不同出生境遇的描写,约翰逊对那些已经广为接受的种族观念进行了批驳,揭示了种族身份的建构性本质,讽刺了"一滴血"原则和白人优越论,颠覆了建立在肤色差异基础上的种族制度的合理性,同时也扩大了传统越界小说的狭隘视野,为美国黑白混血儿提供了潜在的、更为光明广阔的出路与前景。

综上所述,约翰逊在小说中运用现象学悬置对美国社会中的重大种族问题进行了再思考,向我们展示了事物存在的更多方式和可能性,引导我们通过"完整视域"不断靠近事物存在的真相。或许《中间航道》的主人公卢瑟福德之言很好地表达了现象学悬置的重要性:"如果你被扔进了'已有'的东西中,你如何还能'拥有'任何东西呢?"(MP 47)此话换成现象学的表达便是:如果你对已有的预设或先入之见坚信不疑,又怎能看到事物的其他可能性呢?或是如果你不用已有的偏见限制自己的视野,而是用不同的方式去看世界,那么你将能发现更大的世界、更美的风景。而要消除已有的偏见,我们则不仅要悬置对事物原有的预设,还要开放思维、拓宽视野,善于吸纳他人的文化、视角与思想。表现在文学创

---

[1] Morrison, T. *Playing in the Dark*: *Whiteness and the Literary Imagination*. Cambridge, MA: Harvard University Press, 1992: 63.

作中,就是要求作家通过互文性书写,继承和发展不同的文学传统和形式,汲取各种异质文化思想,逐步走向"完整视域"。

3.2　互文性书写

上文中我们重点讨论过非裔文学在创作上存在的严重僵化现象。[①] 在一次访谈中约翰逊曾说:"小说应该与所有的预设和偏见做斗争,应该潜入那些沉积的意义之下,潜入那些对事物所有钙化、僵化的知觉之下。"[②]为了克服非裔文学中一直存在的创作技巧和作品主题严重受限的问题,约翰逊将现象学的主体间性思想引入文学创作,广泛借鉴世界各国不同民族与种族的文学传统和文学形式,通过互文性创作手法努力超越僵化、单一的美国非裔文学传统。为此,他呼吁黑人作家"回到更早期的艺术大师那里去"[③],并率先在自己的创作中糅进了许多文学前辈的创作主题、风格、思想与形式——他将此称作"一种高度合成的技巧"(a very synthetic technique)[④]。约翰逊所借鉴的文学前辈既有黑人作家也有白人作家,包括荷马(Homer)、塞缪尔·T. 柯勒律治(Samuel T. Coleridge)、杰克·伦敦(Jack London)、黑塞、索尔·贝娄(Saul Bellow)、梅尔维尔、弗雷德里克·道格拉斯(Frederick Douglass)、图默、赫斯顿、埃利森、赖特、鲍德温等等,甚至还有东方的吠陀文学及中国的老庄作品和禅宗作品。他还将美国黑人民俗故事、成长小说、奴隶叙事、宗教小说、航海故事、流浪汉小说等融入自己的小说,使自己的作品与众多经典文本形成互文关系。在此过程中,他不仅从认识论和本体论上借鉴了他们关于种族的评论,而且通过打破种族、文学和

---

① 参见本书 2.2 节。

② Little, J. An Interview with Charles Johnson. In McWilliams, J. (ed.). *Passing the Three Gates: Interviews with Charles Johnson*. Seattle: University of Washington Press, 2004: 103.

③ Johnson, C. *Being and Race: Black Writing since 1970*. Bloomington: Indiana University Press, 1988: 57.

④ Little, J. An Interview with Charles Johnson. In McWilliams, J. (ed.). *Passing the Three Gates: Interviews with Charles Johnson*. Seattle: University of Washington Press, 2004: 105.

文化界限,超越了受限的视角和认知方式,挑战了因种族不同而强加的标准差异,最终实现了一种基于艺术多样性和实验性的文学理想,即"完整视域"文学理想。

约翰逊对互文性书写的偏爱主要建基于他对主体间性思想的赞赏。约翰逊在《完整视域》一文中指出,艺术经验是主体间的,而这种主体间性可以帮助我们走向"完整视域"。[1] 他还认为,写作是主体间的行为,因为一方面,一如金钱,语言是处于流通中的,"带有每个使用者的汗水和油脂"[2],作家虽独自写作,却能在词语中发现他人鲜活的在场,因此他能够通过语言与无数在世和已逝的人接触,并不断回到他们讨论过的那些重要的人类问题。或者说,词语就像一张羊皮卷,积累了无数人的经验和见解,甚至在最小的语言单位中也体现了人类的主体间性和跨文化经验。[3] 萨特说:"词语即他人。"[4]语言具有超越性,小说亦然。因此,正如梅洛-庞蒂所言:"写作是我对他人的擅自进入,也是他人对我的擅自进入。"[5]另一方面,写作本身就是一种奇特的主体间体验,因为人类的立场和观点具有互换性,作家为了让自己的知觉和经验与前人的相符合,会主动放弃一些已经习惯了的东西,"直到我的生活和其他人的生活'像齿轮一样相交、咬合'"[6]。约翰逊表明,面对艺术,作家永远不会被锁进自己的世界。如果一个作家缺乏超越意识,将自己锁进自我,便无异于自杀。因为:

> 所有的知识,所有的展示,所有从过去和我们的前辈(不论黑人还是白人)那里得到的启示,都是我们的财产……其他人得到的关于世界的所有感觉、所有判断,都是我们的继承物……一个作家不是从零开始进入这个讨论

① Johnson, C. Whole Sight. *Boston Review*, 2007(7/8): 28.

② Johnson, C. Whole Sight. *Boston Review*, 2007(7/8): 37.

③ Johnson, C. Whole Sight. *Boston Review*, 2007(7/8): 38-39.

④ Sartre, J.-P. *Saint Genet*. New York: New American Library, 1971: 285.

⑤ Merleau-Ponty, M. *The Prose of the World*. O'Neill, J. (trans.). Evanston: Northwestern University Press, 1973: 133.

⑥ Johnson, C. *Being and Race: Black Writing since 1970*. Bloomington: Indiana University Press, 1988: 39.

的,他的背后并非一无所有。①

因此,好小说不仅应该跨越文类界限,而且应该策略性地运用这种跨越以便为读者和作者的知觉解放服务。真正的小说家在创作期间永远都愿意摧毁自己的狭隘,放弃偏见,以获取他人看待世界的方式,然后在小说中将其忠诚地呈现出来。伟大的作家是无性别、无种族的,也没有什么历史时刻能够限制他们的想象和好奇。② 可以说,约翰逊本人正是这样的伟大作家。

在《牧牛》的第二个插入部分的短文《第一人称的解放》("The Manumission of First Person Viewpoint")中,故事叙述者用与约翰逊的自由与解放同义的术语修改了黑人叙事的定义:

> 自我,这个鲜活的观察主体,实际上是一张羊皮卷,与所有能够被想到或感觉到的事物互相交织。进而言之,奴隶叙事的主体,正如所有的主体一样,永远处于自身之外,却置身于他人和物体之中。可以说,他是寄生的,从他所不是的一切事物中汲取生命,并适时让它们展现面貌……这个叙事者本身就是世界;与其说他是报道者,还不如说他是表达世界的通道,即第一人称的宇宙。(OT 152-153)

上文所描述的"自我"(the Self)首先是主体间的,是一个在互文本的所有其他自我中书写自己并与之融为一体的自我。这个自我出离自身之外,置身于其他自我之中,从它们那里汲取生命,书写自己的自我,同时也书写其他自我。因此,"这个普适化的自我是自由的、解放的,能够探索非裔文学未曾探索过的那些精神和现象学的可能性"③。

在文学创作中,约翰逊总是创造性地跨越文学种类,使自己的作品与经典作

① McWilliams, J. (ed.). *Passing the Three Gates: Interviews with Charles Johnson*. Seattle: University of Washington Press, 2004: 105.

② Johnson, C. *Being and Race: Black Writing since 1970*. Bloomington: Indiana University Press, 1988: 44-45.

③ Coleman, J. W. Charles Johnson's Quest for Black Freedom in *Oxherding Tale*. *African American Review*, 1995, 29(4): 632.

品形成互文关系。《牧牛》讲的是主人公成功逃脱奴隶制的故事,也是小说家如何从文类的限制中获得自由的故事。该小说是一部奴隶叙事,根据科尔曼的观点,其主要目标之一是运用非黑人文本——既含文学文本也含哲学、宗教等文本——使黑人文本达到陌生化,以便摧毁黑人书写文本的霸权性,从而将黑人文本与黑人书写传统从单一化中解放出来。在此,约翰逊将奴隶叙事用作黑人书写文本的原型,而他想打破的正是这个原型的霸权。据约翰逊之见,黑人奴隶叙事传统通过把黑人刻板化地描写成种族压迫的牺牲品,并用反抗白人种族主义的词汇以及与白色性形成二元对立的词汇来定义黑人经验,从而宣传性地控制着黑人形象。约翰逊聚焦于文学中所描写的黑人经验,通过修改黑人书写文本传统,努力打破其霸权,题写了一种修改过的黑人自由与解放。具体而言,他的方法是:将自己的文本置于一个互文本系统中,这个互文本系统调节并改变他的文本,他的文本也反过来调节并改变那些互文本。他的文本不坚持采用白人压迫、黑人牺牲品、黑人斗争和黑人与白色性的二元对立等独特的黑人视角,而是受到白人视角及互文本所包含的所有视角的影响。但同时,他的文本向白人和其他人所描述的黑人性提供逆向影响。约翰逊欲通过这种方法将黑人文本从其狭隘、受限的黑人视角中解放出来,使其能够探索自身更大的精神和心理潜能。换言之,约翰逊试图通过互文性书写形成多种视角,以此帮助非裔文学走向"完整视域",并最终获得自我表达的自由。科尔曼还进一步指出,《牧牛》结尾所展示的班农的身体就是约翰逊现象学过程和互文过程的一个寓言。约翰逊相信,如果黑人书写传统放弃其狭隘、宣传的目标,它也能达到一种类似的自由、深度、复杂和美。①

由此可见,互文性书写使约翰逊能够将自己的小说从黑人书写传统强加给它的刻板化描述中解放出来,变成多种传统、多元文化和多种族的文本,由此改变了我们对黑人小说的认知。② 以下将以《牧牛》和《中间航道》为例,具体分析约翰逊的小说与其他文本的互文与改写关系。

---

① Coleman, J. W. Charles Johnson's Quest for Black Freedom in *Oxherding Tale*. *African American Review*, 1995, 29(4): 637-638.

② Coleman, J. W. Charles Johnson's Quest for Black Freedom in *Oxherding Tale*. *African American Review*, 1995, 29(4): 632.

为了更好地表达其多重主题与思想,《牧牛》与东西方众多经典文本形成了丰富深厚的互文关系。首先,约翰逊坦言,《牧牛》的创作受到了 12 世纪中国禅宗作品《十牛图》的启发。① 细读之下会发现,无论在小说题目、主题还是结构上,《牧牛》都与《十牛图》形成了显著的互文对应关系。而且,约翰逊还宣称这部小说是他的"坛经之作"(a "platform" book),这是对中国禅宗著作《六祖坛经》的戏指,意味着他所尝试的一切都以某种方式建立在该作的基础上,并与其相关。② 另外,《牧牛》常常借用现成的禅宗寓言和典故,其最后一章以"醒悟"为题,进一步暗示了禅宗寓言对它的影响。

《十牛图》的作者为中国的廓庵禅师,他以图文并茂的形式简约生动地描绘了禅修中通向醒悟的十个过程和境界:寻牛、见迹、见牛、得牛、牧牛、骑牛归家、忘牛存人、人牛俱忘、返本还源和入廛垂手。这里以牛喻心,十个过程指的是在修行的过程中,从开始寻找道在哪里,到见道、修道、养道,再到最终证得"究竟的菩提道"所要经历的十种精神境界。③ 而约翰逊创作《牧牛》的根本目的是要"拓展对于黑人存在、黑人身份和黑人自我的看法"④。以《十牛图》中的十个过程来表征主人公安德鲁从对自由和自我的追寻到获得醒悟和精神解脱,最终回归俗世生活,自愿承担起家庭和社会责任的经历,揭示了黑人青年从天真走向成熟、从奴役走向自由的途径,也体现了禅宗的终极精神内涵。用约翰逊本人的话说就是:"我想创作一部能够讨论所有这些层面⑤的小说,描述一位年轻人从奴役走向自由、从蒙昧走向醒悟的过程,因此这一过程既是东方哲学中精神探索者所

---

① Johnson, C. *Turning the Wheel*: *Essays on Buddhism and Writing*. New York: Scribner, 2003: 22.

② Johnson, C. *Oxherding Tale*. New York: Grove Weidenfeld, 2005: xvii.

③ 参见网址:https://www.douban.com/note/204410650/? type = like,访问日期 2015-10-12。

④ Myers, G. An Interview with Charles Johnson. In McWilliams, J. (ed.). *Passing the Three Gates*: *Interviews with Charles Johnson*. Seattle: University of Washington Press, 2004: 40.

⑤ "所有这些层面"指不仅是身体奴役,而且是心理奴役、性奴役和精神奴役这三个层面。参见:Blue, M. An Interview with Charles Johnson. In McWilliams, J. (ed.). *Passing the Three Gates*: *Interviews with Charles Johnson*. Seattle: University of Washington Press, 2004: 129。

走的道路,也是正在实现更大自由的黑人奴隶所走的道路。"①

其次,《牧牛》中女奴隶主弗洛的庄园被命名为"利维坦",指涉了西方最著名和最有影响力的政治哲学著作之一——托马斯·霍布斯(Thomas Hobbes)所著的《利维坦》(*Leviathan*,1651)。"利维坦"原为《圣经·旧约》中记载的一种怪兽,在霍布斯的著作中用来比喻一个强势的国家,或一个绝对的权威。在霍布斯的"利维坦"国家里,人们将自己的自然权力交付给一个权威,是为了让他来维持内部和平并进行外部防御。"利维坦"国家在防止人类之间的相互攻击以及保持国家的统合方面拥有无限的权威,但在其他方面则是"无为而治"的。也就是说,只要一个人不去伤害别人,他在行动上就是自由的,因为国家不会随便干涉他。

《牧牛》中,弗洛与男主人公安德鲁初次见面时便宣布了她至高无上的权力,其语气与语言都非常类似于霍布斯的《利维坦》中描写的那样:"我是利维坦的君王,是它的灵魂。所有其他人在某种程度上都是支撑灵魂的关节、筋腱、神经和细胞组织。"(OT 38)作为君王,她一切以自我为中心,根本不顾"臣民"的死活。这从她对待她的"情人"们的态度中便可略见一斑:她不但将所有长相帅气的男性黑人当作自己的性奴,还命他们长期服用鸦片以满足其无边的情欲,一旦厌倦,便将其送至"黄狗煤矿"做苦力,直至累死为止。当最受她宠爱的情人安德鲁问她"你触摸我的时候是什么感觉"时,她的回答是"我感觉到我自己的冲动,我自己的兴奋……"(OT 53),极端自我主义暴露无遗。她还任由"情人"们互相争风吃醋,甚至发生你死我活的暴力争斗。可以说,弗洛确实是在扮演《利维坦》中那个统治一切的君王,只不过《利维坦》设想的君主统治是为民众的和平安全考虑(不管实际上是否可行),因此,民众在被统治时仍能享受人的尊严和自由;而弗洛的"利维坦"式统治却完全是她实现自我、奴役他人的暴政,在她的统治下,人们失去了一切权利、尊严和自由,甚至连性命也朝不保夕。由此,通过对《利维坦》的戏仿,《牧牛》讽刺、揭露了奴隶制的残酷和暴政。

弗洛声称杰里米·边沁(Jeremy Bentham)是她的老师,她遵循的是他的"快乐原则"(pleasure principle)。在一篇题为《道德与立法原则导论》("An

---

① Blue,M. An Interview with Charles Johnson. In McWilliams,J. (ed.). *Passing the Three Gates：Interviews with Charles Johnson*. Seattle：University of Washington Press,2004：129.

Introduction to the Principles of Morals and Legislation", 1969)的文章中, 边沁提出了人类天性容许的 14 个"简单的快乐"——感官、财富、技能、友好、权力、虔诚、慈善等带来的快乐[①], 而弗洛只从中挑选了最能满足其享乐和物质贪欲的三项来遵循, 即"感官""财富"和"权力"带来的快乐, 从而极大地限制了"快乐"的含义。由此, 弗洛按照自己的意愿扭曲了边沁的快乐原则, 她对黑奴无情的统治更是彻底颠倒了边沁提出的"最大多数人的最大幸福"的立法原则。当然, 弗洛的这些行为也恰巧验证了黑格尔所说的"主—奴辩证法", 因为她在不知不觉中形成了对黑奴"情人"们的强烈依赖, 由此给自己套上了一条牢固的精神枷锁, 正如睿伯对安德鲁所言的, "弗洛和你我一样是个奴隶", 因为"如果没有你, 她便不知道自己是谁"。(OT 62)

约翰逊的《中间航道》与梅尔维尔的名作《白鲸》(Moby Dick, 1851)也构成了互文指涉关系。这种互文不仅表现于两部作品都属于航海小说这一类型, 在人物塑造和故事情节上存在着相互对应的关系, 而且表现于前者在作品思想上与后者保持一致, 并对后者有所发展。在人物塑造上, 两个故事里都有一位孤僻、专横、一意孤行的暴君式船长, 一位为了维护正义敢于同船长抗争的大副, 一位孤独失意的故事叙述者, 以及一位弱小无助、令人同情的小厮。在故事情节上, 《白鲸》中"裴廓德号"的船长亚哈带领水手们出海, 打着捕鲸的幌子, 实则为了寻找白鲸实施复仇; 与此类似, 《中间航道》中"共和国号"的船长法尔肯驾船去非洲, 借的是商贸交流之名, 实则是为了贩卖黑人从中渔利。两位船长最终都与自己的征服对象同归于尽, 并将大船和绝大多数的追随者带向死亡, 两部小说都只留下叙述者向世人讲述自己亲历的悲剧。在作品思想上, 《白鲸》中亚哈对白鲸的征服象征着人类以自我为中心对大自然进行的强力征服, 《中间航道》中法尔肯对非洲黑人的暴行暗示着西方国家将自我视为主体, 将非西方国家视为客体和他者, 从而加以无情的掠夺和征服。《白鲸》侧重于揭示人与自然的关系, 《中间航道》则旨在探讨人与人、人与世界的关系。前者警示世人, 人对自然须怀有尊重, 人与自然之间应保持平等友好的关系, 否则最终将带来人与自然两败俱伤的结局; 后者告诫读者, 人与人、人与世界之间应建立平等、共享的主体间关系

---

①   Bentham, J. An Introduction to the Principles of Morals and Legislation. In Mack, M. P. (ed.). *A Bentham Reader*. New York: Pegasus, 1969: 86.

或"我—你"关系,而非控制、利用的主客关系或"我—它"关系,否则便会导致双方共同走向灭亡。

综上所述,互文性书写是约翰逊用来打破非裔文学单调僵化的状态,实现创作自由并帮助非裔文学走向"完整视域"的有效手段。他在文学创作中对互文性书写方法的选择是建立在他对主体间性意识的赞赏的基础上的。因为在约翰逊看来,主体间性意识既可帮助我们重构人与人、人与世界的关系,也可帮助黑人作家将传统的黑人视角和其他视角融合起来,通过颠覆所有视角的主导地位而"解放知觉"。[①]

3.3 小 结

本章结合约翰逊的小说作品,重点探讨了其"完整视域"文学思想中最为突出的两种创作手法——现象学悬置与互文性书写,并指出,在努力实现"完整视域"创作目标的过程中,约翰逊特别重视它们,主要是因为它们都深深扎根于约翰逊最为赞赏的一种哲学思潮——现象学。具体说来,现象学中的悬置可爆发出强大的解构之力,能够帮助作家悬置、打破已有的视角和偏见,解放知觉和意识,学会用新的视角重新观察事物;建立在主体间性思想之上的互文性书写则可帮助作家开放思维和胸怀,学会吸纳借鉴一切优秀的文学传统、形式和文化思想,走出狭小的自我,拓宽认识与创作视野。通过这两种创作手法,约翰逊的作品在主题和思想等方面与前人的作品实现了一种既对话又对抗、既并置又互补的关系,这显然有助于他实现"完整视域"创作目标。当然,约翰逊的创作手法不只限于这两种,他还运用不同的视角,变换不同的小说形式,采用戏仿、拼贴、意识流等,这些拟在将来另做探讨。而且,约翰逊的"完整视域"思想不仅体现在其独特的创作思想和手法上,也清晰地体现在其开放融合的文化思想和真诚博大的济世情怀上。下一章将重点探讨约翰逊"完整视域"文学思想中的多元文化元素。

---

① Coleman, J. W. *Black Male Fiction and the Legacy of Caliban*. Lexington: The University Press of Kentucky, 2001: 82.

4　查尔斯·约翰逊"完整视域"文学思想中的多元文化元素

美国黑人文化不是一个独立的篇章,而是与所有多样化、全球化贡献的历史互相交织的一个细胞组织,这些贡献使美国成为一张由欧洲、非洲、东方,现代和古典的共同影响一起织成的网络。

——查尔斯·约翰逊,《完整视域:新黑人小说札记》

　　黑人小说——所有的艺术和发展——都能从不同文化充满活力的滋养中受益,从而更加接近"完整视域"目标。

——查尔斯·约翰逊,《完整视域:新黑人小说札记》

　　在著作《查尔斯·约翰逊:作为哲学家的小说家》(*Charles Johnson*：*The Novelist as Philosopher*,2007)中,康纳认为,约翰逊努力将东西方哲学传统与非裔美国人的历史、文化和文学结合起来,在他看来"这种融合在美国文学史上是全新的"[1]。约翰逊研究专家拜尔德则进一步指出,吸引约翰逊的各种问题都扎根并源于他对一些特殊哲学传统的研究和运用,这些哲学传统为他在小说中创造黑人世界搭建了扩展的平台,[2]而约翰逊最重要的成就之一是"实践了一种有关文化和社区的世界大同观,这种观念包含在他的'完整视域'概念中"[3]。确实,约翰逊的作品中包含着十分丰富的东西方哲学等文化元素。约翰逊善于将东西方多元文化元素有机融合起来并加以巧妙运用,这或许与他接受过专业的

① Conner，M. C. Introduction：Charles Johnson and Philosophical Black Fiction. In Conner，M. C. & Nash，W. R. (eds.). *Charles Johnson*：*The Novelist as Philosopher*. Jackson：University Press of Mississippi，2007：xi-xii.

② Byrd，R. P. *Charles Johnson's Novels*：*Writing the American Palimpsest*. Bloomington：Indiana University Press，2005：8.

③ Byrd，R. P. *Charles Johnson's Novels*：*Writing the American Palimpsest*. Bloomington：Indiana University Press，2005：90.

哲学训练有关——他在硕士和博士阶段读的都是哲学专业。虽然成长于西方基督教的文化氛围中,但他从未将自己局限于一种固定的文化传统中,而是对各种异质文化思想保持开放态度。自大学阶段起,约翰逊便开始学习东方武术,这让他有机会亲密接触东方佛教和中国道家哲学。约翰逊对东西方诸多哲学和宗教文化都耳熟能详,由此,东西方文化为他的小说创作提供了肥沃土壤,并形成了他"完整视域"文学思想的重要维度。

可以说,约翰逊的作品就像他身处的美国一样,是融古今、东西文化思想于一体的"大熔炉"。反过来,上述不同文化的有机融合构成了约翰逊"完整视域"文学思想的重要组成部分。不过相比之下,在他的作品中,中国道家哲学、怀特海的过程哲学和东方文化思想呈现得更为清晰明显,也是其"完整视域"文学思想中最重要的文化元素。因此限于篇幅关系,本章将结合约翰逊的长篇小说,重点挑选东西方文化的上述三个方面来探讨约翰逊"完整视域"文学思想中的多元文化元素。

4.1　"完整视域"文学思想中的中国道家哲学元素

中国道家哲学是构成约翰逊"完整视域"文学思想的一个重要元素。约翰逊提倡广泛阅读对人类生活和思想起过重大影响的文本,比如孔子、老子、庄子的著作。在一次访谈中,采访者问约翰逊哪些哲学家的"幽灵"经常萦绕着他,他明确回答:释迦牟尼、老子、甘地等。① 由于约翰逊在硕士和博士阶段读的皆是哲学专业,因而他在青年时期便得以接触中国道家哲学等东方哲学。老子、庄子哲学中有关人类生存智慧的思考以及对人性自由与精神解放的提倡,对约翰逊的世界观、人生观及创作思想的形成影响尤甚。从《费丝》到《梦想家》,他的每部长篇小说,以及一些短篇小说,如《中国》和《武馆》等,都涉及老子和庄子的思想,或通过模仿他们笔下的故事来印证自己的人生哲思,或直接借用他们的故事来表

---

① Boccia, M. An Interview with Charles Johnson. In McWilliams, J. (ed.). *Passing the Three Gates: Interviews with Charles Johnson*. Seattle: University of Washington Press, 2004: 200.

达某种世界观或人生观。

中国道家哲学本身就是一种极具"完整视域"意识的学问,这至少体现在下述四个方面:第一,其核心概念"道"是无处不在、无所不包的规律和真理,"道"和宇宙世界都是广阔无边、无古无今、无始无终的,在时空上是绝对无限的。道的这种无限包容性、广阔性也是"完整视域"的重要特征。第二,在认识论上,道家主张拓宽视野,提倡"接万物以别宥为始"①,即强调破除主观成见,打破认识的片面性和狭隘性,以清除认识上的障碍,这与"完整视域"的要求一致。第三,道家坚持辩证的思维模式,确信事物之间具有相互矛盾、相互依存及相互转化的辩证关系,如老子所说的"祸兮福之所倚,福兮祸之所伏"②,"信言不美,美言不信"③,等等。第四,在庄子心目中,天、地、人、物并非相互孤立、互不干扰的存在物,而是相互依存、息息相关的有机整体。另外,约翰逊特别钟爱的《庄子》一书本身就是在全面综合、有机继承道家先辈各派观点的基础之上形成的,这种继承与发展的过程首先要求作者必须具备"完整视域"意识。

本节将重点探讨约翰逊小说人物对中国道家的"守雌""柔弱"和"天人合一"等哲学思想的灵活运用,旨在揭示:上述道家哲学思想中蕴含着浓厚的"完整视域"意识;在约翰逊的小说世界里,中国道家哲学在引导人们克服片面、分裂的思维方式,通达"完整视域"并最终走向身心自由与和谐生存的过程中起着重要作用。

4.1.1 守雌处下、柔以制胜

在人与人、国家与国家之间的竞争变得日益激烈,生存与发展问题变得越来越严峻的现代社会中,人们通常认为,刚强和强大的事物更具生命力,也更能持久,只有"刚强者""强大者"才会成为最后的胜利者,而"弱小者"则常常沦为最后的失败者,因此人们总是想方设法让自己变得更加刚强,更加强大。殊不知,这其实是一种片面思维,一旦走向极端,就必然将世界引向冲突与分裂。倘若从"完整视域"的角度辩证、全面地看待该问题,便会有不同的发现。中国道家哲学

---

① 老子·庄子·列子. 张震,点校. 长沙:岳麓书院,1989:144.

② 老子. 道德经. 北京:外语教学与研究出版社,1998:122.

③ 老子. 道德经. 北京:外语教学与研究出版社,1998:170.

的创始人老子根据自己对世界的观察发现,"柔弱"的事物中常常蕴含着强大的生命力,而"刚强"的事物中则往往隐藏着衰老和死亡。他举出了很多自然界和人类社会中的此类例证:

> 人之生也柔弱,其死也坚强;万物草木之生也柔脆,其死也枯槁。①
>
> 天下莫柔弱于水,而攻坚强者莫之能胜。②
>
> 牝常以静胜牡,以静为下。③
>
> 强梁者不得其死。④

因此,老子得出结论并提醒世人:"柔弱胜刚强"⑤,"弱者道之用"⑥。柔弱能战胜刚强,因为作为万物之源的"道"在发挥作用时用的是柔弱的方法,持守柔弱即得"道",即可在变幻无常的世间"无遗身殃"⑦。进而老子提出"守雌处下"的主张,并将其作为立世法宝运用于实际生活。⑧

需要注意的是,在道家那里,"柔弱"和"刚强"都分别具有多重内涵。前者如柔顺、文弱、谦虚、微小、卑下、退让、不争、忍辱、包容、无为、谨慎、防守等,后者如强壮、坚硬、傲慢、庞大、尊高、好强、抢先、自负、排外、有为、蛮横、攻击等。

约翰逊对道家"守雌处下、柔以制胜"的思想极为赞赏,他用一个个有趣的故事向世人揭示了同样的奥秘。他笔下的很多正面人物,尤其是黑人人物,都具有甘愿守雌处下的品质,如睿伯、杰克逊、卢瑟福德、恩戈亚马等等。这可能是因为在美国种族社会中,相较于白人主流阶级,黑人始终处于明显的弱势地位。作为一位黑人作家和思想家,约翰逊在思考黑人的生存与发展之道中发现,面对主流社会的强势文化和霸权逻辑,如果弱势群体能够因势利导地运用"柔弱"哲学,则

① 老子. 道德经. 北京:外语教学与研究出版社,1998:160.
② 老子. 道德经. 北京:外语教学与研究出版社,1998:164.
③ 老子. 道德经. 北京:外语教学与研究出版社,1998:128.
④ 老子. 道德经. 北京:外语教学与研究出版社,1998:90.
⑤ 老子. 道德经. 北京:外语教学与研究出版社,1998:74.
⑥ 老子. 道德经. 北京:外语教学与研究出版社,1998:86.
⑦ 老子. 道德经. 北京:外语教学与研究出版社,1998:110.
⑧ 徐艳芳. 评老子的"守雌处下"思想. 华中师范大学学报(哲社版),1996(6):66.

可有效地攻克强势群体的"刚强",悄然化解双方的矛盾和冲突,继而实现不同群体的和谐相处、多元共生。约翰逊这种能够从事物的反面辩证地看待问题的能力和智慧,恰恰源于中国道家哲学中所蕴含的"完整视域"意识。

在约翰逊笔下,对道家"柔弱"哲学的运用最典型地体现于两对人物关系中:一是《费丝》中费丝和马克斯韦尔的关系;二是《中间航道》中卢瑟福德和法尔肯的关系。费丝与马克斯韦尔的关系可以分成婚前与婚后两个阶段。婚前阶段将是我们下文讨论的重点,因为在这一阶段中费丝利用柔弱守雌的策略赢得了对马克斯韦尔的彻底胜利。

为了寻找"好东西",费丝从农村的老家来到芝加哥,继而受尽了贫贱的困苦与耻辱,于是决定不惜一切地谋求舒适生活,这时她遇到了马克斯韦尔。两人初次邂逅时,马克斯韦尔刚换了一份工作,正是心理压力极大、需要有人倾听他的抱怨的时候。他之所以会对费丝着迷,一是因为费丝是个善于倾听的人,既可充当他负面情绪的垃圾桶,又可满足他的极端自恋心理和权力感;二是因为费丝既年轻又漂亮,跟这样的女子在一起可以满足他的虚荣心。对费丝而言,由于一直处于失业状态,她陷入了极度的贫穷,因此正急于寻找一个为她的吃住买单的人。可见两人从一开始便进入了一种非正常的、相互利用的金钱关系。更糟糕的是,马克斯韦尔将人与人的关系看作纯粹的"意志竞争"[①],因此在与费丝的相处中,无论在身体、意志还是经济和社会地位上,他都努力显示自己的"强大",试图占据主导与控制地位。为此,他不断宣扬他所笃信的"意志之力"思想,并表明他自己是拥有巨大意志力的强者。他在影剧院死命殴打提皮斯,在大街上想用武力攻击一个年老的乞丐,甚至每当费丝稍稍表现出一点主体性时,便大发雷霆,这一切都是为了显示他是个"强大"的男人。他还给自己幻想出一个收入丰厚、职位不断晋升的未来,企图以"雄厚"的经济实力和"远大"的前程来征服费丝。费丝从一开始便看透了马克斯韦尔的本质,在她眼中他不过是个外强中干、愚蠢自私和粗俗蛮横之人,因此对他十分鄙视厌恶。她很清楚自己与马克斯韦尔在一起毫无幸福可言,但为了获得马克斯韦尔可以提供的安全舒适的生活,她

---

① Johnson, C. *Faith and the Good Thing*. New York: Penguin Books, 1974: 99. 本书中对该小说的引用均出自此版本,译文为笔者自译,后文将直接在文中标明 FG 和页码,不再具体加注。

还是决定陪他将这场"意志竞争"的游戏玩下去,并宁可处处压抑自我而竭力表现出对他的"仰仗"与"顺服"。

在婚前阶段,马克斯韦尔常常在费丝面前大显威风,有时稍不如意便对她大声责骂,而费丝则显出一副谦恭柔顺、天真无知甚至唯唯诺诺的样子,因此,在两人的关系中,马克斯韦尔似乎处处占先。但事实却恰好相反,那个悄悄地控制着两人关系发展方向的人是费丝。马克斯韦尔不过是费丝手中的玩偶,常常遭受她的嘲笑、要弄和欺骗,甚至他在尚无思想准备之时,便被诱导着稀里糊涂地向费丝求了婚。老子说:"牝常以静胜牡,以静为下。"①在自然界中,雌性动物常以守静卑下的方法使雄性动物屈服。在与马克斯韦尔的相处中,费丝总是巧妙地运用"容忍、顺从、倾听、赞赏、微笑,甚至道歉认错"等柔性或示弱策略来迎合他对两性关系的认知心理。需要注意的是,虽然"柔"在外在行为上表现为处下、迂回、等待,但"柔"并非代表心智的"弱",而是内心坚韧和刚强的体现,即"外柔内刚"。② 面对马克斯韦尔的自负虚荣与蛮横强势,处于劣势的费丝使用"守雌处下"的策略,是为了解除对方对她的警觉,并最终打破两人之间的权力布局。由此可见,费丝"以柔克刚"的战术既是一种自我保护,更是一种以退为进的进攻策略。用老子的话说便是"知其雄,守其雌。为天下溪"③,它达到的效果则为"强大居下,柔弱处上"④,或曰"柔弱胜刚强"⑤。

以下几个情景生动地展示了费丝对守雌、示弱等道家策略的运用。

在费丝对待乞讨老人的慷慨态度中,马克斯韦尔明明已经清楚地看到,作为一个女人,费丝和男人一样拥有独立的情感和意志,可他却自欺欺人地坚持"女人的意志没有男人的强——那是天生的事实"(FG 107),企图以此将费丝边缘化,剥夺她应有的权利。费丝对此心知肚明,感到既气愤又可笑,但面对马克斯韦尔的蛮横无理,她却不露声色,佯装诚恳地向他道歉:"对不起,伊萨克。我想我是超越了权限……你是对的。"(FG 108)为了套住一个能够永远为她提供物

① 老子. 道德经. 北京:外语教学与研究出版社,1998:128.
② 唐友东,赵文书. 从《蝴蝶君》看东西方对"柔"的不同理解. 中国比较文学,2010(4):113.
③ 老子. 道德经. 北京:外语教学与研究出版社,1998:154.
④ 老子. 道德经. 北京:外语教学与研究出版社,1998:160.
⑤ 老子. 道德经. 北京:外语教学与研究出版社,1998:74.

质保障的人,费丝故意运用"知雄守雌""知荣守辱"①的策略来肯定、讨好马克斯
韦尔。该策略一方面能够满足马克斯韦尔的虚荣心、自大感,使他逐渐在心理上
离不开费丝;同时又可使他失去对自身的正确定位,认为费丝不过是一个意志软
弱、易于驯服的小女子,在两人的关系中,他始终位于一切的中心,可以随心所欲
地摆布费丝,由此产生进一步和费丝发展关系的渴望。

　　马克斯韦尔处处想显示强大,但费丝却明白无论是在身体、意志还是智力
上,他都根本不是自己的对手。比如为了显示自己的尊高、品位和重要性,马克
斯韦尔常爱模仿电影演员摆出各种站姿,但费丝看到的却是一个矫揉造作的"姿
态",没有任何可以称作马克斯韦尔的东西。她认为他就像"一套盔甲,内里是空
的"(FG 112),一语道破了马克斯韦尔虚伪造作、外强中干的实质,同时也解构
了他刻意塑造的"强大"形象。又如有一次,马克斯韦尔哮喘发作的时候,费丝站
在他身边,看着他虚弱不堪的样子,感到既尴尬又兴奋,她想到的是:"她拥有力
量。她只要用一句话便能击垮他。"(FG 105)孰强孰弱,显而易见。

　　事实上,在这场意志竞争的游戏中,马克思韦尔根本无法依靠伪装出来的
"强大"来征服费丝,他对力量、社会和人生的理解也丝毫不能使她信服,但费丝
从不表达异议,更不会戳穿他不堪一击的真相。相反,为了彻底捕获马克斯韦
尔,她小心翼翼地伪装着天真、无知与柔弱,这使她总能游刃有余地达到自己的
目的。费丝对"柔弱""守雌"与"处下"策略的运用最典型地体现于她轻松自如地
诱导、操控马克斯韦尔向她求婚一幕。

　　马克斯韦尔在影剧院毒打费丝的前任情人提皮斯时,费丝又惊又气,忍不住
大哭了一场。但接着她并未流露出自己的愠怒,而是装作被吓坏了的样子,无助
地依偎在马克斯韦尔"垫肩过高的肩膀上"(FG 121),并将手插进他的上衣,放
在他的胸口上,然后调整好语气柔声说道:"伊萨克,你在那儿我真高兴。那个人
可把我吓坏了。"(FG 122)此时,马克斯韦尔其实已经开始怀疑费丝与提皮斯之
间的关系非同寻常,他对费丝说:"他好像认识你!"(FG 122)但费丝的示弱却勾
起了他的自恋情结,使他在得意之中失去了探究真相的兴趣与力量。接着费丝
继续佯装柔弱无助,反复表示她真的非常需要马克斯韦尔:"伊萨克,我真的需要

───────────

①　老子. 道德经. 北京:外语教学与研究出版社,1998:58.

你,这已经很清楚了……我自己确实……对付不了……我需要一个能够控制形势的人——就像你所做的那样。"(FG 122)费丝的话向马克斯韦尔传递了多重信息:我很弱小,你很强大;我需要你,你是我的保护神;你真令我崇拜……每个信息都包含对马克斯韦尔的赞赏、仰仗和归顺,这无疑极大地满足了马克斯韦尔的虚荣心并使他欣喜若狂。尽管马克斯韦尔对于费丝的奉承还有些不敢置信,但在费丝嗲声嗲气的反复示弱与赞美之下,他激动得差点晕厥。接着的一幕连费丝也不忍再看下去。马克斯韦尔呼吸困难(激动引发了他的哮喘)、热泪盈眶、结结巴巴地向费丝许下誓言:"费丝……我发誓我会为你努力工作,我爱你!"费丝则机械迅速、不加思考地答道:"做我的好东西吧……"马克斯韦尔立即受宠若惊:"好——好的,您——您——你愿意嫁给我吗?"这时费丝感到"一阵胜利的颤抖掠过全身",因为她确信自己在这场"意志竞争"中已经稳操胜券。(FG 123-124)在上述求婚的故事中,作者一开始便连续使用了一些表达示弱的动词来描写费丝,如"大哭""依偎""调整好语气""柔声说"等,清楚地向读者展示了费丝运用"守雌处下"的策略,从而达到"以柔克刚"的目的,乃至彻底收服马克斯韦尔的过程。同时这一幕也显示,马克斯韦尔与费丝在智力上也存在着明显差距,在她看来他"反应力慢得不可思议",以致"她通过一个精心设计的影射和暗示便能哄得他任其摆布"(FG 104)。

从以上分析可见,在这场"意志竞争"中,虽然看起来马克斯韦尔是刚强、自负、掌控权力的一方,而费丝似乎是弱小、柔弱、受控的一方,但实际上费丝才是真正的强者与赢家。在两人的相处中,马克斯韦尔貌似"刚强",但却掩盖不住内心的柔弱与无助;而费丝貌似"柔弱",但暗地里对权力的灵活操弄却展现出她内心的坚韧与刚强。马克斯韦尔始终以为他是两人中的强者和"老大"(FG 99),以为是他在掌控一切,但事实却恰好相反——由于他被自己的虚荣自大和虚假的"刚强"蒙住了眼睛,因而只能被看似柔弱顺服的费丝牵着鼻子走。当然,费丝用伪装柔弱的方式来参与这场"意志竞争"也不可避免地给她自己带来了伤害,关于这一点,后文会具体分析。

在《中间航道》中,黑人青年卢瑟福德在一个非常不利的环境中也有意识地运用"守雌处下"的策略战胜了强大的对手。不过比起费丝,卢瑟福德的情形更为复杂有趣。

在"共和国号"贩奴船上,卢瑟福德的身份是一个来路不明的偷渡者。他面临着三派彼此敌对的力量:一是船长法尔肯及其随从,这群人凶恶粗暴,掌握着卢瑟福德的生杀大权,并对船上的所有人都怀着敌意;二是以水手长麦克戈芬和大副克林格为首的普通水手,他们对船长毫不信任,一心想着伺机谋反。这群人中的多数人对卢瑟福德怀有排外意识,却又幻想利用他来从船长手中夺取对"共和国号"的控制权;三是非洲的阿姆色利人,他们处于遭贩卖、受奴役的地位,将船上的两派美国人都视为敌人,也不愿将卢瑟福德当作自己人。处于如此复杂,甚至充满敌意的环境中,卢瑟福德必须小心翼翼地调节好自己与每一方的关系,力图在夹缝中求得生存。他后来能够保全自身,并能在那些貌似比他强大的位高者陷入绝境时实施搭救,最后还获得了替受奴役、受压迫的黑人发声的机会,与他能够守雌处下,像水一样包容一切、利而不争直接有关。老子这样描述水的特性和美德:"上善若水,水善利万物而不争,处众人之所恶,故几于道……夫唯不争,故不尤。"①最高之善仿佛水,总是利于万物的生长而不与人争,能存在于众人所厌恶之地,因此便接近于"道"了。正是由于不与人争,所以永远不招怨恨。老子又言:"天下莫柔弱于水,而攻坚强者莫之能胜。"②不论在跟哪一派的关系中,只要不威胁到其生命安全,卢瑟福德总是能够像水那样柔和容忍、甘于处下,并尽力关照、帮助他人。结果是,无论是在跟哪一派的关系中,他都于不知不觉中成了最后的赢家。下文将具体分析卢瑟福德与三派力量的周旋和交锋,以及在此过程中他对"守雌处下"等策略的巧妙运用。

先看卢瑟福德与阿姆色利部落的相处。如果说"共和国号"好比一个社会的话,那么阿姆色利部落则是处于社会底层的受压迫群体。虽然卢瑟福德与他们一样长着一身黝黑的皮肤,但他们并未将卢瑟福德视为自己人,而是讽刺地称他为"熟番"(a Cooked one)③,但卢瑟福德却并不生气。作为法尔肯的"亲信",他虽拥有看管阿姆色利人的权力,却从不在他们面前显神气或耍威风。相反,他对他们的遭遇充满同情,对他们的文化传统深怀敬意,还与他们的头人恩戈亚马互

---

① 老子. 道德经. 北京:外语教学与研究出版社,1998:16.
② 老子. 道德经. 北京:外语教学与研究出版社,1998:164.
③ 在阿姆色利人看来,那些美国白人是"生番"(Raw Barbarians),而像卢瑟福德这样的美国黑人则是"熟番"。参见:Johnson, C. *Middle Passage*. New York:Penguin Books,1990:75.

相学习彼此的语言和文化习俗,并慢慢结成了知己。由于卢瑟福德对阿姆色利人友好仁慈,因此,在暴乱中他不但未受他们的伤害,事后还获特许,可为其伙伴求情。借此机会他救下了大副克林格的性命。当克林格出于误解而讽刺他是"没骨气"的"野人"时,卢瑟福德并不辩解,而是真诚地说:"我不站在任何一方!我只想保住我们的性命……只想回家!"(MP 137)可以看出,作为美国社会弱势群体中的一员,卢瑟福德已养成善于隐忍、谦下不争的习惯,在很多场合下,这些习惯恰是他自我保护的法宝。

再看卢瑟福德与水手派的周旋。卢瑟福德与普通水手之间平日里并无矛盾,除了大副克林格之外,他与他们似乎也接触不多。但在水手们策划叛乱并邀请卢瑟福德参加时,他们之间的矛盾浮出了水面。水手长麦克戈芬是个强势、排外之人,他起先提出不让卢瑟福德参加这次秘密会议,理由是卢瑟福德"不算水手,只是个临时人员"(MP 86)。后来当他得知卢瑟福德无亲眷拖累时,便一改开始时的排斥态度,立即提议派遣卢瑟福德潜入法尔肯的船长室去解除各种爆炸装置。卢瑟福德反对这个提议,但水手长不但巧言善辩,而且仗着他的强势地位以咄咄逼人的态度强令卢瑟福德接受任务。更为不利的是,除了克林格之外,在场的其他人全部赞成水手长的提议。面对这样一群由"杀人犯、浪荡子、卖国贼、酒鬼、无赖"(MP 82)等组成的铤而走险的流氓,人单势孤、地位低下的卢瑟福德在审时度势、权衡利弊之后,决定暂且隐忍所受的欺辱,于是佯装答应了他们的要求。后来在重新思考此事时,卢瑟福德清醒地分析了眼前的局势:这群水手根本没有将他视为他们的同胞,他们决定让他参与这次行动,仅仅是出于利益上的考虑,根本没有顾念他的安危。于是卢瑟福德得到了启迪:

> 在这片奇怪的大海上,所有的忠诚都显得错位了,我再也找不到我的忠诚。我突然想到,所有的关系……都是因需要而匆匆编造的谎言,一旦无利可图便立即土崩瓦解。(MP 92)

显而易见,在船上相互敌对的两派美国人中,卢瑟福德是唯一的黑人,也是双方眼中的"种族他者"。虽然两派都想拉他入伙,但对他都毫无诚意,都只是想利用他而已。于是,卢瑟福德决意打破誓言,将水手们谋划叛变之事向法尔肯告密。这也意味着,为了避开被强加的冒险行动并冲出两派白人的围堵,获得更大的生存机会,卢瑟福德决定与势力更强、更加凶狠因而胜算也更大的法尔肯一方结盟。可见卢瑟福德虽然一向温和能忍,却并不缺乏独立思考和判断的能力。他清醒地认识到,在这种情况下自己没必要遵守誓言去替那些不仁不义的水手充当炮灰。

相比之下,卢瑟福德在与船长法尔肯的见面与周旋中更多、更加有意识地运用了"守雌""示弱"等策略,也取得了更加意想不到的效果。两者之间总共有过四次单独、直接的见面,地点全部在法尔肯的船长室。开始时卢瑟福德完全处于弱势地位,但随着一次次的见面,两者的力量对比发生了戏剧性的变化,两者最终也得到了完全不同的结局,充分印证了道家"柔弱胜刚强"和"柔弱处上"的洞见。下文将具体分析卢瑟福德与法尔肯的四次见面。

卢瑟福德与法尔肯的初次见面源于前者偷偷登上贩奴船"共和国号",被克林格发现后送交船长法尔肯处置。两者的首次见面就是一场智力的交锋。卢瑟福德刚进船长室时看到的是法尔肯的背影,但他明白,法尔肯身为一船之长,位高权重,而自己则是未经允许的偷渡者,因而可以说,此时法尔肯完全掌握着他的生杀大权。然而乐观的卢瑟福德却相信,即使是弱小者,也有获胜的机会。这体现在他颇富自信的想法上:"也许种族机智能让我安全度过这次会见",因为"一个能干的黑人,一个机灵的黑人策略家,能够把一位可能成为其老板的白人收拾得团团转⋯⋯至少对我来说以前皆如此"。(MP 28)

认识到双方地位和力量的悬殊之后,面对强大的法尔肯,卢瑟福德从一开始便有意识地运用"守雌处下"的策略。为了博得法尔肯的同情,他先后为自己编造了好几个极其悲惨的故事,但法尔肯似乎并未被那些故事所打动,他唯一的反应只是在听完每个故事时冷冷地重复同一个回答:"还有呢?"(MP 28-29)弄得卢瑟福德很快感到心虚胆战,再也无力继续撒谎。趁着法尔肯转过身来,卢瑟福德注意到,不仅法尔肯的船长身份宣告了他的权威,而且似乎连他的长相、性格、经历和名声等都同样传递着他的"强大"。虽然个子很矮,是个侏儒,但他那副很宽的肩膀、满身的肌肉疙瘩、又大又硬的额头和树根一样的双手,都显示着他刚强的个性,配上他狼藉的名声——一位"特殊的帝国缔造者、探险家和帝国主义者"(MP 29),以及关于他在世界各地掠夺、抢劫的报道和传说,不由令人心生惊

惧。然而出人意料的是,在随后的谈话中,卢瑟福德只略施小计便轻轻解除了法尔肯的所有威力。请看下面这段谈话:

> "坐下,"他说……,"我不喜欢别人俯视我。"
>
> 这一点我能理解;我坐了下来。
>
> ……"还有,总体而言,我也不喜欢黑人。"
>
> "对不起,先生。"他很坦率,这我喜欢。因为跟一个有种族偏见的人在一起,这种坦率可以让你知道自己的位置。"但是,这事我帮不了您,先生。"
>
> "我知道你帮不了……你们不太会思考问题,也不经常思考。你偷偷上船,我不责备你。"法尔肯拧干了海绵。"可怜的东西,你很可能认为这是一艘内河船,是吗?"
>
> 我向后一仰倒在了座位上:"难道这不是一艘内河船?"(MP 30-31)

当法尔肯宣称他不喜欢被别人俯视也不喜欢黑人时,卢瑟福德已经从中嗅出他的妄自尊大与种族偏见,但却并不恼怒,因为他由此可以确定,在与法尔肯这类人打交道时必须运用迂回、"守雌处下"等示弱策略。接着卢瑟福德便开始以装傻卖乖的方式与法尔肯周旋,果然,他很快便占了上风。卢瑟福德听说法尔肯"也不喜欢黑人"时表示"这事我帮不了您,先生",这句于淳朴中带着傻气,于傻气中又透着忠诚的话让法尔肯认定卢瑟福德跟一般黑人一样智商低下、思维迟钝,这使法尔肯获得了某种安全感和优越感,从而解除了对陌生人的警惕心。于是在下一步,法尔肯不但主动替卢瑟福德找了一个可以逃脱惩罚的理由,也于不知不觉中替卢瑟福德提供了一个可以继续愚弄他的话题——他猜想卢瑟福德是将这艘船当成了内河船。卢瑟福德一听立即被"吓"得倒在了椅子上。这显然是在做戏,但由于卢瑟福德的"傻气"再次满足了法尔肯对黑人智商的臆测,因此法尔肯不但没想到自己遭受了欺骗,反以十分严肃的态度将此行的目的、可赚的利润,甚至他得到分红之后的打算等信息都一一告诉了卢瑟福德,最后还表示,只要卢瑟福德不指望拿工资就可以待在船上。卢瑟福德对此自然感激不尽。

在这次见面中,读者看到的是卢瑟福德的聪明机智和法尔肯的自大愚蠢。出于根深蒂固的种族偏见,两人一见面,法尔肯便将卢瑟福德当成一个愚笨懒惰的黑人"傻宝",完全凭着他对黑人的主观臆测来对待卢瑟福德。因此,他被自己的偏见和傲慢蒙住了眼睛,迷住了心智,即便眼前站着一个富于才智、机敏过人的黑人,他也闭目不见、充耳不闻。然而卢瑟福德却不断地在暗中打量他、评判他,并很快看清了他的种族偏见和盲目自负。针对法尔肯的这些弱点,卢瑟福德运用伪装顺服、顺势装傻等策略来迎合他对黑人的刻板化印象,一步步诱导着他放松警惕直至完全失去判断能力。通过此招,卢瑟福德不但轻而易举地获得了法尔肯对他偷渡的谅解,还从他那里获得了很多有关这次航行的信息。同时,这次交锋也让卢瑟福德对法尔肯傲慢自大、顽固不化的性格有了初步了解。这一切对他日后在船上谋生存十分有利。

卢瑟福德与法尔肯的第二次见面发生于他私入法尔肯房间偷窥、行窃之时。一天,卢瑟福德出于好奇私自潜入了法尔肯的船长室。他拿了法尔肯的一些小钱,并偷看了他的书信、文件、账簿和日志,窥见了法尔肯的很多秘密。另外,这次偷窥还让卢瑟福德摸清了法尔肯的房间布局,并从他所布置的那些可怕的爆炸性防御设施中看出了他的多疑与凶残。然而,正当卢瑟福德为这些发现惊讶不已时,法尔肯不巧走了进来。幸运的是,法尔肯当时已经喝得醉眼蒙眬。

见卢瑟福德在他的房间里四处乱翻,法尔肯起了疑心——他首先想到卢瑟福德可能是想偷点什么,对此卢瑟福德立即否认,并解释说自己走错了地方。然后法尔肯又怀疑卢瑟福德是想谋杀他,对此,卢瑟福德信誓旦旦地回答:"不!当然不是,先生!"(MP 55)于是法尔肯不再追究,转而与他谈起如何防身的问题。一向多疑的法尔肯竟然如此轻易地放过了卢瑟福德,笔者认为,究其原因主要有三。其一,由于在醉酒中,法尔肯的思维和判断可能都不太清晰。其二,法尔肯起疑时,卢瑟福德先是给了他一个貌似合理的解释("想找一个灯笼")并主动认错,承认是自己走错了地方,这话似乎暗示了自己大脑不太好使;当法尔肯进一步怀疑卢瑟福德想谋杀他时,卢瑟福德简单而坚决的否认中再次透着傻气和忠诚,这再次迎合了法尔肯对黑人智商及性格的偏见。在法尔肯的观念里,像卢瑟福德这种既无地位又缺智商的黑人只会乖乖听从上司的调遣,哪有胆量和能力去跟上司作对?其三,法尔肯当时正好需要一个忠诚顺从的人做帮手,而且此人最好是个黑人,他认为卢瑟福德就是理想人选。在以上诸多原因的合力作用下,卢瑟福德成功地掩饰了自己的偷窥和偷盗行为,不但逃脱了法尔肯的惩罚,反从他那里得到了一支防身的手枪。卢瑟福德唯一的损失只是被法尔肯"上了一次课"(MP 55),并被要求做其密探,以后必须定期向他汇报船上人员的言行。

对这次见面的分析表明,在两人的关系中,表面看来法尔肯高高在上、性格凶残,是占据强势且随时可能对卢瑟福德造成生命威胁的一方,而卢瑟福德则无依无靠、一无所有,是位居弱势且随时可能遭受厄运的一方。然而实际上,由于卢瑟福德已经摸透了法尔肯的性格和心理,因而不但总能进退自如、游刃有余地与法尔肯周旋,并能以静制动、随机应变地消解法尔肯的攻势,从而有能力进行自我保护,甚至还常常能不失时机地愚弄、欺骗法尔肯。可笑的是,法尔肯对实际状况并不清楚,对他所受的欺骗、愚弄甚至威胁更是毫不知晓,反倒把卢瑟福德视为心腹,还特意给他配备了手枪,这更加增添了卢瑟福德的力量。在这次见面的过程中,有两次卢瑟福德都差点用这支枪取了法尔肯的性命(如果不是他太心慈手软的话)。可见,在第二次见面中两人之间的权力关系及力量强弱已经悄悄发生了变化。"柔弱胜刚强",两人中貌似强大者实际上总是输给貌似弱小者,这除了因为卢瑟福德的机智灵活,不能不说法尔肯的傲慢自大和种族本质主义哲学也给卢瑟福德帮了大忙。

卢瑟福德与法尔肯的第三次单独见面发生在他去向法尔肯告密之时。参与了水手们的叛乱策划之后,卢瑟福德决定向法尔肯和盘托出他们的秘密。在这次见面中,法尔肯向卢瑟福德宣扬了他的"意识冲突论"和强权哲学,彻底暴露了他的二元对立和分裂主义世界观。卢瑟福德无比惊讶地听完了法尔肯关于"意识—战争—谋杀"的高论,并不认可他那种只能看到自我和他人之间的严格对立与分裂的世界观,却又无力反驳。为了避免危险,卢瑟福德主动向法尔肯表示了臣服,还默默忍受了法尔肯对他叛变行为的嘲讽。从主观上看,与前两次不同,卢瑟福德这次的臣服和示弱是发自内心的,毫不做作;但从客观上说,这仍是他的一种求生策略——他之所以甘愿臣服,是因为在腹背受敌的情况下他需要取得法尔肯的信任,以便利用他的强大力量来抵御来自水手长一伙的威胁。从这次见面的结果来看,卢瑟福德仍是赢家,因为他依靠"守雌""示弱"的方法达到了避开强敌、保全自身的目的。

卢瑟福德与法尔肯的最后一次见面是在阿姆色利部落发动暴乱、法尔肯沦为阶下囚之时。上文说过,暴乱后,卢瑟福德不顾一切地救下了克林格,然后他又竭力说服阿姆色利人暂且不杀法尔肯,条件是让法尔肯帮助他们驾船驶回非洲。于是作为双方之间的协调人,卢瑟福德前去会见被囚禁在船长室里的法尔肯。

值得注意的是,这次见面时两人的关系已经发生了逆转式的变化,无论从身体状况,还是从身份和地位上,法尔肯都失去了昔日的强大。首先,法尔肯在暴乱中受了重伤,只能拖着身子在地上艰难地爬行,罪魁祸首正是他亲手在自己房间里部署的那些爆炸装置;而卢瑟福德则身体健全,毫发无损。其次,此时法尔肯成了孤零零的败军将领,同时也是阿姆色利部落眼中的十恶不赦之徒;而卢瑟福德不但是个自由人,还是得胜方阿姆色利部落委派的谈判者。可以说,此时是卢瑟福德掌握着法尔肯的生杀大权。但是傲慢自大的法尔肯对已经变化的局势似乎并未察觉,根本不愿面对现实。他首先质问卢瑟福德是否背叛了他,随后更可笑的是,他要求卢瑟福德继续做他的耳目。不过这次法尔肯总算有所进步,终于想到"难道是我们低估了那些黑人? 他们比我认为的要聪明?",并开始承认卢瑟福德"是个聪明的小伙子"。(MP 146)相比之下,卢瑟福德仍保持着一贯的谦下风格,对法尔肯依然恭敬如初,没有半点狂傲,虽然他内心也承认,自己非常为法尔肯的人格缺陷感到可怜,因为"永不解释"和"永不道歉"(MP 143)的人生原则将他变成了一个顽固不化、冥顽不灵之人。

接着发生了一件意义重大且出人意料之事——法尔肯恳求卢瑟福德替他保存、续写航海日志,并特意交代他,日志的内容要:

> 包括你所记得的一切,以及自你上船之时起我告诉你的一切。我是说,不仅讲述克林格一方或者那些暴乱者编造的故事,而且要包括我们单独秘密见面时我告诉你的那些事。(MP 146)

法尔肯特别强调要在日志里记下他告诉过卢瑟福德的那些话,那么他到底指的是什么呢? 它们有何重要之处以致法尔肯在生死关头仍念念不忘?

其实,法尔肯指的主要就是他对卢瑟福德多次谈过的二元对立和分裂主义世界观,它们典型地反映在他的"意识冲突论"中。作为一个种族主义者、殖民主义者和强权论者,法尔肯认为,意识便意味着冲突,不同的人有着不同的意识,不同的意识产生不同的观点,而每个人都只相信自己的观点;因此,只要人类存在,便会有冲突和战争;战争是注定的,也是检验真理的最后手段,胜利者的信念就是真理,征服者的看法便是正确观点(MP 97)。他还强调:"二元对立是人类思维的基本结构。主体与客体、观察者与被观察者、自我与他人——这些古老的'孪生子'就像楔子嵌入船体一样嵌入了我们的思维。没有它们我们便无法思考。"(MP 98)法尔肯要求卢瑟福德续写日志,便是要卢瑟福德替他宣扬他所代表的二元对立观以及由其产生的对立、分裂、冲突和征服精神。

在二元对立和分裂思维模式的指导下,法尔肯竭力训练自己、武装自己,为的是在与他人和世界的战争中成为胜利者和征服者。据此理论,他本人以及他所代表的美帝国主义对弱小种族和国家进行的殖民侵略和抢夺,以及世界上任何地方所实行的奴隶制、种族歧视、种族隔离、阶级压迫等非正义、不公平的现象都将获得存在的合理性和合法性,而像法尔肯这样的"帝国之鹰"①、历史罪人,不但不会受到历史的审判和舆论的谴责,反而能够名垂青史,永远成为人们仰慕和敬畏的偶像。

对于续写日志,卢瑟福德起初表示婉拒,但听完法尔肯的上段话之后,聪明的他立即识破了玄机,他想:"尽管我会讲述那个故事(我知道他想被人们记住),但首先,我会选择……我自己看待它的角度。"(MP 146)卢瑟福德的话意味深长,但并不难理解。在西方文化史上,受奴役、受压迫的黑人一直处于被禁声、被表述的状态,主流话语中始终充斥着诋毁黑人,为奴隶制存在的合理性进行辩护,甚至极度美化奴隶制的声音。但是,如果由卢瑟福德书写航海日志,他便能够从黑人的视角来展示他们的真实生存状况,包括他目睹的"中间航道"航程中黑人所受的非人折磨和他们进行的不懈抗争,以及种族冲突给黑人、白人造成的毁灭性伤害,从而向世人展示黑人的苦难史和集体创伤,并无情地揭示奴隶制的罪恶,以期引起世人的觉醒。此外,他还能够展示黑人的正常人性和智力,反驳西方主流话语对黑人进行的野蛮化和低等化,以便从根本上颠覆奴隶制的合法性。与此同时,他也能质疑西方文明的进步性,揭示其野蛮性,并根据自己的亲身经历指出,以二元对立思想为核心的西方文化价值观正是造成世界冲突的根源,只会给世界带来冲突、分裂、杀戮和毁灭;而某些东方文化价值观,比如中国

---

① 法尔肯这一名字的英文是Falcon,意为"猎鹰"。

道家和佛学思想等,更能有效地指引人类走向和谐共生。总之,当法尔肯请求卢瑟福德续写航海日志时,后者发现的"玄机"是:书写航海日志能够赋予他话语权,由此他便可代表受奴役、受压迫的黑人同胞发出声音,从黑人受害者的角度揭示"中间航道"事件及其意义,从而颠覆白人主流群体的话语霸权。

由此,卢瑟福德未经任何争夺便意外地获得了重写历史的机会,而依然傲慢自负的法尔肯却以为自己终于找到了"他的传记家"(MP 146),心满意足地将日志拱手交给了卢瑟福德,毫不知晓此举的真正意义。

随着故事的发展,"共和国号"上的那些显要人物,那些看似比卢瑟福德强大得多的力量,如麦克戈芬、梅多斯、克林格等,一个个最终皆遭摧毁,落得非死即伤的结果。尤其是法尔肯,由于他至死仍对所有人都充满仇恨,不知悔改,宁死也不愿给阿姆色利人提供帮助,故而把航海日志交给卢瑟福德之后即开枪自杀。这令人想起老子的警告:"兵强则不胜,木强则折"①,"强梁者不得其死"②。而卢瑟福德,一位黑人偷渡者,一个"共和国号"上最不起眼、地位最低的无名小卒,却不但保全了自身,还变成了众人的拯救者和安抚者。

出现这样的变化和结局,究其缘由,主要是卢瑟福德能够持守相互联系的世界观,而且其性格和行为都合乎自然之道:柔弱卑下,知雄守雌,利而不害,谦下不争。老子说:"人之生也柔弱,其死也坚强;万物草木之生也柔脆,其死也枯槁。故坚强者死之徒,柔弱者生之徒。"③无论是人还是草木,活着的时候都是柔弱有韧性的,死了的时候就变得坚挺而僵硬,所以柔弱是生命力的象征,刚强则是死亡的预兆。上文说过,卢瑟福德具有水的特性和品德。水极为柔弱,能随万物的曲直方圆而变化;又十分谦下,总是愿意待在地势低的地方;还能"利而不害","为而不争"④,自然而然地造福万物却不争功名。但看似柔弱的水却具有十分强大的力量,正如约翰逊所言,水有自己的秘密,它能"以从容自若的方式毫不费力地冲走卵石、庙宇和宝座"(FG 88)。此即老子所说的"守柔曰强"⑤。卢瑟福德能够在极端不利的环境中多次化险为夷,不但保全了自身也救助了他人,其奥

———————————————

① 老子. 道德经. 北京:外语教学与研究出版社,1998:160.

② 老子. 道德经. 北京:外语教学与研究出版社,1998:90.

③ 老子. 道德经. 北京:外语教学与研究出版社,1998:160.

④ 老子. 道德经. 北京:外语教学与研究出版社,1998:170.

⑤ 老子. 道德经. 北京:外语教学与研究出版社,1998:110.

秘主要在于,他与任何人相处时都能保持水一样的柔弱谦下,从不与人一争高低,而当危难出现时,却能竭尽全力帮助所有人。其性格具有水的流动性、混合性、不固定性,始终处于发展变化之中,因而能够消解和超越二元对立逻辑。

值得注意的是,卢瑟福德虽外表柔弱谦下,但意志并不软弱,心智也不低下,他的柔弱是柔中带刚,弱中有强;他的谦下则体现出他对自己的处境以及自我与他人的关系有着理性的认识和思考。事实上,聪明的卢瑟福德早已发现自己的优势和潜力。察觉到"共和国号"上的分裂和冲突之严重后,卢瑟福德曾忧心忡忡地想:"除非有个人能够悄悄地打出一张王牌,一张无人知晓的王牌,否则我们都将沉入海底。"(MP 105)但接着他便很快认识到,"握着那张王牌的人"(MP 105)正是他自己。换言之,卢瑟福德认识到,由于他处于三派力量的中间,与三派都保持着顺畅的沟通与较为和谐的关系,因而他正是那个最有可能在三派力量之间进行调停的人,也是最有可能拯救"共和国号"的人,即"握着那张王牌的人"。可贵的是,卢瑟福德并未因这一发现而自鸣得意,也未试图以任何行动干涉事态的发展,而是始终保持柔弱谦下的心态。他似乎懂得"天之道,不争而善胜"①的道理,因而始终能以"自然无为"的态度静观一切风云变幻。

至此,读者可能会发现,虽然在费丝与马克斯韦尔、卢瑟福德与法尔肯这两对关系中,费丝和卢瑟福德一样运用了"守雌处下"等策略,然而两人的结局迥然不同。费丝虽于婚前获得了以柔制胜的效果,但婚后却与马克斯韦尔冲突不断,直至遭到后者的抛弃,不但重新陷入一无所有的境地,而且险些死于非命;而卢瑟福德始终能够以柔胜刚,最后不但保全了自己还搭救了别人,并得到了其他意外收获。导致两人上述不同结果的原因何在?

从小说的描写可见,费丝在芝加哥完全处于一个由贫困和种种"无道"形成的生存空间中:变态、欺诈、抢劫、暴力、奸淫司空见惯,一切贪欲与诱惑、巧取与豪夺在那里都成了常态。"在'无道'的世界中,任何罪恶都可能发生,乃至必然发生。"②费丝的变化便是明证。离开家乡之前,费丝与大自然的关系"就像婴儿和母亲的乳房一样亲近"(FG 192),她行事从不违背自然之道,过的是简朴宁静的乡村生活,内心也常常处于恬淡自如的状态。但自从到了芝加哥这个物欲横

---

① 老子. 道德经. 北京:外语教学与研究出版社,1998:58.

② 于民雄. 老子"无知无欲"发微. 贵州社会科学,2007(9):63.

流的大都市之后,她便被抛进一群依靠巧智、伪诈甚至暴力手段谋生处世的人中。在贫困交迫和险恶环境的逼迫下,正如小说中的"沼泽女"所言,费丝渐渐变"聪明"(FG 192)了。她放弃了精神追寻,转向了外在的物质享受,并发誓为了得到她需要的东西,"必要时她将践踏千万人的脑袋,就像践踏他们的理论一样;她将数着日子,但只是为了从每一天里压榨出能够保障她获得舒适生活的东西"(FG 81)。换言之,为了追求物质上的舒适,费丝决定以牙还牙,也用狡诈的算计和欺诈来对待世界与他人。

在与马克斯韦尔的相处中,费丝的"守雌处下"带有明确而强烈的利己目的,即掌控并利用马克斯韦尔。这种人际关系完全违背了"自然之道"。换言之,她的"柔弱"和"处下"完全是一种假象,它们本身就是一种强作妄为,是与"道"背道而驰的行为,因此不可能长久。老子说:"守柔曰强。"但由于费丝在马克斯韦尔面前的柔弱完全是一种伪装,她根本做不到长期"守柔",当她失去伪装的耐心时,两人之间的冲突便暴露无遗。从她婚后对待马克斯韦尔的态度的转变——不断争吵、继续欺骗利用、出轨等等可知,她已由"柔弱"变得无比刚硬,她的行为离"道"也已渐行渐远。

而卢瑟福德则与费丝恰好相反。他从一开始便知道法尔肯很强大,自己在各方面都不是他的对手,于是决定以装痴、处下等示弱策略与之周旋。但他这样做既不是为了伤害对方,也不是为了谋取利益,而只有一个合乎"自然之道"的目的,即在复杂艰难的环境下保全自身和周围人。后来法尔肯沦为阶下囚时,两人的力量对比明显发生了逆转,但卢瑟福德依然保持"守雌处下"的姿态。可见,卢瑟福德"守柔"的行为中没有那种与"道"相违背的功利性目的。更为难得的是,在此过程中,他能够不断进行自我反省与修炼,直至达到少私寡欲、利而不害的心理状态。因此可以说,卢瑟福德与法尔肯等人周旋的过程也正是他自我反省、向"道"回归的过程。

老子言:"同于道者,道亦乐得之;同于德者,德亦乐得之;同于失者,失亦乐得之。"①同于道的人,道也乐于得到他;同于德的人,德也乐于得到他,同于失的人,失也乐于得到他。费丝离弃"天道"的强作妄为,不但使她失去了淳朴善良的本性,也令她饱尝"物役"和"物累"之苦,为满足物欲而失去了自身的价值和宝贵

---

① 老子. 道德经. 北京:外语教学与研究出版社,1998:48.

的人格尊严,直到将自己也异化成一个无灵魂的物件并险些丧命。显然,费丝是一个"同于失者",而卢瑟福德却恰恰相反,是个"同于道者"和"同于德者"。

"道"的缺席将人类的身体和心灵、自我与世界分割成了相互对立和冲突的两个部分,使世界呈现出二元对立的格局。只有回归自然之道,才能消除这些对立与冲突,使身与心、自我与世界重归和谐的整体,也才能重新获得内心的宁静与精神的自由。这从另一个视角体现了中国道家哲学中蕴含的"完整视域"意识。所幸的是,劫后余生的费丝最终悟出了这一点,重新走上了寻"道"的旅程。

4.1.2　天人合一、道法自然

"天人合一"是中国古代哲学的一个基本思想,在中国道家哲学中,意为人与自然宇宙有着密切相连、和谐统一的关系。这里的"天"指的是自然界。道家哲学的创始人老子认为,"道"是万物的本源,世间万物皆由"道"而生。天与人皆由"道"派生而来,因而二者有着统一的关系。进而言之,"人法地,地法天,天法道,道法自然"①。人需效法天地,天地需效法"道","道"则以"自然"为法,如此一来,人与天便在"自然"的层面上达到了合一。② 庄子继承了老子的这一思想,更加明确地提出,"天地者,万物之父母也"③,"天地与我并生,而万物与我为一"④,进一步肯定了"天人合一"的关系。

在道家思想中,"天人合一"不仅指在物质层面上人与宇宙自然是浑然一体、和谐一致的,还指在精神层面上人的行为应遵循自然规律,以自然为道,实现"自然无为",因为道"是万物发生、存在的根据和运行的基本规律,同时也是万物必然回归的终极状态"⑤。这种以联系和整体的思维认识和看待事物的意识正是"完整视域"的根本特征。

像老庄一样,约翰逊也有着强烈的"天人合一、道法自然"意识。仍以《费丝》为例,主人公费丝在离开家乡之前就是个典型的大自然之女。费丝自幼生长在乡村,不仅是大自然的欣赏者、观察者和守望者,而且能与大自然息息相通。童

---

① 老子. 道德经. 北京:外语教学与研究出版社,1998:52.
② 关四平. 论道家的"天人合一"思想. 上海师范大学学报,1997(4):25.
③ 老子·庄子·列子. 张震,点校. 长沙:岳麓书院,1989:75.
④ 老子·庄子·列子. 张震,点校. 长沙:岳麓书院,1989:8.
⑤ 梁联强. 浅论道家思想的"无为"与"有为". 广西社会科学,2006(11):36.

年的她常常站在家乡的山坡上瞭望那些"碧波荡漾"的麦田,有时还在家人熟睡之后偷偷下床,光着脚丫悄悄走到窗口去窥视胆怯的雄赤鹿和雌羊在院子里的月亮花花藤中觅食,每当这时她都会"突然感到阵阵温暖掠过她的皮肤"(FG 41)。闲坐树下时,她则会感到自己"融进了大地与和风的温暖"(FG 159)。她还常常在夜深人静时到院子里看月亮,因为她感觉"月亮是她的老朋友"(FG 47),月相变化周期引发了她自己身体的奇怪变化:痛苦、平静、再痛苦。大自然似乎也能感受到费丝对其的亲近与挚爱,也对费丝怀着深情与眷恋,仿佛她就是大自然中万物的同类。那些光秃秃的、枝干扭曲的树木似乎很在乎她,总会回应她的欣赏;如果她错过了它们的出现,它们似乎就会感到悲哀。更为神奇的是,当她悲伤时,它们似乎也会郁郁不乐。甚至当费丝与男友霍姆斯亲近时,一些植物、动物和月亮都会躲在树丛中看着她,这时"她能感受到它们的嫉妒,因为她觉得自己属于它们的世界而不是人类世界"(FG 150)。

生活在乡村的费丝能够与宇宙自然相互应和,与天地万物融为一体。对于她,正如庄子所言,"人与天一也"①。当她与男友一起躺在草丛中时,"草木好像会将他们脉搏的跳动调到与它们的一致,直到整个宇宙变成同一个心跳"(FG 13)。当她在现实中遭受打击和挫折时,大自然便成了她的避难所和精神家园。她会感觉自己像是长了双翅,不是飞向天堂,而是飞回大地,深深地钻进大地的组织结构。此时,万物皆消失了个性,所有的创造物都安然、诗意地和谐共生。(FG 13)

在《费丝》中,约翰逊还通过"费丝梦枫"的想象重新讲述了"庄周梦蝶"的故事,以此传递他对道家物我同化之境的向往。费丝与丈夫马克斯韦尔发生激烈争吵后陷入昏迷状态,这时她感觉自己来到了一个充满活力的自然世界:那里有绿茵茵的草地、可爱的小鸟和大树,还有温暖的微风。枫树的枝头在风中摇曳,宛若翩翩起舞的女子。随后她看见一棵高大的榆树和一棵垂柳,原来它们是她的爸爸托德和妈妈莱维迪亚。爸爸告诉她,如果为人正直,死后就能变成树、夹竹桃或绣球花,并问她想不想变成一棵树,她说自己想变成一棵枫树。话音刚落她便发现梦已成真。有趣的是,这棵枫树在睡眠中梦见自己变成了一个女人。此树梦醒之后,发现各种鸟儿栖息在她的枝叶里,一些野兽正在她的树阴里酣

---

① 老子·庄子·列子. 张震,点校. 长沙:岳麓书院,1989:83.

眠。而且,她能听懂小鸟的歌唱,也能听懂其他大树的喃喃低语和草地边缘那些动物的梦话。随后费丝苏醒过来,发现自己正躺在床上。令她不解的是:她到底是那个做梦变成了一棵枫树的费丝呢,还是一棵做梦变成了费丝的枫树?故事的最后一句是:"不知为何,弄不清这一点反倒令她重新平静下来。"(FG 129)

熟悉中国古典文学的读者一眼便能看出约翰逊在此模仿了"庄周梦蝶"的寓言故事。为了更好地进行对比,笔者将庄子(即庄周)的这则寓言摘录如下:

> 昔者庄周梦为胡蝶,栩栩然胡蝶也。(自喻适志与,)不知周也。俄然觉,则蘧蘧然周也。不知周之梦为胡蝶与?胡蝶之梦为周与?周与胡蝶则必有分矣。此之谓物化。[1]

庄子的这则寓言说的是:从前有一天,庄周梦见自己变成了一只翩翩起舞的蝴蝶。蝴蝶非常快乐,悠然自得,根本不知道自己原来是庄周。突然间梦醒了,惊惶不定之间蝴蝶方知自己是僵卧在床的庄周。不知道是庄周在梦中变成了蝴蝶,抑或是蝴蝶在梦中变成了庄周?庄周与蝴蝶定有区别,此即所说的物我的交合与变化。这则寓言典型地体现了庄子的齐物思想。庄子认为,倘若人们能做到"齐物我,一生死",即打破生死、物我的界限,则可由有限达至无限,进入真正的自由之境。"庄周梦蝶",究竟是庄周化蝶,或是蝶化庄周,或是一种忘乎物、忘乎天、忘乎己的物我同化的境界?无论如何,当庄周与蝴蝶实现了同化时,那种自由惬意是真真切切、无法忘却的。

在约翰逊"费丝梦枫"的故事中,费丝昏睡中梦见自己变成的那棵枫树生活在大自然中,与天地间的万物为伴,简单快乐,自由自在。梦为枫树的费丝进入了一个充满生机与情趣的自然世界,这与她所遭遇的充满冷漠与欺凌的现实世界完全相反。醒后的费丝与庄子一样不知自己到底是人还是树。小说最后添加的那句话"不知为何,弄不清这一点反倒令她重新平静下来"委实意味深长。因为通常来说,人们对自己的身份非常重视。当一个人无法确认"我是谁"时,便会感觉焦虑不安。而费丝却恰恰相反,由此反衬出她对于作为马克斯韦尔之妻这一真实身份的厌倦与惧怕。不知道自己到底是谁,是女人还是枫树?这反倒给

---

[1] 老子·庄子·列子. 张震,点校. 长沙:岳麓书院,1989:10.

费丝的生活增添了些许希望与可能性,正因如此她才能重新平静下来。换言之,梦为枫树的费丝与天地万物浑然融为一体时,物我之分、内外之别也悄然消逝,从而进入一种全然忘我、天人合一的自由之境,这使她看到了超越自我和残酷现实的可能,正是这种超越的希望才给了她继续忍受噩梦般的婚姻生活的勇气。

实现精神自由是庄子最关心的问题,庄子心目中具有理想人格形态的人就是拥有精神自由的人。这种人具有"完整视域"意识,能够看到自己与世界万物的一体性关系,因此能够顺应、遵从自然之道,取法于自然,并与宇宙自然融为一体,达到"同道""抱一"的理想人生状态。这正是约翰逊重新讲述"庄周梦蝶"故事的用意所在。费丝后来之所以能在经历了一系列非人的磨难后醒悟过来,重归"大道",与她对精神自由的不懈追求密切相关。

实际上,费丝不仅在物质层面上追求与大自然融为一体,在精神层面上也努力寻求与自然之道相合,她对"好东西"的追寻即对"道"的追寻。

庄子将"道"分为两种:天道和人道。"无为而尊者,天道也;有为而累者,人道也。"①他以人的行为是否顺应自然之道为根据来区分"天道"和"人道",同时也将此视为区分"无为"和"有为"的标准。② 去芝加哥寻找"好东西"而未得的费丝被一系列"有为"的经历,或者说只遵"人道"而行的经历③折磨得险些丧命,最终却一无所得。然而,当她决心遵循"天道"回归"无为"时,却瞬间得到了她苦苦追寻的"好东西"。小说结尾,被大火烧得肢体变形的费丝返回家乡重新找到沼泽女,再次向她追问什么是"好东西"。对此,沼泽女没有给出确定的回答,而是告诉她:每个人都以不同的方式寻找"好东西",而且每个人都有无数种方法在生活中寻找"好东西"。人们应该尝试每一条道路,并从中学些东西,即"这里采一点,那里采一点,直到你得到了一个完整的东西——那个好东西"(FG 187-188)。沼泽女认为费丝的最大问题是,紧抱对确定性的信仰,而未能与世界建立亲密的联系,未能与世界融为一体。她说:

---

① 庄周. 庄子. 郭象,注. 上海:上海古籍出版社,1989:64.
② 梁联强. 浅论道家思想的"无为"与"有为". 广西社会科学,2006(11):37.
③ 费丝在芝加哥的经历主要有:遭抢劫、被诱奸、沦为妓女、利用伎俩步入婚姻、遭丈夫欺辱、与老情人旧情复燃、遭老情人抛弃、被丈夫赶出家门,以及被大火烧伤并失去女儿等。

> 你没有和每样事物结成一体，相反，每样事物都是与你分离的——你对自己来说甚至也变成了一件东西。所以，当你变聪明时，你与世界的联系便割断了。（FG 192）

沼泽女的这番话体现出约翰逊对西方理性思维的反叛和对东方"天人合一"思想的倡导。在沼泽女看来，由于费丝生于"'理性时代'（the Age of Reason）的寒冬——一个丑陋的时代"，这个时代充满幻灭，盛行相互冲突的理论，这些理论使人们"变聪明了"，从而使她产生了对确定性和客观性的信仰，并相信可以用那些理性化的体系去简化和解释世界，而不愿融入宇宙自然并通过爱去体验世界的丰富性与复杂性，由此割断了与世界的亲密联系。因而，她教导费丝要"发现宇宙在做什么，然后和它保持和谐一致"（FG 192）。沼泽女对费丝的教导显然契合了老庄的道家思想。道家认为，道"为天下母"①，"似万物之宗"②，因此人们的一切行为都应依道而行，人的行为应效法自然之道，即"天道"，实现"自然无为"；倘若依照人的意愿即"人道"来行事，则与"天道"相违，此即"有为"。"有为"的结果有时是损人害己，招致灾祸。因此，沼泽女要求费丝回归"天道"，即自然之道。

当费丝一再追问什么是"好东西"而得不到确定的回答时，她仍不肯罢休，继续急切地问沼泽女："'好东西'是爱吗？"这时沼泽女无奈地呻吟道：

> 别再追问了！如果你再问，我就会说它是恨。再问，我会说两者都不是，因为好东西是即兴出现的；绝对地说，它什么都不是；但具体地说，它是一切东西。（FG 193）

沼泽女的回答令人想起老子对"道"的描述："道可道，非常道；名可名，非常名。"③在老子看来，"道"不具确定性，它是无所不包、无时不在的规律和绝对真理，超越所有的具体事物和名称，因此无法用任何有限的语言或概念来界定、表

---

① 老子. 道德经. 北京:外语教学与研究出版社,1998:52.
② 老子. 道德经. 北京:外语教学与研究出版社,1998:8.
③ 老子. 道德经. 北京:外语教学与研究出版社,1998:2.

达或说明它,也无法给它命名。对此庄子做了更为易懂的阐述:"道不可闻,闻而非也,道不可见,见而非也,道不可言,言而非也。知形形之不形乎,道不当名。"①正如李泽厚先生所言,"一落言鉴,便成有限"②,一经强行解释,"道"便不是那个无限整体和绝对真理了。

有趣的是,上述费丝向沼泽女询问何为"好东西"的情景与《庄子·外篇·知北游》中东郭子向庄子问道的故事极为相似:

> 东郭子问于庄子曰:"所谓道,恶乎在?"庄子曰:"无所不在。"东郭子曰:"期而后可。"庄子曰:"在蝼蚁。"曰:"何其下邪?"曰:"在稊稗。"曰:"何其愈下邪?"曰:"在瓦甓。"曰:"何其愈甚邪?"曰:"在屎溺。"东郭子不应。③

当东郭子一再追问"道"究竟在何处时,庄子先是说它"无所不在",随后说"在蝼蚁""在稊稗""在瓦甓"。最后当东郭子继续追问时,庄子干脆回答"在屎溺"。屎溺被视为世间最低贱的东西,庄子如此回答,是想说明一切事物中都有"道"的存在。这与沼泽女的回答如出一辙:每个人都有无数种方法在生活中寻找"好东西",因为"好东西"存在于一切事物中(FG 187-193)。显然,沼泽女所说的"好东西"与老子的"道"具有很多共同特征:不可道、不可名、无形无象、神秘莫测;不具确定性和客观性;什么都不是,却什么都是;无法捕捉,却又无所不在;藏身万物之中,是万物运行的规律。

见费丝仍迷惑不解,沼泽女决定用直觉的方式给她最后的启发:她将费丝领到窗前,让她亲自领略黎明到来之际大自然的勃勃生机、美丽富饶和无限的创造力,并告诉她:试图把这一切体系化是很愚蠢的,你不一定要理解世界才能爱它、才能创造;找到"好东西"的道路有无数条,在每条路上你都会发现一些"好东西",也或许是一些烦恼。最后她建议费丝尝试一下魔法师的道路。费丝此时如梦初醒。她选择了沼泽女的魔法师道路,生活在远离尘世的沼泽地,重新融入宇宙自然,努力顺应和遵从自然之道。至此,在沼泽女的引导下,费丝决心摒弃对

①　老子·庄子·列子. 张震,点校. 长沙:岳麓书院,1989:93.

②　李泽厚. 中国古代思想史论. 北京:人民出版社,1985:92.

③　老子·庄子·列子. 张震,点校. 长沙:岳麓书院,1989:92.

"知""欲"和"有为"的追求,像道家的圣人那样"复归于朴"①,取法自然,与天地万物合为一体。由此,她不仅拥有了施展魔法(即创造)的能力和自由,也拥有了救世济人的能力,并回归了与自然万物的和谐,获得了内心的安宁和精神的自由。

在约翰逊的小说中,对自然之道的追寻是小说人物的重要人生目标。除了费丝和卢瑟福德,《中间航道》中的恩戈亚马、《牧牛》中的睿伯和安德鲁、《梦想家》中的该姆和毕肖普等也在寻"道"的旅途上坚定地前行,直至最终回归"大道"。在展示他们"寻道"与"同道"的情形时,约翰逊直接模仿庄子,创造了一系列生动有趣的寓言故事。除了上述的"费丝梦枫"("庄周梦蝶")和"费丝问道"("东郭子问道")之外,其他还有"睿伯制棺"("梓庆为鐻",OT 47)和"恩戈亚马解猪"("庖丁解牛",MP 75—76)等。约翰逊对中国道家哲学如此钟情,说到底还是因为他确信西方文化中的二元对立观是一种非常片面、狭隘的思维方式,也是引起世界冲突和分裂的根源;而东方文化元素,尤其是中国道家哲学中蕴含着浓厚的"完整视域"意识,具有强大的包容性和融合性,能够超越二元对立思维模式,因此可以起到纠正西方的二元对立观,消解冲突和分裂,进而救赎西方文明的作用。

4.2　"完整视域"文学思想中的过程哲学元素

在约翰逊的"完整视域"思想中,怀特海的过程哲学是十分醒目的组成要素。杨富斌指出,过程哲学是一种看待世界的新视角、新的世界观:"它要求我们以过程—关系视角看世界,坚持过程就是实在,实在就是过程……若从过程角度来看,一切存在物都不是静止不动的,也不是一成不变的,而是处于永不停息的生成和发展过程之中,这种过程性就是它们的本真状态。"②过程哲学认为,世界不是被割裂的碎片,而是一个活动的有机整体,一个流变不息、无始无终、相互关联

---

① 老子. 道德经. 北京:外语教学与研究出版社,1998:58.
② 杨富斌."七张面孔的思想家"//怀特海. 过程与实在——宇宙论研究. 修订本. 杨富斌,译. 北京:中国人民大学出版社,2013:33—34.

的创生过程。① 现实世界是流动生成的过程,机体和过程在本质上是创造性的,每一种实际存在物皆具有绝对的自我造就能力,因而在流动进程中会时时更新,在每一瞬间都会赋予自身以往所没有的新内容、新变化,是一个不断演进、创新、完善的过程,因此,整个宇宙即处于"一种面向新颖性的创造性进展"②。这种以变化、发展的观点来认识世界的方法显然需以"完整视域"意识为基础。怀特海的整体性思想尤其体现了一种"完整视域"意识:在本体论上,他坚持有机统一的宇宙观,认为整个宇宙是由各种事件、各种实际存在物相互连接、相互包含而形成的有机系统;在认识论上,怀特海主张消解二元对立,要整合多元。可以说,实际上,过程哲学本身便是"完整视域"意识的产物,因为它是由西方科学与东方智慧糅合而成的,与东方哲学尤其是中国哲学有许多相通之处,并由此得到极大的丰富。

王治河指出,过程哲学"以其整体性、生成性、共生性、多元性、创造性、开放性、内在相关性、互依互动性和现实关怀性等特质,日益成为世界哲学中的一门显学"③。从上文的分析可见,过程哲学具有如下特征:打破二元对立的思维模式,倡导开放、平等,鼓励创造、多元,强调过程、联系和相互依赖,追求人与周围世界的依存与和谐。这些特征具有充分的"完整视域"意识,也是约翰逊毕生不懈追寻的价值理念。

约翰逊不但在其小说中常常运用过程哲学思想,而且在访谈和文论作品中也不断强调之。他认为,一切都是过程,"是动词而非名词"④,一切都是变化发展的,而非静止不动的。过程即意味着变化,所以处于过程中的事物,其未来具有多种可能性。因此,过程哲学思想能够帮助我们打破对事物的僵化观念,避免以固定、静止的眼光看待世界。在约翰逊研究中,我们可以从诸多方面发现过程哲学思想。

---

① 杨富斌. 怀特海过程哲学思想述评. 国外社会科学,2003(4):75-82.

② 陈英敏,高峰强. 过程、整体与和谐——后现代语境中过程哲学与中国传统文化的碰撞及启示. 华东师范大学学报(教育科学版),2009(3):57.

③ 王治河. 过程哲学:一个有待发掘的思想宝库. 求是学刊,2007(4):5.

④ Little, J. An Interview with Charles Johnson. In McWilliams, J. (ed.). *Passing the Three Gates: Interviews with Charles Johnson*. Seattle: University of Washington Press, 2004: 100.

首先,在艺术创作上,约翰逊认为,艺术创作是一个寻求真理的过程,这个过程要求作家头脑开放,思想开明,有勇气去面对这个发现过程将带他们去的任何地方。他非常赞赏加德纳的"实验室比喻":加德纳将艺术创作,尤其是小说创作,比作进入实验室。作者走进去时未带答案,而是带着一个他想验证的假设。他使用人物、情节、语言的可能性、形式等工具来验证自己的假设。该验证过程结束时,他起初的假设可能被证实了,也可能被否定了,或者被大大改变了。但无论如何,他对正在调查的现象和他自己的了解都会增加。① 因此约翰逊认为:"小说创作是个发现的过程,是做实验和犯错误,就像一场科学实验。当你完成一个写作项目时,你应该已经被改变了。"②

约翰逊以自己创作长篇小说《梦想家》的经验为例进一步阐释了"实验室比喻"。他说,创作《梦想家》时他考虑的主要问题是:如果马丁·路德·金有个替身将会怎样?于是他塑造了该姆这个跟金长得几乎一模一样的人物,并尝试让他做金的替身。但出乎意料的是,到小说结尾时,他关于金和美国黑人民权运动的想法跟开始时已经迥然不同,他拥有了很多新的感知。结果小说中该姆没能真正成为金的替身,因为随着故事的发展,《梦想家》变成了一个关于该隐与亚伯的故事③,一个关于人与人不平等的故事。至于该姆,他和故事叙述者学习了金的故事,继而被那些故事改变了。④

其次,在对自我、身份和种族等问题的认识上,约翰逊认为,所谓的自我不过是一种理论建构,仅仅是一个过程,或者说是一个永远处于发展中的变动不居的

---

① Nash, W. R. A Conversation with Charles Johnson. In McWilliams, J. (ed.). *Passing the Three Gates: Interviews with Charles Johnson*. Seattle: University of Washington Press, 2004: 224.

② Mudede, C. The Human Dimension: An Interview with Writer-Philosopher Charles Johnson. In McWilliams, J. (ed.). *Passing the Three Gates: Interviews with Charles Johnson*. Seattle: University of Washington Press, 2004: 260.

③ 关于该点,第5章会展开讨论。

④ Mudede, C. The Human Dimension: An Interview with Writer-Philosopher Charles Johnson. In McWilliams, J. (ed.). *Passing the Three Gates: Interviews with Charles Johnson*. Seattle: University of Washington Press, 2004: 259-260.

"事件"。① 没有一个固定不变的自我,它至多是某种扩展了的东西,更多是由变化发展的而非静止不动的品质所决定的。"身份"与"种族"亦然。因此他反对任何对自我、身份和种族的本质主义看法。② 具体到种族问题,一方面,过程哲学思想能够帮助世人打破对黑人生活、黑人形象以及黑人文化的固有偏见,以全新的眼光面对真实的、处于发展变化中的黑人生活和黑人世界;另一方面,它也能让黑人以完整的视域去认识自己的境况,懂得他们的过去不能决定他们的今天和未来,只要愿意"好好干"(DM 157),他们就一定能够赢得社会的承认,改善处境,实现自身价值。

在约翰逊的每部小说中几乎都能看到过程哲学元素。例如在《费丝》的结尾,沼泽女对迷惑不解的费丝强调,生活是一个过程,是一场即兴演奏,是一次实验,"好东西"以无数种方式,在无数条道路上显现(FG 192-194)。《牧牛》则赋予"利维坦"庄园的匠奴睿伯以鲜明的过程哲学思想。他为安德鲁刻制了一个雕像:第一个侧面上雕刻的是未受尘世污垢沾染的、单纯的安德鲁;第二个侧面上的安德鲁给人一种分裂感,似乎置身于一个狂喜与痛苦、病态与厌腻相混合的世界;第三个侧面上是做了主人、即将功成名就的安德鲁;但第四个侧面却是一片空白。显然,这个雕像描绘的是安德鲁的几个重要人生阶段:在家乡的阶段、在"利维坦"庄园沦为女主人性奴的阶段,以及后来越界与白人女孩佩吉结婚,成了一个中产阶级一家之主的阶段。至于睿伯将最后一面留作空白,是因为他知道人的生命和身份都是不断变化的,并非固定不变的结果。总之,该雕像反映的是一个始终处于变化发展中的而非静止不变的安德鲁,体现出睿伯具有强烈的"完整视域"意识。正如约翰逊所言的,睿伯拒绝静止的自我。睿伯相信"自我是个动词,而非名词——是个过程,而非结果"③。

---

① Davis, G. The Threads that Connect Us: An Interview with Charles Johnson. *Callaloo*, 2010, 33(3): 814.

② Little, J. An Interview with Charles Johnson. In McWilliams, J. (ed.). *Passing the Three Gates: Interviews with Charles Johnson*. Seattle: University of Washington Press, 2004: 99-100.

③ Little, J. An Interview with Charles Johnson. In McWilliams, J. (ed.). *Passing the Three Gates: Interviews with Charles Johnson*. Seattle: University of Washington Press, 2004: 101.

在《中间航道》中,约翰逊将一切都看作过程。首先,卢瑟福德登上贩奴船"共和国号"(象征美国),不日便发现这艘船很不稳固,一直在变化和改变,随时面临散架的危险,因此水手们大部分时间都在修补它,"总之,它从船头到船尾都是一个过程"(MP 36)。其次,卢瑟福德原以为他所羡慕的非洲阿姆色利部落的生活和文化"是永恒的产品,是一件完成了的东西",后来却发现它们也体现了过程,有"赫拉克利特式的变化,就像任何个人一样,不是固定不变的,而是不断演变的"。(MP 124)不仅如此,阿姆色利人的语言也表现出过程性,具有流动不居的特点,比如他们的词汇里几乎不存在名词和静止的东西。"床"被叫作"休息"(resting),"长袍"被称作"取暖"(warming)。"物体的性质不断变化,每个作用于物体的动词也会随之变化。"(MP 77)他们的自我和身份更是表现出明显的过程特点:经历了"中间航道"的那些非洲人再也不是地道的阿姆色利人了,他们的世界观,乃至他们的灵魂都被悄悄地改变了。因此,卢瑟福德万分惋惜而又无奈地感叹道:"他们不再是非洲人,然而也不是美国人。"(MP 124)同样,船上的美国水手也不同程度地被阿姆色利人改变了,其中卢瑟福德和厨师斯奎波的变化最为显著。本书5.3.2节将对此展开深入探讨。

在《梦想家》中,承载着黑人历史的伯特利教堂也体现了一个过程。它的不同部分是在不同时期修建的,好似一张羊皮卷,展示着曾经在这里发生过的一切事件;它的结构是一个细胞组织,是无数种不同生活和建筑风格的相互叠加,大大丰富了人们的精神体验。因此,无论从哪个层面而言,这样的创造都远远超越了建造者们所能传递的东西。(DM 179-180)另外,小说中的马丁·路德·金常以过程思想鼓励自己,遭遇挫折或陷入绝望时,他常常吟诵下面这首诗:

> 因此,这种生活不是正义
> 而是在正义中的成长
> 不是健康而是治疗
> 不是存在而是生成
> 不是休息而是运动。
> 我们还没有成为我们将要成为的人
> 但我们正在向那个方向成长

> 过程尚未结束
>
> 但它仍在进行
>
> 这虽不是终点
>
> 却是必经之路
>
> 并非一切都在荣耀中闪光
>
> 但一切都在被净化。(DM 195)

该诗的作者是生活于四五百年前的德国宗教改革家马丁·路德(Martin Luther)。该诗强调人生是个不断变化发展的过程,虽然一切愿望都还没实现,但我们正在走向那里,走向未来。正因为一切都是过程,都处于不断的变化发展中,所以未来充满了种种可能性,充满了希望,不应以停滞的眼光定义它。

值得注意的是,过程哲学创始人怀特海明确声称过程哲学"似乎更接近于印度或中国的某些思想传统",因为中国思维"把过程当作终极的东西"①。怀特海所言不虚,在中国人的意识深处,世界万物是发展变化、互为一体的。这种以流动性、联系性为特征的"完整视域"意识清晰地表现在中国道家的"天地尚不能久,而况于人乎"②的感叹和"人法地,地法天,天法道,道法自然"③的思想中。

4.3 "完整视域"文学思想中的东方文化思想元素

约翰逊与东方文化思想可谓结缘深厚,尤其是佛学。他青年时代接触佛学,32岁开始正式修持冥思,后来从未间断。59岁时约翰逊正式皈依了日本曹洞宗,成为一位在家修行的佛教居士。约翰逊曾解释佛学对他个人的重要性及对人类的普遍价值:"作为一位艺术家和学者……为了挽救我的生命和理智,我不得不学习修持冥思。不是夸张,我相信,自60年代以来……如果没有进入修持,

---

① 怀特海. 过程与实在——宇宙论研究. 修订本. 杨富斌,译. 北京:中国人民大学出版社,2013:9.

② 老子. 道德经. 北京:外语教学与研究出版社,1998:48.

③ 老子. 道德经. 北京:外语教学与研究出版社,1998:52.

我今天就不会在这里了。"①在《转动轮子》的前言中约翰逊认为,佛法是马丁·路德·金"爱之共同体"之梦以及杜波依斯关于"真正美丽的世界应该是怎样的"观点的延伸,是最具创新性、最文明的人类选择。②

斯道豪夫在《理解查尔斯·约翰逊》(*Understanding Charles Johnson*,2004)中开篇便指出:"佛学视角是理解约翰逊作品的一个关键。"③确实,在约翰逊关于种族的讨论中,佛学思想常常占据中心地位,并显著地影响了其文学创作及"完整视域"文学思想的形成。这是因为作为一位美国黑人作家,他已深切地体会到佛学对于美国黑人的意义,他说:"黑人在佛学中发现了自己长期以来遭受否定的人性的深度;发现了冥思这种可以清除他们头脑中由社会(和个人)制造出来的幻觉的方法……还发现了一条可以培养道德、文明的生活方式的道路(八正道)。"④从青年时代起,约翰逊便是种族和文化融合思想的支持者。佛学进一步培养了约翰逊开放、包容的思维,使他能够超越二元对立思维模式,同时接纳所邂逅的诸多不同文化并从中汲取养料。这种融合思维是生成他"完整视域"文学思想的生活根基,并伴随了他一生。正如其爱徒康纳所言,约翰逊"一生都在努力将组成其生活的不同世界融合在一起,这确实构成了他基本的美学立场"⑤。

约翰逊曾说,他在生活中面临着一个极具挑战性的问题:"我怎样才能生活

① Whalen-Bridge, J. Shoulder to the Wheel: An Interview with Charles Johnson. In McWilliams, J. (ed.). *Passing the Three Gates: Interviews with Charles Johnson*. Seattle: University of Washington Press, 2004: 308.

② Johnson, C. *Turning the Wheel: Essays on Buddhism and Writing*. New York: Scribner, 2003: xvi.

③ Storhoff, G. *Understanding Charles Johnson*. Columbia: University of South Carolina Press, 2004: 1.

④ Johnson, C. *Turning the Wheel: Essays on Buddhism and Writing*. New York: Scribner, 2003: 54.

⑤ Conner, M. C. Introduction: Charles Johnson and Philosophical Black Fiction. In Conner, M. C. & Nash, W. R. (eds.). *Charles Johnson: The Novelist as Philosopher*. Jackson: University Press of Mississippi, 2007: xi.

在俗世而又追随佛法?"①实际上,他已经以自己的行动至少在两个层面上对该问题做了回答:其一,在生活中,他将佛教视为终生信仰,因为佛教是他的"避难所,新生的源泉",并能"开启人心"②;其二,在文学创作中,佛教为他主要的散文和小说作品提供了灵感。由此他的文学创作为世人尤其是美国黑人提供了一条可供尝试的自我拯救之道。

约翰逊尝试运用佛学思想战胜种族主义。他的小说通常以种族问题为内核,以东西方文化思想为依托,糅进佛学精神与意蕴,以佛学的核心思想为参照来反思西方文化的弊病。但约翰逊对于佛学思想并未盲从,而是在运用中采取了批判性吸收的态度,使其对人类生活起到积极的、建设性的作用。

本节将结合约翰逊的小说,重点考察他是怎样借助思想解放知觉,全面、完整地认识人生中的一些重大问题,如精神奴役与自由、人与人的关系、人与世界的关系,以及什么是自我、身份与种族等,进而化解人类生存中的种种矛盾,尤其是种族矛盾。

4.3.1　存在的一体性

约翰逊的作品注重探讨人的精神奴役与自由,以及人与人、人与世界的关系。在这种探讨中,他强烈反对以二元对立思维模式将人与人、人与世界的关系看作主体—客体的关系或自我与他者的关系,因为这种思维模式以自我为中心,将世界和他人都看作被认知、被构造甚至被征服的对象,不但会导致人们主观片面地认识他人和世界,而且易于滑入极端个人主义和人类中心主义的深渊,也必然造成人与人的隔阂、分离、冲突与斗争。③ 美国著名哲学家大卫·R. 格里芬(David R. Griffin)指出:"长期困扰人类的性别歧视、种族歧视等等,归根到底

①　Whalen-Bridge, J. Shoulder to the Wheel: An Interview with Charles Johnson. In McWilliams, J. (ed.). *Passing the Three Gates: Interviews with Charles Johnson*. Seattle: University of Washington Press, 2004: 313.

②　Davies, L. Charles Johnson: Interview. In McWilliams, J. (ed.). *Passing the Three Gates: Interviews with Charles Johnson*. Seattle: University of Washington Press, 2004: 146.

③　周家荣,廉永杰. 主体间性哲学思想的人本特征. 北方论丛,2007(6):111.

是由于人类在观念上把一部分他人当作客体而不是主体。"①要摆脱这种分裂和异化现象,实现人类的和谐交融并最终达到自由之境,只有克服二元对立思维模式,与他人和世界建立起主体间的关系,确切地说,只有以完整的视域看待世界,即超越自我的狭隘性,向他人和世界敞开自我,将其视为与自我一样的主体,并与自我存在着不分彼此、互为一体的关系。因为正如约翰逊所言:世界上的任何东西都不是独立存在的,所有人都被网进了一个"相互联系的宇宙……每个男女都是一面反射镜,是我们的镜子,我们的孪生兄妹"(DM 140)。

约翰逊常常用"存在的一体性"(the unity of being)这个短语来表达这种具有"完整视域"意识、相互联系的世界观。这种世界观既显示了西方哲学中主体间性思想的痕迹,也体现了东方文化思想的鲜明影响。从佛学的角度看,世间万物是因缘和合的产物,由多种成分在一定条件下聚合而成,因此,万物之间存在着相互联系、相互交织的关系。约翰逊指出,"宗教"(religion)一词的拉丁语词源是 religiare,意为"捆起来"(to bind),或者将那些破碎、撕裂的东西粘在一起(DM 133)。可见,宗教具有向融合的根源回归之义。② 事实上,个体为了生存,确实需要与他人及周围环境联结起来并融入其中。

约翰逊想通过小说传达给读者的正是一种"互即互入"(存在的一体性)的宇宙联系观。他在不同作品中反复申明的一个观点是:回到数代人之前,我们就会发现,这个星球上的所有人都拥有同一祖先。③

斯道豪夫指出:"在一个被部落制、地方主义以及其他各种党派之争悲惨撕裂的世界里,约翰逊的'互即互入'观给我们提供了一种令人振奋的选择。"④显然,他想说的是:约翰逊的这种相互联系观,即"存在的一体性",给我们提供了一种超越二元对立的思维模式,一种与世界融为一体、与他人和谐共处的方法。

---

① 格里芬. 后现代精神. 王成兵,译. 北京:中央编译出版社,1998:120.

② 李元光. 佛教伦理与现代文明. 哈尔滨工业大学学报(社会科学版),2005(3):15.

③ 参见:McWilliams, J. (ed.). *Passing the Three Gates: Interviews with Charles Johnson*. Seattle: University of Washington Press, 2004: 119, 131, 148; Johnson, C. *Being and Race: Black Writing since 1970*. Bloomington: Indiana University Press, 1988: 43.

④ Storhoff, G. *Understanding Charles Johnson*. Columbia: University of South Carolina Press, 2004: 10.

在约翰逊的作品中,"存在的一体性"这个表达最早出现于《中间航道》,但在此之前,他的多部作品已涉及该主题。比如《费丝》在探讨人与人的关系时,批判了世人之间相互利用、竞争与压迫的主客对立关系,倡导人与人、人与世界建立和谐相融的一体关系;短篇小说《魔法师的学徒》在展示前奴隶理查德与其独生子艾伦的关系时,告诫读者要克服孤立与分裂思维,学会向他人敞开心扉,用真诚的爱拥抱世界。《牧牛》也继续探讨了这一主题。故事中,匠奴睿伯是"利维坦"庄园的制棺人,来自非洲的阿姆色利部落。这是约翰逊虚构的一个非洲部落,他在这个部落的人身上融入了很多古老的东方文明与传统,包括存在的一体观。他说:

> 我想将阿姆色利人塑造成这个星球上最具精神内涵的民族。他们是一群像特蕾莎修女和甘地那样的人……于是我为他们抽取了不同的文化材料,一些取自非洲,一些取自中国,一些取自印度,还有一些取自日本。他们被当成这个星球上的原始居民。①

约翰逊的作品中常常出现阿姆色利人,除了《牧牛》中的睿伯之外,还有《明格的教育》中的明格和《梦想家》中的该姆等。但在《中间航道》中,阿姆色利部落才真正"走上了中心舞台"(OT xvii)。在这部小说中,约翰逊不仅塑造了令人难忘的阿姆色利个人形象,如恩戈亚马、巴莱卡等,还生动地描绘了该部落的群像。更为重要的是,在描绘此群像时,他从多维度"介绍"了该部落的文化、历史、语言特征和民族性格,并明确强调"存在的一体性"是他们最为珍视的价值观。该价值观认为,世界是彼此关联、相互依存的,所有人的生命都微妙复杂地互相交织、难分彼此,不存在个体的自我,没有任何人或事物能够存在于整体秩序之外。因此在阿姆色利人看来,"不能随处体验存在的一体性就仿佛生活在地狱中"(MP 65)。有趣的是,他们的语言也折射出这种一体性的存在观——他们只有表达"我们""你们"等代表整体的复数词,而没有表达"我""你""我的""你的"之类表

---

① Wanner, I. Interviews with Northwest Writers: Charles Johnson. In McWilliams, J. (ed.). *Passing the Three Gates: Interviews with Charles Johnson*. Seattle: University of Washington Press, 2004: 163.

示个体的词。海德格尔有言:"语言乃是家园,我们依靠不断穿越此家园而达到所是。"①张德明认为:"语言是文化的载体,一个民族的语言往往携带着该民族的集体记忆,包括神话、传说、宗教情感和深层的生存体验。"②阿姆色利人语言的上述特征说明,他们所拥有的只有集体的、与他人互为一体的生存经验,个体生存体验已经完全被淡化。在《牧牛》中,睿伯向安德鲁讲述的故事——酋长阿克巴为了能与族人沟通交流并结成一体,宁愿喝下雨水变成像他们一样的疯子,也不愿独自保持清醒,即显示了阿姆色利人深刻的一体性意识。在他们看来,处于隔离与孤独中甚至比疾病与疯狂更加可怕。阿克巴的故事与《牧牛》中乔治的故事正好形成对比,乔治至死坚持与白人世界及其他黑人同胞保持对立和疏离的关系,这造成了他和家人、族人的最终毁灭。

阿姆色利人相信所有生命都是相互联系、相互依赖的。他们不仅强调人与人之间具有互为一体的关系,而且认为人类与其赖以生存的自然和宇宙也是一体的:"每一片树叶的掉落,我们说的每一句话,我们做的每一件事都与宇宙形成永恒的应和。"(MP 140)正因为有着这样的认识,阿姆色利人对一切生命都呵护有加。他们的部落成员皆为素食者;老人一般都随身携带扫帚清扫路面,以防人们不小心踩到那些微小的生物。总之,约翰逊将阿姆色利人想象成了一个"超越了二元对立,征服了最古老的东西——自我,过着和平宁静、没有暴力、充满创造力、对众生无害的生活"③的古老民族,他们的世界观明显地折射出佛教文化中的缘起、无我、戒杀等思想。在《中间航道》中,约翰逊借助卢瑟福德的哥哥杰克逊之口清楚地解释了这种建立在缘起与无我思想基础上的存在一体观。当杰克逊决定把主人遗赠给他们的财产均分给所有的奴隶时,他说明了自己这样做的理由:

    一个人,甚至先生您,怎能拥有外面的那些东西呢,比如那棵树?或者

---

① 海德格尔. 诗·语言·思. 彭富春,译. 北京:文化艺术出版社,1991:120.

② 张德明. 流散族群的身份建构——当代加勒比英语文学研究. 杭州:浙江大学出版社,2007:75.

③ Nash, W. R. A Conversation with Charles Johnson. In McWilliams, J. (ed.). *Passing the Three Gates: Interviews with Charles Johnson*. Seattle: University of Washington Press, 2004: 227.

就拿那个水罐来说吧……任何东西都不能独立存在。我估计要经过一千年，制作那个水罐所用的铜和锡才能聚到一起变成白镴。先生，在我看来，要制作那个水罐，需要太阳、时间、铁匠、铁匠的家人和祖先，以及世界万物的参与。我怎么能够说我拥有这样的东西呢？……应该把农场的财产和利润均分给您所有的仆人和佣工，包括现在和以前雇佣过的人，因为是他们的劳动帮助您创建了这个农场……（MP 117）

这番话显示出，杰克逊已经认识到事物之间存在着互相依存、互为一体的关系，看到了这些财富是由很多人的合力所创造的，所以他选择了一种以生命整体对世界进行观照与介入的态度。在这种关系模式中，"我"将他人和世界看作平等、独立的另一个主体，一个对"我"来说不能分离、不可或缺、休戚相关的存在，"我"与人的关系则是相遇、交往、对话和彼此互融的生存关系，一种本真的亲密关系，用德国哲学家马丁·布伯（Martin Buber）的话说就是"我—你"关系，这种关系才是通往自由的道路。①

《中间航道》故事开始时卢瑟福德缺乏的正是这种一体性意识，这导致他总是听从二元对立思维的支配，将自己与他人的关系视为彼此孤立，甚至相互对立的，由此割裂了自己与亲人、朋友的亲密联系，不仅无力对他人付出关爱，也无法接受他人的关爱，甚至还做出了许多危害他人和社会的举动，而这一切也给他自身带来了无尽的麻烦与痛苦。比如，他对哥哥的上述仁爱思想根本无法理解，一怒之下弃兄而去；在新奥尔良，女友伊莎多拉为了让他早日摆脱赌博、闲荡等恶习，主动提出与他结婚，他却故意设法躲避，因为在他看来，"一个聪明人应该避免爱上别人"（MP 7）。后来在贩奴船上受到阿姆色利部落文化的影响，并目睹了船长法尔肯的分裂思想与行径带来的可怕后果后，卢瑟福德才开始醒悟并反思自己以前的思想和行为。他接受了存在一体观，克服了二元对立思维及其造成的分裂意识，重新与世界融为一体，走向了完整、自由的生活，并最终找到了自己的人生价值和意义。

在约翰逊的作品中，与"存在的一体性"观点形成对照的是二元对立思维模

---

① 王晓东，刘松. 人类生存关系的诗意反思——论马丁·布伯的"我—你"哲学对近代主体哲学的批判. 求是学刊，2002（4）：40.

式。在这种模式中，人与人、人与世界的关系沦为一种主客关系，或称"我—它"关系。"我"是能动的主体，而"它"则是被动的客体。"我"以自己的需求为中心，把世界看作征服、利用和宰治的对象。"我"与世界之间并不存在交互性，只存在目的和手段的关系。这种关系表现为人与人之间各自为战，彼此分离，不断发生冲突和斗争。[①]《中间航道》中的船长法尔肯就是这种思维模式的典型代表，他的"意识冲突论"[②]便是这种思维模式的产物。由于法尔肯相信战争是注定要发生的，真理只能掌握在胜利者的手中，因此，为了在人与人的"战争"中获胜，法尔肯对自己进行了各种残酷的体能和智力训练，以此获得了诸多生存技能，也锻炼出一副铁石心肠。同时，他以极高的"优秀"标准来衡量别人，并表现出高人一等和自我孤立的姿态。在这种思维模式的支配下，他对水手们总是冷酷疏远、无端猜疑，与水手长和大副也冲突不断、长期不和，对船上的黑奴更是无比残暴。他还以"圆形监狱"式的管理暗中监视每个人，并对水手"分而治之"（MP 58）——以在背后说坏话的方式破坏水手们之间的关系。实际上，这些暴政首先给他自己带来了巨大的危害。由于无法和周围人建立起和谐友善的关系，法尔肯总是感到寂寞孤独、压抑无趣。更糟糕的是，他为此丧失了基本的安全感和身心自由。他的度日方式便是明证：为防遭人暗算，他总是日夜警惕，时时防范，刀枪从不离身；每天穿着特制的鞋尖带钢板的鞋子，连睡觉时也不敢脱下；房间里不但藏满了各种爆炸装置，还"布下蜘蛛网似的陷阱，以及带毒的弹簧飞镖"（MP 53）；进餐时需让别人品尝后才敢享用。即便如此提防，他仍不放心，于是命令卢瑟福德做他的密探，帮他监视船上每个人的所思所为，并定期向他汇报。可以说，对法尔肯而言，人生即战场，他人即地狱。更糟糕的是，法尔肯的对立和分裂思维显然具有传染性。在他的影响下，船上充斥着分裂的气氛，"船员们总是很生气，很不满。怪异的是，那根本不是他们的愤怒——而是法尔肯的愤怒"（MP 53）。法尔肯的暴政几乎将所有人都推向了他的对立面，并使他和水手之间的关系陷入了恶性循环。水手和黑奴两个群体都对他恨之入骨，有时在一天之中他竟会遭遇多次谋杀。后来水手和黑奴双方不谋而合同时策划了叛乱，这就是法

---

① 王晓东，刘松. 人类生存关系的诗意反思——论马丁·布伯的"我—你"哲学对近代主体哲学的批判. 求是学刊，2002(4)：40.

② 关于"意识冲突论"，参见本书 4.1.1 节。

尔肯以高压暴政相逼的结果。法尔肯最终落得众叛亲离、自杀身亡的结局,正是源于他分裂式的二元对立思维,因为他未能认识到:

> 我们每一个人都会无助地、永远地含纳他者:男的含纳女的,女的含纳男的,白人含纳黑人,而黑人含纳白人。我们是彼此的一部分。……黑色美国与白色美国的命运是深远而无可逆转地纠缠在一起的。互相创造,互相界定与对方的关系,也可以互相毁灭。①

鲍德温的上段话用约翰逊的话说便是:存在具有一体性,世界是相互联系、"互即互入"的,因此所谓的种族优越、白人至上等观念都只不过是人类的建构而已。

在《中间航道》之后,约翰逊继续倡导存在的一体观。2005 年,他发表的短篇小说《金博士的冰箱》专门探讨了这一主题。该故事选用了真实历史人物马丁·路德·金为主人公。夜深人静时分,饥肠辘辘的金面对冰箱里来自世界不同产地的各种食品,瞬间感悟到人类之间无法割裂的相互依赖与联系:他在每一个多汁美味的水果、每一片面包和每一粒大米中看到了一张脆弱的、无法逃脱的相互联系之网,地球上所有的生物都在这张网中互相依存、互相协调。② 在第二天的布道中,他以此启迪黑人同胞:就连我们每天早晨起床后使用的洗漱用品也都有不同的来源,"海绵是由一个太平洋的岛民提供的,香皂是法国人生产的,毛巾是土耳其人提供的……在上班之前我们就已经蒙恩于半个世界的人们的劳作了"③。约翰逊继承了金的相互联系与依赖的观点并将其推而广之,明确指出"黑人和白人的生命是跨文化影响的一个细胞组织"④。在《越过三重门》中,约

---

① 转引自:李有成. 楷模:杜波依斯、非裔美国知识分子与盖茨的《十三种观看黑人男性的方法》. 当代外语研究,2010(8):6.

② Johnson, C. *Dr. King's Refrigerator and Other Bedtime Stories*. New York: Scribner, 2005:27.

③ Johnson, C. *Dr. King's Refrigerator and Other Bedtime Stories*. New York: Scribner, 2005:29.

④ Johnson, C. *Being and Race: Black Writing since 1970*. Bloomington: Indiana University Press, 1988:43-44.

翰逊反复重申了"人类拥有同一祖先"[①]的观点。由此他进一步指出,人的存在是相互联系、相互依存的主体间存在,美国本来就是一个基因高度混杂的国家,对这种真相的认识可以瓦解种族本质主义和种族隔离主义的合理性。

综合上述分析可见,约翰逊的小说中充满了"存在的一体性"思想,下一部分将对此进行详细探讨。

4.3.2　自我、种族、身份的虚幻性

著名黑人领袖杜波依斯曾说,对于黑人,"奴隶解放是一把钥匙,有了它,就可以进入一片比疲惫的以色列人所见到的还要美得多的福地"[②]。然而约翰逊观察到,多数黑人在获得身体解放之后并未能进入期待已久、美丽富饶的"应许之地",而是陷入了不同形式的新奴役,失去了精神自由。这种状况引起了约翰逊的深思,并促使他在自己的作品中反复探讨束缚人类,尤其是束缚黑人精神自由的种种新奴役及由此产生的精神痛苦。由于美国黑人经历过长期的种族压迫和歧视,他们的奴隶祖先一直被视为主人的财产,没有自我和种族身份,获得解放后的黑人一般都本能地执着于对自我和种族身份的追求。求之而不得,便不可避免地陷入痛苦。

约翰逊的种族观拒绝将种族作为一个类别来考虑。他认为种族身份就像所有其他事物一样不可能是自决的,而是不断变化的。正因如此,约翰逊强烈反对本质主义、分裂主义和黑人民族主义。

《中间航道》开始时,黑人青年卢瑟福德一直因为自幼受到父亲的抛弃并失去了历史和身份而苦恼。由于执着于自我和种族身份等虚幻的东西,他不但形成了叛逆的性格,还养成了偷窃、撒谎、赌博等恶习,这使他在获得了人身自由之后仍然找不到人生的价值和意义,更看不到生活的希望。在贩奴船上,目睹了奴隶贸易的罪恶并遭受种种磨难之后,他终于认识到:"过去的那个'我'是一幅由许多国家拼成的马赛克,是一件由许多他人和物体向过去延伸,也许直至天地之

---

① McWilliams, J. (ed.). *Passing the Three Gates: Interviews with Charles Johnson*. Seattle: University of Washington Press, 2004: 119, 131, 148.

② 杜波依斯. 黑人的灵魂. 维群,译. 北京:人民文学出版社,1959:5.

始时的拼凑物。"（MP 162-163）在非洲"神灵"①的帮助下,他目睹了父亲的人生悲剧,从父亲临死的喊声中听出了互相交织的众多声音。在他眼前,父亲、其他人、"神灵"、他自己和卧室全都融成了一体。② 他由此幡然醒悟,理解了黑人前辈的痛苦、渴望与梦想,以及父亲逃跑的动机和意义,认识到他苦苦追寻的身份不过是想象的产物,而自我更是"所有虚构中最大的虚构"（MP 171）,个体生命根本不是独立的存在,而是溶于自己民族历史中的一根丝线。于是在他眼里,世界变成了"一场转瞬即逝的皮影戏……只需在无止无尽的当下欣赏就够了"（MP 187）。醒悟后的卢瑟福德意识到,他先前总认为在种族制度下自己被偷走了身份、亲情和物质财富,因此试图在偷窃、撒谎、追求感官刺激等行为中寻求对抗与补偿,这其实是在误用和滥用过去。正如美国学者塔登所言,他用来解释自己反社会和不负责任的生活方式的那些理由是其想象力的虚构物,是一个虚构的敌人。③ 换言之,他为自己虚构了一个敌人,并让其保持鲜活以便给他提供一个仇恨的对象和为所欲为的理由。只有当那些不负责任的行为致使他陷入贩奴之类的罪恶活动时,他才认识到哥哥杰克逊的世界观和价值观所具有的意义。醒悟后的卢瑟福德不但消解了对父亲的怨恨和对自己身世的不满,内心恢复了平静,而且消除了掌控世界的欲望,学会了以平和恬淡的心态接受现实。这时他突然感到自己乘坐的轮船"自船首的斜桅到船尾好似都在歌唱"（MP 171）。至此,卢瑟福德终于能够像约翰逊期望的那样"从狭隘的抱怨走向豁达的欢庆……四处游走'歌唱世界'"④了。他走出了小我之私,超越了自我身份和种族身份的困扰,最终获得了心灵的解脱、自由与新生。换言之,由于认识到身份和种族的虚幻性,卢瑟福德"开始走出过去的阴影,冲破家庭和种族创伤对他的形塑,并在阿姆色利文化价值观的引导下走向自我救赎"⑤。

斯道豪夫指出,约翰逊的文学目标跟佛教促人转变的目标很相似,约翰逊承

---

① 指有生命会变形的一种生物,它们被非洲黑人视为神灵。

② 史永红.《中途》的心理创伤与救赎之道. 贵州社会科学,2015(1):58.

③ Thaden, B. Z. Charles Johnson's *Middle Passage* as Historiographic Metafiction. *College English*, 1997, 59(7): 760.

④ Johnson, C. *Being and Race*: *Black Writing since 1970*. Bloomington: Indiana University Press, 1988: 123.

⑤ 史永红.《中途》的心理创伤与救赎之道. 贵州社会科学,2015(1):59.

认、现实,包括最受我们热诚欢迎的种种思想,是暂时、缥缈的知觉的混合物,是由我们的语言和情感创造出来的。客观世界在一定意义上是我们认识模式的产物。我们知觉到的世界实际上是一个被改变过、被变形过的建构,是由我们自己的种种欲望和感情需要等投射形成的。[①] 正如约翰逊在《存在与种族》中所言的,赖特的《土生子》给我们的启迪是:我们居住的世界首先是一个由大脑塑造的世界,因此,赋予我们观察到的世界以多重特征的是大脑,而非物质。[②]《中间航道》中描述卢瑟福德病中对人和事物的感受的一段话清晰地体现了意识的建构作用:

> 他的脸模糊起来,房间可怕地渐渐消失,这使我认识到它的出现怎样地依赖着我自己的神经系统的运作,是我的官能赋予房间以形状;而在这场病痛中,我的官能怎样地松散了,关闭了,断开了。实际上,如果没有我,我所看到的东西无法继续存在……无论是美的还是丑的……我对自己再也不在乎了,一心只想着我的同伴们应该活下去。(MP 181)

这段话显示,病痛令卢瑟福德产生了如下感悟:出现在他眼前的这个世界是由他的大脑构造出来的,是一个他情感上需要的世界。当他的身体官能运作不调时,由它们构造出来的世界便会随之发生变化。比如一个病重的人,由于其感觉器官的功能发生了紊乱或丧失,便会连锁性地使他所看到的事物在形状或色彩上发生改变甚至完全消失。进而言之,即便在健康状态下,如果一个人不想看到周围的某些人或事物,也可对其闭目不见、充耳不闻。同理,对于周围的人或事,他可观其全貌,但也可选择观其丑陋或美好的一面,而故意忽略另一面。用哈姆雷特的话说就是:"世上的事情本来没有善恶,都是各人的思想把它们分别出来的。"[③]正因为意识或思维可以塑造世界的面貌,约翰逊认为,只要愿意,一个人完全可以改变自己的思想意识和思维模式,以不同的眼光来看待世界,并重

---

① Storhoff, G. *Understanding Charles Johnson*. Columbia: University of South Carolina Press, 2004: 23.

② Johnson, C. *Being and Race: Black Writing since 1970*. Bloomington: Indiana University Press, 1988: 14-16.

③ 莎士比亚. 汉姆莱脱. 卞之琳,译. 兰州:甘肃人民出版社,1994:41.

塑自我。人类的一切行为都是由意识主导的。正是在这个意义上,可以说一个人的所是建立在其所思上,并由所思构成。也正因如此,约翰逊认为"奴役是一种看待世界的方式"(OT 172),善于控制意识、学会改变看待世界的方式是摆脱烦恼和精神奴役的根本。

在《梦想家》中,马丁·路德·金在卡尔沃里非洲循道宗圣公会教堂做了一场精彩的布道演说,他指出,在芝加哥的马尔凯特游行中,他看到了种族隔离和有罪的生活给一些白人造成的病态和邪恶。这些白人生活在恐惧中,想象出种种关于未来的可怕图景:失去家庭、工作、社会地位甚至儿女。而他们最害怕的是失去自我感,这是他们在世界上最强烈的恐惧。恐惧促使那些白人尖叫着,脸上露出灭绝人性的仇恨,但由于这些令人恐惧的图景只是他们的意识构建物,因而他们只是"在朝着幻影扔石头,朝着影子喊叫"(DM 138)。由此金认识到,在以后的运动中他们必须将意识本身从恐惧中解放出来,使其不再受自己大脑创造物的欺骗。当然,要做到这一点,首先必须学会控制自己的意识,以联系的眼光看待世界,假如黑人和白人都能认识到他们根植于同一个世界,共存于无限的相互联系中,从而放弃我执,以公正、平等、友爱的态度相互对待,那么他们一定能够远离愤怒和种族仇恨,黑人、白人之间也一定会出现一幅亲密和谐的新图景。

约翰逊借助非二元对立的思想来开启对世界的如实观照,从而把握好自身立场与发展,这不仅为受苦受难的黑人同胞打开了一扇通向"完整视域"之窗,从而可以摆脱自我的局限,接受并开拓更加宽广的世界,更能破除西方殖民者、统治者数百年来建构的白—黑、主—奴、男—女二分论,从西方理性主义内部破除西方殖民和种族神话等极具压迫性的错误观念与对世界片面的了解,以此召唤种族和解、平等,还世界以清净自在的本来面目。

约翰逊在创作中借助东方文化思想中的智慧形成了他的"完整视域"文学思想。他把东方的古老智慧带入西方现代社会,并使之融入世界优秀思想的宝库,但他对于文化思想并未盲从,而是采取了批判性吸收的态度,使其对人类生活起到积极作用。

4.4 小　结

本章主要探讨了约翰逊"完整视域"文学思想中所包含的三种最重要的多元文化元素。虽然通常人们认为这些文化分属于东西方,但实际上它们蕴含着许多共同的世界观和文化价值观,比如它们都以过程—关系的视角看待世界,认为世界处于一个不断流变、生生不息的过程中,万物之间则存在着相互依存、互为一体的关系,等等。约翰逊之所以选取这些文化元素来构建自己的"完整视域"文学思想,主要是因为它们能够开启一种全新的、具有解构性和颠覆性的思维模式,这种思维模式能够帮助世人打破自我的局限和二元对立观的限制,帮助人们开放思维、拓宽视野,不断走向"完整视域"。这不但利于个体的成长,更有利于种族和解与世界和平。当然,约翰逊对上述多元文化元素的运用与强调也有助于这些文化的传播,使之能够融入世界优秀思想的宝库。

需要注意的是,在约翰逊的作品中,上述文化元素总是相互交织、相互融合,形成了一个"互即互入"的整体,而我们为了讨论的方便却将每种文化元素都抽离了出来单独分析,这种方法虽不十分理想,但能够让我们更清楚地看到约翰逊对每种文化元素的借鉴和吸收。另外,约翰逊"完整视域"思想中所包含的文化元素远远不止这些,其他还有很多,比如基督教文化元素、"前苏格拉底"哲学家巴门尼德(Parmenides)与赫拉克利特(Heraclitus)关于静止和变化的思想、柏拉图的洞穴理论、黑格尔的主—奴辩证法、尼采的权力意志论、爱默生的美国超验主义思想、非裔美国民俗文化元素,以及成长环境赋予他的文化与种族融合观。这些不同的文化元素和思想在约翰逊的作品中发生相遇、碰撞和融汇,最终形成了多元统一的"完整视域"文学思想。约翰逊的"完整视域"文学思想之所以能够形成,与它具有多种源头、能够兼收并蓄地吸收并有机地融合东西方各家思想直接相关。而约翰逊在吸收了这些思想后不仅将其用于开创非裔文学的新模式,还用于启迪世人,尤其是当代黑人,帮助他们寻求独立自由、健康和谐的生活,由此形成了约翰逊"完整视域"文学思想中的济世情怀。

5 查尔斯·约翰逊"完整视域"文学思想中的济世情怀

负责任的小说既揭示失败也展示胜利;它并不提供这种确定性:在不久的某天,种族(和人类)压迫一定会解除……而是提供如下信念:我们和我们的孩子们,能够走过雷区;总之,能够消除所有的雷区。

——查尔斯·约翰逊,《转动轮子:论佛教与写作》

　　查尔斯·约翰逊说:"我认为任何一个有同情心、有良知的公民都应以某种方式探讨我们的社会问题。"

——查尔斯·穆代德,《人性的维度:作家、哲学家查尔斯·约翰逊访谈录》

　　"完整视域"思想在约翰逊的文学创作中占据着核心地位,解放知觉、通达"完整视域"是其文学创作的终极目标,同时也是他对现实寄予的最高期望。对约翰逊而言,一方面,在文学创作上不断走向"完整视域"意识能够帮助黑人作家解放知觉,冲破传统书写的限制,实现创作自由,从而创作出全新的文学作品;另一方面,由于"完整视域"意识能够帮助人们打破主观、片面、僵化的认识,以及二元对立的思维模式,由此改变人们看待世界的方式,帮助他们挣脱奴役性思想的束缚,因此,它不但能够帮助黑人同胞实现种族自救,而且有望帮助整个人类创建和谐共生、长续久存的社会。

　　美国作家查尔斯·穆代德(Charles Mudede)指出,约翰逊是一位人文主义者,最能吸引他的领域是涉及人类状况和怎样改善并更好地理解那种状况的领域。① 此话一语中地概括了约翰逊文学创作的济世特征。

　　约翰逊的"完整视域"文学思想中包含着浓厚的济世情怀。这里所说的"济

---

① Mudede, C. The Human Dimension: An Interview with Writer-Philosopher Charles Johnson. In McWilliams, J. (ed.). *Passing the Three Gates: Interviews with Charles Johnson*. Seattle: University of Washington Press, 2004: 237.

世情怀",主要包含三层意思:第一,约翰逊在文学创作中明确提出了黑人自救之路;第二,约翰逊清楚地指出了人类消除冲突、走向和谐共生之路;第三,约翰逊设想了令人憧憬的、理想的人类生存状态。三层意思在空间上存在着延伸拓展的关系,不仅关注黑人的生存和发展,而且观照了整个人类对健康生存和幸福生活的追求。

本章将从三个方面探讨约翰逊"完整视域"文学思想中的济世情怀:首先分析约翰逊提出的黑人自救之路——加强"第二条战线"思想的缘起及与之相关的种种争论;接着探讨约翰逊提出的人类和谐共生之路,即如何合理运用"乐队指挥家的本能",避免滥用之;最后探讨约翰逊所憧憬的理想的人类生存状态——"爱之共同体"的重要性以及如何建造之。

5.1 美国黑人的自救之路

众所周知,总体而言,美国黑人在经济、就业、教育等社会生活的各个领域一直都处于明显落后于白人的状况。但是黑人并未放弃争取种族进步和平等发展的机会,他们在各个历史时期都不断地以各种方式进行社会抗议和斗争。在斗争方式上,一方面,约翰逊十分赞同民运领袖马丁·路德·金的观点,即黑人要实现种族自救,必须在"两条战线"上同时作战。"第一条战线"主要指黑人进行的反抗种族歧视和隔离制度的社会斗争;"第二条战线"主要指黑人内部的自我改造,包括对不良习气、消极思维方式和文化传统等的改造。另一方面,约翰逊认为,经过黑人的世代努力,当前他们在"第一条战线"上已经成就斐然,但在"第二条战线"上却进展缓慢,所以,现代黑人急需加强在"第二条战线"上的战斗。约翰逊之所以更加强调"第二条战线",是因为他认为在现代社会中,黑人自身能力和素养是影响黑人取得进步、获得真正的平等和社会接受的重要因素。尽管一个人的堕落和失败可能有其历史和社会原因,但主要还是个人造成的。当前黑人群体中出现的个人素质难以达到优秀的问题,主要是由黑人社区普遍存在的精神挫败和自我期望过低所造成的,①这些只能通过黑人的自我改造来逐步提高。约翰逊既支持美国黑人的"第一条战线"传统战略,同时又能针对时代要求,特别强调黑人同胞在"第二条战线"上的努力,这本身就是一种"完整视域"意识,体现了他对黑人生存现实的深度思考。

本节将从三个方面论述约翰逊提出的美国黑人自救之路。约翰逊认为,黑人要进行自救,第一,必须摒弃黑人中普遍存在的"牺牲品观念",因为它是黑人前进路上的绊脚石;第二,对美国政府推出的黑人救助政策"肯定性行动计划"的利弊应保持清醒认识;第三,必须通过加强"第二条战线"进行积极的自我改造。实际上,只有对前两者的利弊有了正确认识,黑人才有可能切实加强"第二条战线",所以在论述"第二条战线"之前,我们有必要首先探讨"黑人牺牲品观念"和"肯定性行动计划"的利弊。

5.1.1 "黑人牺牲品观念":前进路上的绊脚石

"你为何要选择悲苦?"(OT 85)这是小说《牧牛》中的人物卡尔·马克思对家庭教师艾泽凯尔提出的疑问,也是小说主人公安德鲁对他父亲乔治的不解。此话暗含着黑人中一个普遍存在的重要问题:"黑人牺牲品观念"。黑人牺牲品观念是美国种族社会遗留的一个社会和心理问题,它的存在阻碍了黑人、白人的进一步融合,从而也严重威胁着黑人、白人的生存和发展。对黑人牺牲品观念的探讨是约翰逊小说的一个重要主题,无论在他的小说、散文、访谈,还是文论作品中都渗透着这一讨论。

很多美国黑人认为,黑人今天在政治、经济、教育等方面的落后局面完全是由美国社会三个多世纪以来制度化的种族压迫与歧视所造成的,美国黑人是美国种族制度的牺牲品,此即著名的"黑人牺牲品观念"。一种普遍观点认为,黑人要实现解放和进步只靠他们单方面的力量根本不够,需要全社会的共同努力以及白人社会的同情与帮助。由于牺牲品观念可以在一定程度上帮助黑人赢得一部分善良白人的同情,因此它有利于黑人状况的改善。然而对约翰逊而言,黑人

---

① Jordan, M. I. "Evolve or Die": Rewriting "the Disfiguring Hand of Servitude" in Charles Johnson's *Middle Passage*. In Jordan, M. I. (ed.). *African American Servitude and Historical Imaginings*. New York: Palgrave Macmillan, 2004: 176.

牺牲品观念不仅具有上述有利的一面,同时也具有消极有害的一面,可以给美国黑人甚至整个美国社会都造成极大的危害。因为,持守牺牲品观念很容易使黑人走向愤怒激进,变成主张以暴制暴的黑人民族主义者,或面对困境放弃奋斗、抱怨不前的悲观绝望者,两条道路都会严重阻碍黑人走向自立自强和进步发展,都有可能导致黑人的自我毁灭。①

从现实生活的角度看,黑人牺牲品观念至少可能在三个方面对黑人产生巨大危害。其一,持守该观念很可能导致黑人产生黑白二元对立的思维模式,造成黑人对白人社会的敌视心理,这不仅会阻碍黑人获得进步和真正的解放与自由,也会严重阻碍黑人、白人的生存、融合和发展。其二,持守该观念的黑人更易于自我放任、懒散堕落、贪图感官享受,从而失去为获得美好生活奋斗的动力和勇气,并陷入愤怒、绝望等精神奴役状态,甚至导致自暴自弃,或出于仇视和报复心理而故意从事各种破坏和犯罪活动,使整个社会动荡不安。其三,因牺牲品观念导致的故意破坏和犯罪行为反过来又会加强黑人在世人心目中的负面形象,使主流社会对他们产生更深的不满和歧视,由此促使黑人、白人的关系陷入难以打破的恶性循环。约翰逊认为,黑人牺牲品观念导致黑人以片面狭隘的眼光看待事物,极大地限制了黑人对世界多样性和丰富性的认知。因此,它是黑人前进路上的绊脚石,对黑人是一股毁灭性的力量。黑人若想继续生存和发展,就必须抛开这种有害观念。在其主要小说如《牧牛》《中间航道》和《梦想家》中,约翰逊深入思考并揭示了牺牲品观念对黑人乃至整个国家的危害,同时也提出了一些建设性的方案来对治这种心理。

在《牧牛》中,黑人青年安德鲁两次与兽医格鲁尔探讨黑人死亡率特别高的原因,终于发现,黑人牺牲品观念是其根源。与兽医交谈之后,安德鲁开始认识到奴隶制下黑人的生存现实:黑人是一种"被表皮化的存在"(epidermalized Being)(OT 52)。种族社会中的"表皮化"其实是一种"肤色政治",种族主义者将一个人的肤色视为其文化身份的外在标志,以肤色特征为理论依据来宣扬白人优越论,继而对非白人施以种族歧视甚至奴役制度,由此,黑人便成了他们天生的黑皮肤的牺牲品。反过来,处于"被表皮化的存在"中的黑人也很易于接受自己是牺牲品的观念。格鲁尔认为,黑人死亡率特别高,主要是因为他们"缺乏

---

① 史永红.《中途》的心理创伤与救赎之道. 贵州社会科学,2015(1):59.

生活信心"(no life-assurance),即缺乏"对个人身份的信仰",而不是身体原因或一般意义上的物质缺乏。(OT 58)具体而言,黑人一方面具有很强的自我主体意识,这使得他们十分迷恋个人身份,另一方面却相信由于自己是社会制度的牺牲品,因而永远也无法得到渴望的个人身份。对这种自相矛盾的残酷现实的认同使他们丧失了在艰难困苦中生活下去的信心。小说人物乔治便是典型代表,他说:"每天早晨起床时我都感觉自己像个死人,没有希望,没有可以为之努力的东西。知道了这种结果,你怎么能活得下去呢?"(OT 105)其实,安德鲁也清醒地认识到"黑人世界过去是、一直是,可能永远都是一个屠宰场⋯⋯"(OT 70),在这个"屠宰场"里,黑人永远是屠刀下的牺牲品,但他并未因洞察到自己的牺牲品地位而丧失生活的信心与希望。他不愿像父亲乔治和很多其他黑人那样抱定牺牲品观念不放,通过不断重温痛苦与失望将自己从这个意义丰富的世界里剥离出去。相反,他决定寻找"生活的信心"。他的决心是:"无论我的出身如何,我要完全对自己将来成为什么样的人负责。"(OT 17)在经历了一番挣扎后,走投无路之下的安德鲁决定放弃黑人世界,通过越界冒充白人的方式替自己建构一个新身份。在乔治看来,黑人越界意味着对黑人同胞的背叛;但安德鲁认为,如果一个人可以选择其他生存方式(比如越界)时却拒绝选择,坚持以牺牲品心理对待生活,这便是自己故意选择悲苦。在此意义上,安德鲁的越界体现了约翰逊对黑人个体同样具有自由选择生存方式的权利的捍卫,也体现了黑人努力"在没有路的地方开辟出一条路"[①]的自强精神。

尤为重要的是,约翰逊不仅反复呼吁黑人同胞抛弃牺牲品观念,还将这种呼吁推而广之,拓展到包括白人在内的整个社会。安德鲁的家庭教师艾泽凯尔是个白人,因家庭贫困、经历坎坷,后来一直生活在孤独封闭、忧郁沉闷的状态中。小说人物马克思观察到艾泽凯尔的生活境况后问他:"你为何要选择悲苦?"(OT 85)实际上,该问题的提出不但意欲给故事人物以启迪,也是在提醒读者:不论是黑人还是白人,每个人的心中都可能隐藏着牺牲品观念,每个人都可能是造成自己悲苦境遇的合谋者。一个人如果不去设法改变这种有害思维,他便很可能被这种思维吞噬。

《中间航道》则着重展示了牺牲品观念对黑人的毒害并提供了摆脱此观念的

---

① Scott, J. W. Making a Way Out of No Way. In Johnson, C. & McCluskey, J. Jr. (eds.). *Black Men Speaking*. Bloomington: Indiana University Press, 1997: 1.

可行途径。在小说的前半部分,主人公卢瑟福德是个典型的死守牺牲品观念的黑人青年。作为黑奴的后代并因奴隶制的迫害而自幼痛失双亲,卢瑟福德敏锐地觉察到奴隶制在各个层面上给自己造成的重大损失:物质和精神上的极度匮乏和空虚,缺乏历史感和身份感,人格和自我不断遭到否定,丧失自信和希望……卢瑟福德的内心遭受了来自家庭不幸和种族奴役的双重创伤,因此他常常沉迷于顾影自怜,甚至以被奴役、受歧视为借口为所欲为,而不顾及他的行为对自身和他人造成的后果。他的叛逆行为带来了周围人对他更深的歧视,甚至时常招致主人对他的惩罚,这反过来又加深了他的牺牲品心理和叛逆情结。可以说,由于牺牲品观念作祟,这个阶段的卢瑟福德已经由一个受害者变成了施害者。美国创伤专家乔恩·G. 艾伦(Jon G. Allen)指出:"正是对客观事件的主观体验,构成了创伤……你越相信自己身处险境,你的创伤就越严重。"[①]实际上,艾伦揭示了思维方式在创伤形成中的作用:如果一个人对事件的伤害性产生了认同并反复深化之,那么他的创伤感也会随之形成并不断加深。在此意义上,可以说创伤主体正是形成自己创伤心理的合谋者。可见,要改变包含着创伤感的牺牲品观念,首先必须改变思维方式。卢瑟福德正是在"中间航道"经历了非人的磨难后改变了看待世界的方式,才摆脱了牺牲品观念,走出了本来对他可能成为致命打击的环境,并最终变成了一个像他哥哥杰克逊一样完整健全、能够担当起家庭和社会责任的人。

在对待黑人牺牲品观念的态度上,约翰逊与著名美国非裔文化批评家、社会活动家贝尔·胡克斯(Bell Hooks)的态度趋于一致。在一次访谈中,胡克斯曾表明:"我认为我们不该陷于受害者心理不能自拔,我们必须知道谁是我们的敌人,敌人对我们都做了些什么,我们必须讲清楚。"[②]约翰逊的小说人物安德鲁、卢瑟福德等都清楚地认识到了自己所处的牺牲品地位,但他们并不沉迷于此,而是努力走出过去的阴影,设法挣脱牺牲品观念对他们的各种辖制,最终获得了精神自由,并为自己创造了超越奴役的新生活。通过安德鲁、卢瑟福德等人物的塑

---

① Allen, J. G. *Coping with Trauma: A Guide to Self-Understanding*. Washington, D. C.: American Psychiatric Press, 1999: 14.

② 胡克斯. 反抗的文化:拒绝表征. 朱刚,肖腊梅,黄春燕,译. 南京:南京大学出版社,2012: 138.

造,一方面,约翰逊呈现了黑人的受难史,由此为黑人的反社会、犯罪,甚至病态行为提供了一定的语境和解释,但另一方面,他并未沉迷于苦难的过去,更未因这些语境和理由而放弃对黑人的道德要求。总体观之,约翰逊将牺牲品观念视为一种非理性意识,一种基于迫害历史的生存观,是对美国黑人严重的精神束缚。因此,他选择了一种抵制牺牲品观念的思维和写作,一种"去种族中心"的书写方式。约翰逊呼吁黑人超越牺牲品心理和种族感性,以学会承担个人责任来代替对种族身份的虚幻追求,因为在他看来,种族身份不过是种族主义者的主观建构,而个人责任才是永恒的"人类价值"。自由和责任是紧密相连的两个概念,只有能够主动承担自身责任的人才有资格得到解放与自由。

《梦想家》中的黑人青年该姆——马丁·路德·金的"替身"——在故事开始时不仅对自己的"牺牲品"处境满腹怨言,而且试图将悲观情绪传染给单纯素朴的黑人大学生毕肖普,他的以下这段话颇具代表性:

> 你必须记住:世上没人喜欢黑人,甚至黑人也不喜欢黑人。我们是社会的弃儿。弃儿永远不能创建一个共同体⋯⋯我们作为一个种族,是两兄弟①中第一个的后代,他最好的东西却不被接受。而这不是他的错。你查阅手中的《圣经》便会发现,世界不是以爱开始的,而是以杀戮、出于正义的仇恨和愤怒开始的。我是说,嫉妒是一种黑人病⋯⋯(DM 65-66)

该姆的话不但内涵丰富,而且听起来逻辑严密、有理有据,令人难以反驳,正好击中了隐藏于黑人大众内心深处的牺牲品心理这一要害。首先,他不无夸张地指出了黑人的普遍状况:没人喜欢,社会的弃儿。其次,他认为黑人"是两兄弟中第一个的后代",即该隐的后代。该姆试图借助这个隐喻表明,黑人因祖先的过错而遭难,所以他们生来便是无辜的牺牲品。接着,他为自己的观点提供了依据——为什么说"黑人生来便是无辜的牺牲品"呢?因为该隐献给上帝的"最好的东西却不被接受。而这不是他的错"。实际上,该姆想说的是,该隐所献的礼

---

① "两兄弟"指的是《圣经》中的该隐和亚伯。哥哥该隐献给上帝的祭品遭到了拒绝,而弟弟亚伯献给上帝的祭品则得到了接受,于是该隐出于愤怒和嫉妒杀了亚伯,他也因此受到了上帝的惩罚与诅咒。

物遭到拒绝,这是上帝或命运不公所造成的,而不是该隐的错;既然该隐遭遇了如此的不公,那么他出于嫉妒而杀害受到上帝宠爱的亚伯,这便不能算罪过,而是"出于正义的仇恨和愤怒"。该姆认为,与此类似,黑人的祖先因为生有黑皮肤而被奴役,这也不是他们自己的错,可以说,黑人生来就是"肤色政治"和种族制度的牺牲品;既然命运对黑人如此不公,那么黑人像该隐一样嫉妒那些命运的宠儿,像该隐一样心怀仇恨与愤怒,甚至像该隐一样去杀戮,这不但是理所当然的,而且是正义之举。

在该姆消极悲观情绪的影响下,毕肖普不但很快对自己的处境滋生了深深的自怜,而且对白人社会生发了强烈的愤怒与怨恨。随后不久,便发生了毕肖普大闹小餐馆事件,这不能不说与该姆对他的影响有关。通过这个故事,约翰逊似乎想告诫黑人,牺牲品观念不但会令人陷入悲观自怜的情绪,失去积极行动的能力,而且具有很强的传染性,若不注意抵御,可将感染上它的人一同带进绝望的深渊。

在《费丝》中,约翰逊则主要讲述了发生在黑人社会内部的故事,其中提皮斯的故事尤其发人深省。童年的提皮斯聪明伶俐,因父母双亡,自幼便与叔叔、婶婶一起生活。叔叔是个才艺高超的班卓琴艺人,或许是受其熏陶,提皮斯也酷爱班卓琴,渴望长大后像叔叔一样做一名快乐的班卓琴弹唱歌手,但一心渴望他"成功"的婶婶认为黑人做歌手前途渺茫。为了割断他与音乐的联系,婶婶打断了提皮斯的两根手指。被逼无奈的提皮斯只好发奋学习,终于如婶婶所愿考取了医科大学,毕业后成了一名牙医。按照社会的标准,提皮斯终于"成功"了。但不幸的是,童年遭遇的暴力摧毁了他的自信和正常人格,残疾的手指令他失去了与女性正常交往的勇气。后来他在行医时试图强奸一位女病人,由此丢掉了牙医这份工作,陷入精神错乱、漂泊不定、朝不保夕的生存境况。提皮斯的遭遇揭示了现代社会中"成功"与"进步"话语对黑人的异化和伤害。然而,更为可怕的是,成年后的提皮斯完全内化了婶婶的工具理性思维模式,将人类的关系完全视为"主—客"对抗关系,"客体化"理论成了他的人生原则:他把自己遇到的任何东西都当作客体加以利用、操控和统治。这个原则清晰地体现在他对待费丝的行为中:在对孤苦无依的费丝进行性侵犯之后,提皮斯不顾她的痛苦感受,扔下 20 美元便一走了之。

提皮斯的故事揭示出：黑人的苦难不仅来自白人社会或白人种族主义者，有时也来自黑人内部，因为黑人内部同样存在着因愚昧无知、贪名逐利、冷漠残忍而对自己的同胞，甚至亲人实施压迫和破坏的力量；更重要的是，那些不幸沦为牺牲品并持守牺牲品观念的人常常会变成极端自私的施害者，譬如提皮斯。除了提皮斯，约翰逊笔下借着牺牲品心理自甘堕落甚至专门危害亲友的黑人还有不少，如《中间航道》中常常在黑人乡亲中为非作歹、最终弃子逃跑的里雷，《牧牛》中自私懒惰、毫无家庭和社会责任感的恶棍奈特等。事实上，就现代社会来看，黑人内部的暴力、贩毒等无知、堕落行为已给他们自身带来了严重危机，年轻黑人男性的状况尤其堪忧。约翰逊非常关注此类问题。在《黑人男性的声音》(*Black Men Speaking*，1997)的导言中，约翰逊探讨了 20 世纪八九十年代黑人社区的犯罪及经济贫困状况，结果发现：暴力和贩毒是毁灭年轻黑人男性生命的罪魁祸首，1995 年有 82 万多名 20 多岁的黑人被关在监狱里或处于假释期。在导言的最后他警告道：黑人男性似乎不论在哪里都被当作不开化者和次人类。当今社会黑人男性的野兽形象在美国文化中仍广为接受。连著名黑人民权领袖杰斯·杰克逊(Jess Jackson)也不得不承认：他走在城市的街上听到身后有脚步声的时候会感到很害怕，当他转身发现身后是个白人时，才放下心来。[①] 杰克逊的话暗示了黑人的犯罪率之高，以及黑人犯罪给社会造成的恐惧之大——就连杰克逊这样的黑人领袖也害怕自己的同胞了！在 2008 年发表的《巴拉克·奥巴马面临的文化挑战》("The Cultural Challenge of Barack Obama")一文中，约翰逊继续忧心忡忡地揭露当时美国黑人的糟糕处境：25％的美国黑人生活在贫困中，71％的黑人婴儿由非婚母亲所生，超过 56％的黑人孩子没有父亲。虽然 2005 年黑人只占美国人口的 13％，但他们却占全国所有被谋杀人口的 49％，而大多数遭谋杀的黑人(93％)是被其他黑人杀死的。2006 年，20—34 岁的黑人中有九分之一锒铛入狱。2008 年，在马里兰州的巴尔的摩市，黑人男孩的高中毕业率下降到了 25％，在芝加哥下降到了 50％，加利福尼亚州则有约 1 万名黑人学生停学(占黑人学生总人数的 42％)。在这些可怕的数字上我们还不得不添加如下事实：大约有 60 万美国黑人感染了艾滋病病毒，他们的死亡率是白人艾

---

① McCluskey，J. Jr. & Johnson，C. Introduction. In Johnson，C. & McCluskey，J. Jr. (eds.). *Black Men Speaking*. Bloomington：Indiana University Press，1997：ix-xx.

滋病病毒感染者的 2.5 倍。[1]

一些黑人知识分子对黑人社区存在的上述现象直接提出了批评。黑人作家崔·埃利斯(Trey Ellis)无比痛心地说:"我们黑人男性在国际上已经成为强奸、杀人、抢劫和不受控制的力比多的代名词。"[2]著名黑人剧作家威尔逊则气愤地指出,是"黑人青年男性自己招致了这种妖魔化的形象"[3]。由此可见,造成现代社会中黑人男性堪忧状况的原因至少部分地来自黑人男性自身,进行自我改造已是他们迫在眉睫的任务。

从非裔文学发展的角度来看,持守黑人牺牲品观念的黑人作家和批评家极易形成黑白二元对立的思维模式,致使其视野受到很大限制,并将其创作和批评囿于自然主义文学和抗议文学陈旧僵化的风格与主题,将文学创作变为政治和意识形态宣传的工具,从而扼杀黑人作家的创造力,阻碍非裔文学的健康成长。在《存在与种族》中约翰逊认为,虽然意识形态可以创造美好的宇宙景象和迷人的文学运动,但它关闭了自由考察现象之门。各种意识形态中包含很多未经分析的元素,或建立在对信仰、权威或某一逻辑谬误的呼吁之上,因为它们只是一些被疯狂坚持的信仰形式。[4] 由此,以政治和意识形态宣传为创作目标的黑人作家常因专注于对蓄奴制和种族歧视进行强烈控诉、谴责与抗议,而忽略了文学本身的艺术性和黑人生活的丰富多彩性。

国内黑人研究专家王家湘曾指出,以艺术作为武器的非裔文学始终在黑人的解放斗争中发挥着巨大作用,但不少黑人学者认为,这虽然促进了非裔文学的发展,却在一定程度上制约了它取得更大的成就。非裔文学发展缓慢固然和黑人长期被剥夺受教育权有关,但也是非裔文学过分政治化的结果。[5]

---

[1] Johnson, C. The Cultural Challenge of Barack Obama. *Life*, 2008, 25(4): 326.

[2] Ellis, T. How Does It Feel to Be a Problem?. In Belton, D. (ed.). *Speak My Name: Black Men on Black Masculinity and the American Dream*. Boston: Beacon Press, 1995: 10.

[3] 转引自:Elam, H. J. Jr. *The Past as Present in the Drama of August Wilson*. Ann Arbor: University of Michigan Press, 2004: 128.

[4] Johnson, C. *Being and Race: Black Writing since 1970*. Bloomington: Indiana University Press, 1988: 26.

[5] 王家湘. 20 世纪美国黑人小说史. 南京:译林出版社,2006:2-3.

约翰逊初涉小说创作领域时曾写过6部"学徒小说"(apprentice novel)①,它们全部跟随自然主义抗议小说风格,但他后来放弃了这种创作。约翰逊解释了其中的原委:因为自然主义特别强调一种社会决定力量,大多数人物都被各种内部力量、社会条件或年龄所驱动,不能自由选择自己的行动,所以它是一种牺牲品文学。他不相信那是人们的真实状况,所以决定远离自然主义。因为在他看来,人既不是木偶,也不是牺牲品。即便是一个完全贫困潦倒的人,只要他愿意,仍可设法做到牺牲自我、关心他人、充满爱和同情,仍可培养所有最人道的伟大优点。约翰逊认为,自然主义是解释现实的一种方法,但不是唯一方法。他后来创作的每部小说中也都包含某些自然主义的成分,但它们不仅只有自然主义,还有经验和意识生活的其他方面,这些东西让他能够创造一幅更富立体感的现实图画。②确实,约翰逊的小说既不单纯描写黑人的受害经历和由此激发的愤怒与暴力反抗,也不仅仅展示黑人的民俗及文化生活,而是同时包含两者。他让我们了解黑人的历史,但却反对沉迷于过去止步不前。

在《美国奴隶叙事的终结》一文中,约翰逊论证了美国黑人叙事(即"牺牲品叙事")应该被摒弃的原因:它已不符合现实,故而失去了存在的合理性。尽管约翰逊承认美国黑人叙事曾一度很好地为黑人所用,因为它能提醒每一代黑人所肩负的历史责任和义务,以及他们所承继和面对的危险,但他接着指出,在美国黑人叙事中的每一个故事、思想或阐释中都存在如下问题:它可能很快就会与现实不符,变成一种意识形态,甚至庸俗艺术。一个故事或一种模式可以揭示一种经历的特殊意义,但同时也会将其他种种可能的意义逼到幕后或遮蔽起来。美国黑人叙事便是如此。③

应该说,约翰逊在此文中的观点显得有些太过激进乃至失之偏颇。众所周

①　根据约翰逊的说法,他在1970—1972年内完成过6部小说,由于都模仿了自然主义抗议小说风格,他对它们很不满意。后来他将这些未出版的小说称作"学徒小说"。参见:Johnson, C. I Call Myself an Artist. In Byrd, R. P. (ed.). *I Call Myself an Artist*: *Writings by and about Charles Johnson*. Bloomington: Indiana University Press, 1999: 22.

②　O'Connell, N. Charles Johnson. In McWilliams, J. (ed.). *Passing the Three Gates*: *Interviews with Charles Johnson*. Seattle: University of Washington Press, 2004: 20-22.

③　Johnson, C. The End of the Black American Narrative. *American Scholar*, 2008, 77 (3): 36-37.

知,从最初以谴责奴隶制为己任的奴隶叙事,到后来以控诉种族隔离、压迫和歧视为目标的自然主义抗议文学,美国黑人叙事不但在非裔文学中始终占据着重要地位,而且在黑人推翻种族制度、争取解放的斗争中起到了不可忽视的作用。近年来美国社会频频发生的大规模种族冲突表明,即便到了21世纪的今天,美国的种族主义幽灵仍未真正消亡,黑人仍然必须与戴上了各种面具的新种族主义进行抗争,因此美国黑人叙事并未完全失去存在的合理性,更不能被等同于庸俗艺术。或许可以这样说,在当代美国社会,由于黑人的社会地位已发生巨大变化,他们与白人的矛盾也已相对缓和,而且黑人面临的种种问题已经不能仅仅依靠社会抗议来解决,因而在文学上,美国黑人叙事不应继续占据主导地位。因为那些继续坚守,乃至大力宣扬牺牲品观念的作品难以对黑人群体经验进行更加深邃、富有洞见的观察,它们忽略了美国黑人生活的丰富多样性,过于强调他们的种植园经历,并简化了美国黑人的历史。① 因此,非裔文学应该立足当下,顺应时代的特点,拓宽视野,敞开自我,以多元化、多样化的书写来反映黑人的社会现实。

由上述分析可见,黑人牺牲品观念对美国黑人和非裔文学的发展确实都造成了极大的危害。能否适时抛弃受害者心理或牺牲品观念,恰恰反映了一个种族是否具有在矛盾和冲突中前行的能力,是否具有自我调节的能力和时代适应性。只有具有这些能力的种族才能持续生存并不断强大。或者说,美国黑人能否正确对待并尽快摆脱牺牲品观念将直接影响美国黑人及其文学的解放与自由,甚至关系到他们的生死存亡。从这个意义上讲,约翰逊呼吁美国黑人摒弃牺牲品观念,加强"第二条战线",就是呼吁他们放下历史包袱,挣脱精神束缚,拒绝病态地咀嚼苦难,加强自立意识,接受新的现实,坚忍乐观地面对新的历史时代。黑人牺牲品观念这个问题之所以非常重要,是因为对这个问题的讨论实际上就是对美国黑人自救之路的讨论。另外,这个问题的重要性还表现在,它促使美国政府制定了一系列相关政策,同时这些政策又在美国社会和黑人内部引发了一些不同程度的、与种族问题直接相关的争论。约翰逊对牺牲品观念和"肯定性行动计划"的思考就是对这些争论的自觉参与。下一部分将对约翰逊关于"肯定性行动计划"的利与弊的思考展开专门讨论。

---

① 王玉括. 威尔逊与布鲁斯坦之争及当代非裔美国文化之痛. 外国文学,2015(3):135.

5.1.2 "肯定性行动计划":利弊之争

奴隶制对美国黑人造成的伤害与负面影响有目共睹,因此,黑人和一些自由主义白人对奴隶制的谴责始终不绝于耳。同时,黑人是种族制度的牺牲品这一观点也由来已久。著名黑人活动家道格拉斯曾义愤填膺地说:"不论奴隶制以什么特殊的名称做掩护,它都是令人惊骇的。它天生具有一种无法避免的倾向,能将人类中一切高贵的成员变得野蛮。"①另一黑人领袖杜波依斯则指出:"对于黑人,就他所思索到和梦想到的来说,奴隶制的确是一切邪恶的总汇,一切悲哀的源头,一切偏见的根源。"②约翰逊成长于美国黑人民运时期,亲历了种族社会对黑人的无情迫害,目睹了广大黑人为争取自由、平等权利而付出的巨大努力。他所有的长篇小说都揭示了种族制度给美国黑人造成的巨大精神创伤。在《美国奴隶叙事的终结》一文中,他尖锐地揭示了奴隶制对黑人的剥夺和压迫:"在这种制度中,非裔血统的人成了财产,并从体制上——法律、身体和文化上——被否定了一切自我价值感。奴隶一无所有,尤其不能拥有他自己……"③在 2003 年的一次采访中,他愤怒地说:"当我们进入一个新世纪的时候,'种族工业'(racial industry)仍在大行其道。"④

奴隶制时期,黑人被视为奴隶主的"动产"(chattel),遭受的非人待遇与极端贫困自不必说;美国内战结束后,黑人虽然赢得了法律意义上的解放,但由于国家没有制定新的土地分配政策,多数黑人沦为一无所有的佃农,加之种族隔离制度几乎在全国范围内得到大力推行,因此获得了人身自由的黑人在经济状况和社会地位上并未得到实质性改善。即使在 20 世纪初大批美国黑人从南部农村迁移到北方城市之后,由于缺乏经济基础、教育经历和谋生技能,他们在社会竞

① Douglass, F. Narrative of the Life of Frederick Douglass. In Gates, H. L. Jr. & McKay, N. Y. (eds.). *The Norton Anthology of African American Literature*. New York: W. W. Norton & Company, 2004: 390.

② 杜波依斯. 黑人的灵魂. 维群, 译. 北京:人民文学出版社,1959:5.

③ Johnson, C. The End of the Black American Narrative. *American Scholar*, 2008, 77(3): 32.

④ McWilliams, J. An Interview with Charles Johnson. In McWilliams, J. (ed.). *Passing the Three Gates: Interviews with Charles Johnson*. Seattle: University of Washington Press, 2004: 295.

争中仍然处于不利地位。二战后美国经济持续繁荣,但多数黑人仍生活在贫困中,与白人相比,他们在经济、就业、教育等方面皆处于显著的不平等地位。大多数黑人对自己的生存处境非常不满,而且看不到改善的希望,因此在他们中间普遍存在着消极悲观情绪。他们谴责种族制度给黑人及其后代造成的种种不公,抱怨自己成了种族制度的牺牲品。更重要的是,黑人的悲观情绪常常会引发各种犯罪活动,这又反过来强化了他们在社会竞争中的不利地位,加之种族骚乱时有发生,这一切不仅阻碍了美国黑人的发展,也给整个美国社会罩上了动荡不安的阴影。为了缓和紧张的种族关系,同时也出于良心上的内疚与自责,一些白人开明人士提出了以某种形式对黑人进行补偿的解决办法。1965年,美国政府签署的"肯定性行动计划"就是这方面的一种尝试。

"肯定性行动计划"是美国政府为了纠正社会就业和升学等领域存在的种族和性别歧视现象,改善黑人和妇女的社会经济状况,确保有关法律的贯彻实施而颁布施行的补偿性计划。这一计划的主要受益者是黑人。[①] 然而,该计划自20世纪60年代中期实施以来,由于触动了统治种族的价值观和实际利益,不久便在美国社会引发了关于其合理性和利弊问题的广泛争论。"肯定性行动计划"的主要目的之一是减轻就业和教育等领域对少数种族,特别是黑人的歧视,以便使他们能够更快地改变在经济、政治、教育和社会等方面的劣势地位。具体说来,该计划要求在升学、就业、颁发奖学金、发放政府贷款和分配政府商业与工程合同时,在竞争能力和资格基本相同或相近的情况下,黑人、印第安人等有色人种有被优先录取、录用或优先得到贷款和政府合同的权利。[②] 但这些政策遭到了部分白人的强烈反对。反对者认为,这是在社会竞争中故意对黑人降低标准,反之,就是在同等条件下提高了对白人的标准。因此,"肯定性行动计划"违背了"人人生而平等"的美国信念及美国社会主流价值观,并对白人构成了"逆向歧视"(reverse discrimination)。到了八九十年代有人进一步提出,"肯定性行动计划"出台二三十年后,仍有许多美国黑人停留在社会底层,黑人的贫困和犯罪程度未见明显改善。既然这项政策收效甚微,那么为何还要让它继续存在下去?[③]

①　张爱民. 美国"肯定性行动计划"述评. 南开学报,2000(3):75.

②　陈伟. 今日美国黑人的穷根儿. 读书,2002(1):83.

③　陈伟. 今日美国黑人的穷根儿. 读书,2002(1):84.

当时的两位总统罗纳德·里根（Ronald Reagan）和老布什（George H. W. Bush）比较注重迎合富人阶级的需求，他们一再强调，黑人解决自己问题的最好办法就是承担起个人责任和自立，并且不顾黑人所处的社会现实，主张取消"肯定性行动计划"。在这个阶段，社会上还出现了一种流行观点，认为 1964 年的《民权法案》已经矫正了美国社会的一切不平等，黑人与其他移民群体没什么两样，大家都在同等水平上参与社会事务与发展。当时的政治家和社会理论家们故意忽略数百年来受到政府支持的、体制化的种族压迫和种族歧视给美国黑人造成的毁灭性影响，反复宣称个人责任和自立是解决非裔美国人社会和经济问题的最好的、唯一的办法，强调有决心和清晰的目标、勤奋工作、体面，以及为自己和他人服务等价值观。在政治因素和社会因素的合谋下，联邦政府不再给予黑人稳定的经济支持，尽管他们面临着高失业率、学生考分很低、无收入家庭数量庞大、高入狱率、婴儿高死亡率等一系列残酷的现实。① 由此，多数黑人重新陷入了生存困境，胸中更是气愤难平。

约翰逊在多部小说中反复思考了"肯定性行动计划"的合理性及其带来的利弊等问题。在《中间航道》中，他运用后现代主义书写中的时代误置法虚构了一个发生于 1830 年的故事，由此参与了当代美国社会关于"肯定性行动计划"的讨论。小说中的白人船长法尔肯痛苦地向黑人青年卢瑟福德抱怨道：

> "我并不反对你待在这儿，也不因为你是黑人而反对你，但是我相信优秀……校长给不识字的黑人颁发学位，因为不这样做他们会感到内疚，接着雇主在公司里给拿到学位的那个孩子安排个位置。但是不，"——他显得非常痛苦——"在我的船上不允许这样，卡尔霍恩②先生……为了弥补奴隶制或种族歧视的愧疚，人人都愿意降低优秀的标准，问题是……卡尔霍恩先生，我认为问题是，这些少数民族中的大多数人之所以没有为担任舵手或第一大副之职做好准备，正是因为种族歧视使他们得不到达到真正优秀的那

---

① Jordan, M. I. "Evolve or Die": Rewriting "the Disfiguring Hand of Servitude" in Charles Johnson's *Middle Passage*. In Jordan, M. I. (ed.). *African American Servitude and Historical Imaginings*. New York: Palgrave Macmillan, 2004.
② 这里指卢瑟福德·卡尔霍恩。

种训练——我向你保证,他们只能成为普通大副,或具有中等文化教养的官员,或普通雇员,但是不会晋升,或实现任何种类的持续突破……"(MP 32)

在这段话中,法尔肯首先声称他不会因为卢瑟福德是黑人而反对他,而是"相信优秀"。接着法尔肯明确表达了他对"肯定性行动计划"的反感与抵制:"在我的船上不允许这样"。最后表明了他对黑人的定位:他们只能成为普通雇员,但不会晋升或实现任何持续突破。表面看来,法尔肯似乎正如他所宣称的那样——对黑人没有歧视,只是客观地表达了自己对一些社会问题的态度而已。但实际上,他的这段话不但折射出白人主流社会对"肯定性行动计划"的不满与抵制,也体现了种族歧视在现代社会中的蜕变与发展,还揭示出由于种族歧视和压迫始终阴魂不散,美国黑人只能被囿于社会底层这一现实,以及知识、权力和话语在生产构建白人优越、黑人低下这一种族神话中所起的作用。一方面,法尔肯强调他"相信优秀",坚持认为公司在聘任时应该从良好的教育和个人能力等方面依据相同的标准评估所有应聘人员,反对给予黑人特殊照顾,这折射了20世纪八九十年代美国白人主流社会和政府对"肯定性行动计划"的代表性观点。另一方面,法尔肯明明知道黑人是由于种族歧视的原因而得不到"达到真正优秀的那种训练",所以才会在各个方面低于白人所设的标准,却仍然坚定地"相信优秀",坚决不愿降低自己的聘任标准并反对其他人降低标准。换言之,法尔肯实际上是以"优秀标准"为掩护,变相拒绝黑人进入社会的管理阶层,以便继续保持白人在社会各领域的优先权和既得权力与利益,同时又能策略性地继续剥夺黑人得到"达到真正优秀的那种训练",使黑人永远处于低下的社会地位。另外,值得注意的是,在短短一段话中他连续两次对卢瑟福德这个地位低下的寄居黑人使用"先生"这样的尊称,显得对黑人既礼貌又平等,与他开始表明的态度"我……不因为你是黑人而反对你"似乎完全一致,但他同时又在卢瑟福德面前尖锐地批评"肯定性行动计划"对黑人的特殊照顾,言语间不断暗示黑人低劣和白人优越的观点。因此,法尔肯的态度实际上验证了塔基耶夫在《种族主义源流》中所说的"不明言的种族主义"[①],或"'软性'新种族主义"[②]。在该作中,塔基

---

① 塔基耶夫. 种族主义源流. 高凌瀚,译. 北京:生活·读书·新知三联书店,2005:31.
② 塔基耶夫. 种族主义源流. 高凌瀚,译. 北京:生活·读书·新知三联书店,2005:35.

耶夫指出,此类种族主义的高明之处在于其话语上的策略性和隐蔽性。因为它们不援引纳粹学说,"既不靠近不平等,也不走向生物学上的种族","既不出口伤人,也不明确呼唤仇恨"。[1] 在公开言论中,它们会有意识地避免使用过分粗俗或侮辱性的言辞,以有节制的、为公众所接受的语言来表达种族歧视思想。[2] 可见,通过《中间航道》的这段讨论,约翰逊揭示了美国政府出台"肯定性行动计划"之后黑人的生存状况仍未得到实质性改善的根本原因:其一,由于部分美国白人对该计划坚决抵制,因而在很多情况下它难以得到真正的实施;其二,隐性的种族主义仍在美国社会大行其道,继续深刻影响着美国社会,并控制着黑人的命运。

《梦想家》进一步讨论了"肯定性行动计划"的问题。在该小说中,约翰逊借助主人公毕肖普分别从黑人和白人的视角反思了该计划可能带来的多重弊端:

> 也许白人慢慢地不再将黑人看作一个牺牲阶级,而是一个特权阶级,因此导致一种憎恨和失敬的产生,以及比吉姆·克鲁时期我们目睹的任何东西都更大的种族鄙视?也许黑人对联邦政府依赖太多,哪怕是在养活家庭这样的私事上也依赖政府,这导致黑人自身丧失了自立能力?……(DM 62)

这段话包含了约翰逊的如下思考:一方面,"肯定性行动计划"对黑人的照顾可能会导致白人大众对黑人产生新的不满、鄙视甚至憎恨,这显然不利于黑人和白人的融合与发展;另一方面,国家对黑人进行长期、刻意的照顾在客观上可能会不知不觉地鼓励黑人产生依赖性,导致黑人生存能力的退化与丧失,这显然不利于黑人的生存与发展。借助该思考,约翰逊似乎想告诫黑人同胞:从社会全局和黑人长远的发展来看,"肯定性行动计划"对美国黑人也许不是一件好事。

在短篇小说《行政决定》中,约翰逊从中产阶级白人尼普斯的视角思考了"肯定性行动计划"存在的意义和必要性:如果那些幸运者不肯分享他们的财富,"那么,处于劣势的人们便有充分的理由打破那些完全不顾他们需求的社会契约。

---

① 塔基耶夫. 种族主义源流. 高凌瀚,译. 北京:生活·读书·新知三联书店,2005:31.
② 塔基耶夫. 种族主义源流. 高凌瀚,译. 北京:生活·读书·新知三联书店,2005:35.

他们会暴动、造反。如果没有他们的合作,对每个人来说社会秩序都会崩塌",所以,"纠正奴隶制和一个世纪的隔离所造成的错误对于那些得到恩宠的人是有利的"。① 这段话回应了《梦想家》中马丁·路德·金关于如何解决阶级矛盾的思考:"哪怕只是为了他们自己考虑,哪怕只是为了他们自己的生存,那些得到恩顾的人也必须帮助其他的人。"(DM 49-50)

在以上三部小说中,约翰逊分别从两个白人和一个普通黑人青年的视角探讨了人们对"肯定性行动计划"的态度及该计划的利弊。《中间航道》中的法尔肯代表反对该计划的白人,他们从自身利益出发,坚决抵制该计划的执行。《行政决定》中的尼普斯代表支持该计划的白人,他们能够撇开眼前利益,用长远和整体生存的眼光来看待这个问题,并看到了该计划在维持社会秩序方面对白人的好处。而《梦想家》中的毕肖普则代表了能够对该问题进行深入、理性思考的黑人,他主要从黑人、白人的关系发展以及美国黑人自身发展的角度来反思该计划的弊端。从他们的思考可见,虽然约翰逊非常渴望实现社会公正,但他却敏锐地洞察到,长期观之,"肯定性行动计划"对美国黑人的生存和发展很可能造成巨大的危害。

实际上,有专家认为,即便"肯定性行动计划"未遇白人的抵制,它对黑人的实际帮助也微乎其微。当代美国社会学家、哈佛大学教授威廉·J. 威尔逊(William J. Wilson)就指出,"肯定性行动计划"的受益者主要是经济和社会地位较高的黑人富裕阶层和注重教育的黑人中产阶级,而对数量占绝大多数的底层贫困黑人影响甚微,因为美国的学校教育一直到高中毕业之前都是义务教育,这项计划所规定的黑人录取优先是从高等教育开始的,而多数贫穷黑人的孩子中学尚未毕业便已退学,并且这些孩子一般也没有机会掌握高科技知识和良好的工作技能,因此在就业录用优先政策面前也同样缺乏竞争力,只能望洋兴叹。② 这种观点显示,美国黑人的贫困、落后等问题有着复杂的原因,想靠出台几个倾斜性政策在短期内解决这些问题是不太可能的。

正是因为约翰逊对"肯定性行动计划"的利弊问题进行了深思,他才对这项

① Johnson, C. *Dr. King's Refrigerator and Other Bedtime Stories*. New York: Scribner, 2005: 69.
② 转引自:陈伟. 今日美国黑人的穷根儿. 读书,2002(1):85-87.

计划的可行性和有效性提出了质疑,并重新思考了黑人的自救之路,即加强"第二条战线",通过自我改造并树立自立自助意识来实现黑人的长续久存。

5.1.3　"第二条战线":美国黑人的自我改造

约翰逊深刻了解美国黑人受难的历史,切身感受到他们内心的痛苦,也看到了他们无望的现实状况,但他通过冷静理性的分析和思考发现,无论是"黑人牺牲品观念"还是"肯定性行动计划",对黑人都是弊多利少。它们不仅无法帮助黑人走出种种困境,反而会阻碍他们的生存和发展。黑人要想改变现状,摆脱受歧视、低人一等的现实,必须行动起来,进行自我改造,通过加强"第二条战线"来实行自救。

约翰逊"第二条战线"的倡议主要源自马丁·路德·金的"两条战线"思想。金在 1957 年的演讲"我们必须做的事情"("Something We Must Do")中指出,美国黑人要赢得自由和平等,就必须同时在"两条战线"上进行努力。一方面,必须继续进行反抗种族隔离制度的社会斗争;另一方面,必须努力进行自我改造。而且金强调,改善道德是黑人自己能够做到的,与联邦政府是否有所作为没有关系。① 约翰逊赞同金的观点,但他指出,在后民权时期的美国,黑人需要在"第二条战线"上更加努力,因为"第二条战线"的薄弱正是造成黑人仍处于贫穷落后状态并存在种种严重社会问题的一个重要原因。

尽管有关种族问题的讨论在美国社会是个人们十分忌讳的话题,但作为当代美国社会的一位著名公知,约翰逊常常公开论及该问题。更为难得的是,他从不讳言自己种族内部存在的问题,甚至还发表了多篇文章专门展开相关讨论。比如,在散文《第二条战线》("The Second Front",1997)和《黑人形象及其全球影响》("Black Images and Their Global Impact",1993)中,约翰逊首先自曝家丑,揭露并严厉批评了黑人中存在的种种丑恶现象,接着又苦口婆心地呼吁黑人同胞加强"第二条战线",进行自我改造。他沉痛地指出,在牺牲品观念的控制下,很多黑人,尤其是黑人男性,变得自暴自弃、不思进取,以至于直到当代,黑人

① 　Johnson, C. The Second Front: A Reflection on Milk Bottles, Male Elders, the Enemy Within, Bar Miltzvahs, and Martin Luther King Jr. In Johnson, C. & McCluskey, J. Jr. (eds.). *Black Men Speaking*. Bloomington: Indiana University Press, 1997: 186-187.

在世人心中的形象仍与暴力、色情、无知等相连,[①]黑人甚至被看成"蜷缩在美国这只苹果中的一条害虫"[②],是社会上的"危险种类"[③]。他告诫黑人同胞,黑人内部有一种反知识、反西方、反美国的风气,这是一股影响黑人进步的反动力量,是黑人必须抵御的"内敌"。[④] 为此,约翰逊与很多黑人前辈领袖一样,呼吁黑人同胞在反抗种族主义、争取自由与平等的斗争中,不仅要在"第一条战线"上进行公开的社会斗争,也必须同时在"第二条战线"上进行积极的自我改造,并提出了自我改造的具体途径:必须下大功夫改革黑人文化,接纳中产阶级价值观。在《黑人形象及其全球影响》一文中,他说:

> 至少自20世纪60年代以来,黑人文化中就养成了一种嘲笑勤奋工作、讽刺好公民、讥笑传统道德的态度!如果说我们现在有危机的话——我相信确实有——我们的危机,从根本上说是一种(伦理)价值观和(社会)洞察力的危机。
>
> 换言之,我们必须在文化改革上投入像政治运动那样多的精力。[⑤]

这番话明确指出:黑人目前面临的危机是黑人文化和价值观出现了病变。

---

① Johnson, C. Black Images and Their Global Impact. In Byrd. R. P. (ed.). *I Call Myself an Artist*: *Writings by and about Charles Johnson*. Bloomington: Indiana University Press, 1999: 138.

② Johnson, C. The Second Front: A Reflection on Milk Bottles, Male Elders, the Enemy Within, Bar Miltzvahs, and Martin Luther King Jr. In Johnson, C. & McCluskey, J. Jr. (eds.). *Black Men Speaking*. Bloomington: Indiana University Press, 1997: 177.

③ Johnson, C. The Second Front: A Reflection on Milk Bottles, Male Elders, the Enemy Within, Bar Miltzvahs, and Martin Luther King Jr. In Johnson, C. & McCluskey, J. Jr. (eds.). *Black Men Speaking*. Bloomington: Indiana University Press, 1997: 187.

④ Johnson, C. The Second Front: A Reflection on Milk Bottles, Male Elders, the Enemy Within, Bar Miltzvahs, and Martin Luther King Jr. In Johnson, C. & McCluskey, J. Jr. (eds.). *Black Men Speaking*. Bloomington: Indiana University Press, 1997: 184-185.

⑤ Johnson, C. Black Images and Their Global Impact. In Byrd. R. P. (ed.). *I Call Myself an Artist*: *Writings by and about Charles Johnson*. Bloomington: Indiana University Press, 1999: 138.

他们惯于嘲笑勤奋工作,讽刺好公民,讥笑传统道德。因此,黑人同胞需要花大力气进行内部的文化改革。

约翰逊始终将人类文明中那些优秀的道德观和价值观视为所有文化和传统的灵魂,并期望以之拯救今天的美国黑人。这些价值观与美国社会中产阶级价值观相一致,如勤奋工作、生活俭朴、处事谨慎、行为节制、个人努力等。① 不论在其小说、散文还是访谈录中,约翰逊总是从黑人自身存在和发展的角度出发,呼吁黑人同胞摈弃牺牲品观念,以上述价值观为参照,努力培养自立自强精神。因为正如约翰逊所言,严格的工作伦理、自立自强、严于律己、投身教育、奉献家庭、尊重生命、具有自我牺牲等等,这些价值观已不只属于任何阶级或种族,它们是"人类价值观",是自我拯救的价值观,是在所有时代赢得成功生活的准则。那些被部分黑人指责为"中产阶级价值观"的东西正是能够拯救已遭毁坏的黑人社区的良方,正是重建黑人家庭,使其与来自不同种族的竞争对手达到经济平等的良方。②

为此约翰逊反复讨论了文化和文明的传承问题。在《第二条战线》中他指出,文化不是被给予的,它需要我们主动传承,代代相传,因为"文化和文明的深度只有一代人那么深,20 年后就可能丢失"③。有些黑人不但不愿努力学习甚至还嘲笑、鄙视那些优秀的文化传统和生活价值观,这将导致黑人文化止步不前,甚至堕落退化。因此他警告黑人同胞,要防止变成举止粗俗、崇尚暴力的"穿西装的野人"④。在一次访谈中,约翰逊谈起文明的承接与发展问题时指出,美国社会和文化的健康及其延续取决于个体公民对"教化"这个挑战的接受程度。没有谁生来便是文明人,如果想生活在一个文明世界里,人人都有责任以严肃的态

---

①　王恩铭. 美国黑人领袖及其政治思想研究. 上海:上海外语教育出版社,2006:32.

②　Johnson,C. Black Images and Their Global Impact. In Byrd. R. P. (ed.). *I Call Myself an Artist:Writings by and about Charles Johnson*. Bloomington:Indiana University Press,1999:138-139.

③　Johnson,C. The Second Front:A Reflection on Milk Bottles,Male Elders,the Enemy Within,Bar Miltzvahs,and Martin Luther King Jr. In Johnson,C. & McCluskey,J. Jr. (eds.). *Black Men Speaking*. Bloomington:Indiana University Press,1997:182.

④　Johnson,C. The Second Front:A Reflection on Milk Bottles,Male Elders,the Enemy Within,Bar Miltzvahs,and Martin Luther King Jr. In Johnson,C. & McCluskey,J. Jr. (eds.). *Black Men Speaking*. Bloomington:Indiana University Press,1997:184.

度首先在自己的生活中呈现那个文明世界,并像马丁·路德·金那样竭力用道德理想来引导自己的生活。①

约翰逊很赞赏许多黑人前辈所具有的优秀品质,他激情昂扬地鼓舞黑人同胞:前民权时期的黑人前辈们即使面对令人震惊的种族压迫,缺乏各种机会,仍然养育了强壮且充满智慧的儿女;为了让后代能够获得自己被剥夺的那些机会,他们终生艰苦劳作,不惜做出种种牺牲。他相信,今天的黑人同样能够做到这些。② 在散文《我称自己为艺术家》和《第二条战线》中,约翰逊深情地回忆了自己家乡一些自尊自强、乐于奉献的黑人前辈,文字间充满了赞誉与自豪。在小说《梦想家》中,他则以这些令人自豪的真实黑人为原型塑造了一些故事人物,热情赞颂了这些坚守在"第二条战线"上的黑人儿女,并展示了他们面对困难坚韧不拔的优秀品质。

可以想象,由于"第二条战线"的倡议触动了黑人中的一些传统观念和积习,约翰逊的这一主张必然招致源于种族内部的尖锐讽刺与批评。一些黑人学者讽刺他继承了以爱默生为代表的白人社会价值观,还指责他缺乏对种族制度的谴责以及不顾黑人的现实状况。美国评论家约翰·海恩斯(John Haynes)暗示,《中间航道》主人公的"浪漫种族主义"也许说明约翰逊根本无法与他自己的历史接轨,以此讽刺约翰逊不能与自己遭遇苦难的祖先产生情感共鸣。他还进一步暗示约翰逊缺乏对种族压迫的谴责和抗议:"黑人读者可能会感到,中间航道的黑夜只是被约翰逊用来制造效果罢了。"③黑人学者理查德·哈达克(Richard Hardack)对约翰逊的讽刺、挖苦和批评更为直接尖锐。在《黑皮肤,白组织:查尔斯·约翰逊小说中的本族色彩和普适溶剂》("Black Skin, White Tissue: Local Color and Universal Solvents in the Novels of Charles Johnson",1999)一

① McWilliams, J. An Interview with Charles Johnson. In McWilliams, J. (ed.). *Passing the Three Gates: Interviews with Charles Johnson*. Seattle: University of Washington Press, 2004: 295-296.

② Johnson, C. The Second Front: A Reflection on Milk Bottles, Male Elders, the Enemy Within, Bar Miltzvahs, and Martin Luther King Jr. In Johnson, C. & McCluskey, J. Jr. (eds.). *Black Men Speaking*. Bloomington: Indiana University Press, 1997: 182-187.

③ 转引自:Goudie, S. X. Leaving a Mark on the World. *African American Review*, 1995, 29(1): 109.

文中,哈达克分析了爱默生和超验主义对约翰逊的影响,指责他在种族问题上采取白人立场,并讽刺他是一位具有"黑皮肤,白组织"的作家。[①] 他还引用了马尔科姆·X(Malcolm X)谴责美国白人社会的一段话来挖苦约翰逊有意忽略奴隶制历史给美国黑人造成的奴役与痛苦:

> 这便是你们监禁我们的方式。你们不仅将我们带到这里、当作奴隶,在你们开创的那块大陆上,我们祖国和人民的形象也是一个陷阱、一座监狱、一条锁链,是迄今为止人类创造的最恶毒的奴役形式。[②]

哈达克认为,约翰逊发展了马尔科姆·X的视角,仅将奴隶制当作奴役的一种形式,即将奴隶制当作一种隐喻,认为它只造成心理和形而上层面的后果而几乎不造成历史和政治后果。但两人的不同在于,马尔科姆·X通过使用隐喻回到历史上的奴隶制,而约翰逊却通过使用奴隶制隐喻来超越历史。[③] 细察之下便会发现,哈达克的批评有失公允。因为马尔科姆·X的这段话不仅控诉了历史上真实存在的奴隶制,还揭示出白人通过"语言的牢笼"(此处指以充满种族歧视的语言来扭曲黑人的祖国和人民形象)强加给黑人的心理和精神奴役;而约翰逊呼吁黑人同胞摒弃这些人为概念对他们的束缚,这正是为了打破白人主流文化用充满种族歧视的语言为黑人铸就的牢笼,帮助黑人超越主流文化对他们的定义,从而摆脱强加给他们的心理和精神奴役。

哈达克对约翰逊最严厉的批评主要体现于他对后者奴役与自立思想来源的质疑。哈达克责备约翰逊在《中间航道》中不断回应爱默生关于奴役与自立的观点,进而暗示约翰逊向往白人性,追求白人的价值标准。他认为,《牧牛》中安德鲁责备父亲乔治故意选择自我孤立和痛苦,这与爱默生的以下观点包含着同样的思想:奴隶主当然应受谴责,但在此意义上,奴隶也应受责备,因为他们允许自

---

① Hardack, R. Black Skin, White Tissue: Local Color and Universal Solvents in the Novels of Charles Johnson. *Callaloo*, 1999, 22(4): 1030.

② Malcolm X. Not Just an American Problem, but a World Problem. *Atlantic Studies*, 2010, 7(3): 291.

③ Hardack, R. Black Skin, White Tissue: Local Color and Universal Solvents in the Novels of Charles Johnson. *Callaloo*, 1999, 22(4): 1030.

己被当作奴隶,因为两者都认为奴役主要是来自被奴役者的内部或思维,都暗示被奴役者在自己所受的奴役和痛苦中充当了合谋者的角色。[①] 笔者认为,哈达克的责备难以令人信服。约翰逊虽多次声称爱默生是他"精神上的兄弟"[②],并承认很久以来爱默生一直影响着他[③],两人在强调人类的个体性、超越性、自由、平等、自立自助和世界的完整性等方面确实有着精神会通,但是,一人受到另一人的影响并不等于他对另一人的思想不加区分地全盘接受。实际上,约翰逊素来惯于运用现象学方法看待事物,提倡独立思考并对前人思想大胆质疑。在对待黑人的奴役与自立的问题上,他并不像哈达克理解的那样完全跟随爱默生的态度。而且,两人的言说语境和言说对象根本不同。爱默生上面那段话是在 19世纪针对社会现实中的黑奴而言的,他忽略了黑人被奴隶贩子强行贩卖到欧美大陆的历史和当时的法律,忽略了奴隶后代从出生之日起便继承了奴隶身份的事实而大谈奴隶自我解放、选择不做奴隶等,这显然给人违背历史和现实、强行提倡"超越"之嫌。而约翰逊的作品人物主要是那些已经摆脱了身体奴役的前奴隶,影射的是 20 世纪后民权时代身体虽获解放,思维却仍停留于奴役状态,因而仍在遭受种种精神奴役之苦的黑人。显然,在此情形下,要获得真正的自由就必须具有超越社会环境的意识。另外,爱默生认为,对于一个乐观主义者,奴隶制自有其好处,因为"分离一个人,使他感到要对自己负全部责任,这是使他强大富有的方法"[④]。此言显然含有美化奴隶制的意味。而约翰逊从未表现出赞美奴隶制的倾向。相反,即便是最慈善的奴隶主,如《中间航道》中的钱德勒和《牧牛》中的乔纳森,也遭到了他的尖锐讽刺与谴责。而且,约翰逊呼吁黑人培养责任感与自立精神,并非说要刻意将黑人置于被隔离、被奴役的环境中才有利于培养这些精神,而是说如果已经身处这样的逆境却又无法挣脱,则当设法在精神上超越

① Hardack, R. Black Skin, White Tissue: Local Color and Universal Solvents in the Novels of Charles Johnson. *Callaloo*, 1999, 22(4): 1041.

② Nash, W. R. A Conversation with Charles Johnson. In McWilliams, J. (ed.). *Passing the Three Gates: Interviews with Charles Johnson*. Seattle: University of Washington Press, 2004: 230.

③ Johnson, C. *The Words and Wisdom of Charles Johnson*. Ann Arbor: Dzanc Books, 2015: 76.

④ 转引自:Hardack, R. Black Skin, White Tissue: Local Color and Universal Solvents in the Novels of Charles Johnson. *Callaloo*, 1999, 22(4): 1041.

环境的奴役,争取不被恶劣的环境压垮,同时不逃脱自己应负的家庭和社会责任,这样才能获得做人的尊严和生存发展的能力。

另外,在自立观的来源问题上,哈达克仅仅考虑了爱默生对约翰逊的影响,而完全忽视了约翰逊对家庭理念、社区文化和黑人前辈思想遗产的继承,以及约翰逊的东方文化思想视角等众多其他因素,因此他对约翰逊的作品与思想的理解难免显得视野狭隘,有失全面客观。

实际上,约翰逊的"第二条战线"思想,也即他的自立自助思想,除了源自美国主流社会的价值观和马丁·路德·金之外,也来自他自幼的生长环境和美国黑人的思想遗产。约翰逊的自立思想首先扎根于他被养育的方式。他的父母一生勤奋努力,为他树立了良好的榜样。在他们的教育和培养下,约翰逊很早就懂得无论社会环境如何,无论遇到多少障碍,自立自强和替自己创造机会既是必需的,也是可能的。约翰逊的这一思想后来经常回响在其小说中,他常自豪地描述那些被社会等级、经济状况及种族歧视限制和围困的人也能超越其环境并为自己创造更好生活的情形,不论是他的小说、散文,还是访谈录中都不乏此类人物。对此,拜尔德有着独到的洞察:约翰逊相信个人既有超越环境的力量也有此责任,因此,他的作品始终贯穿着一种对自我实现的呼吁。①

同时,约翰逊也继承了众多著名黑人前辈领袖,如早期著名思想家亚历山大·克伦梅尔(Alexander Crummell)、道格拉斯、布克·T. 华盛顿(Booker T. Washington)和杜波依斯等人的思想,他们在带领黑人同胞反抗种族制度的同时,都十分强调黑人自身的努力。比如克伦梅尔在 1879 年就曾大声呼吁,很大程度上,黑人是自己命运的建造师,必须主要依靠自己的努力来获取成功。因此他建议黑人严格遵守道德规范,保持有节制的习惯,获取土地,掌握农业技能等。② 道格拉斯始终主张黑人要提高觉悟、加强自身修养,并坚信教育对一个人的重要性。他还从自身经验出发劝说黑人从自我做起,培养良好的道德观,用美国中产阶级的价值观约束、指导自己的行为,养成"勤奋、诚实、节制"等好习惯、

---

① Jordan, M. I. "Evolve or Die": Rewriting "the Disfiguring Hand of Servitude" in Charles Johnson's *Middle Passage*. In Jordan, M. I. (ed.). *African American Servitude and Historical Imaginings*. New York: Palgrave Macmillan, 2004: 152.

② Wintz, C. D. *Black Culture and the Harlem Renaissance*. College Station: Texas A & M University Press, 1996: 31-35.

好品质。① 华盛顿则敏锐地指出,美国黑人问题的主要症结在于黑人中普遍存在着贫困、无知和犯罪等问题,黑人只要做到经济自立、拥有良好的人格并进而赢得尊重,就能逐渐解决公民权利问题。为此,他在自己创办的塔斯克基学院亲自带领黑人大众实施黑人自立自强计划,帮助黑人大众培养勤劳、节俭、自制等优秀品格,以及获得知识和实用技术的能力,逐渐创造和积累财富,争取成为美国社会和经济生活中不可或缺的要素。而杜波依斯提出的主张显然已经包含"两条战线"思想:他一面积极领导黑人进行反种族主义的社会斗争,一面指出黑人必须实行自我改造,消除缺乏道德约束、犯罪率高和懒惰等奴隶制的有害传承。②

另外,很多现当代黑人知识分子都继承了黑人前辈的自立自助思想,并认为现代黑人有必要抛弃牺牲品观念,树立自立自强意识,这在不同程度上与约翰逊的自立思想形成了相互应和与影响。例如,赫斯顿宣称:"我不属于'黑人哭泣学派'",奴隶制已经过去 60 年了,"我要展翅飞翔,绝不能停止不动,不能向后看并且哭泣"。③ 莫里森认为,美国黑人不该总觉得自己没有得到公正对待,不该总是怨天尤人,而应该自己做一些事情。④ 怀德曼在儿子因街头暴力而惨遭杀害的悲痛中提出了令人深思的问题:在民运时期、"黑人自豪时期"及"肯定性行动"时期过去之后,在黑人历史和文化已融入美国生活之后,为什么黑人男孩仍在互相杀戮? 对此,美国学者凯斯·拜尔曼(Keith Byerman)颇富洞见地指出:对怀德曼而言,答案肯定要从黑人的文化而不只是政治历史中寻找。⑤

约翰逊不仅敢于公开讨论和批评黑人社会存在的问题,而且明确提出了一些具有建设性的对策,如摒弃"黑人牺牲品观念"和加强"第二条战线",这些思想

---

① 王恩铭. 美国黑人领袖及其政治思想研究. 上海:上海外语教育出版社,2006:31-36.

② 张聚国. 杜波依斯对解决美国黑人问题道路的探索. 史学月刊,2000(4):95.

③ Hurston, Z. N. How It Feels to Be Colored Me. In Gates, H. L. Jr. & McKay, N. Y. (eds.). *The Norton Anthology of African American Literature*. New York: W. W. Norton & Company, 2004:1031.

④ 转引自:Denard, C. C. (ed.). *Toni Morrison: Conversations*. Jackson: University Press of Mississippi, 2008:251.

⑤ Byerman, K. *Remembering the Past in Contemporary African American Fiction*. Chapel Hill: The University of North Carolina Press, 2005:181.

的提出体现了约翰逊强烈的社会与种族责任感。为此他遭到黑人保守人士的讽刺与诟病,乃在所难免。因为即便像马丁·路德·金这样享有极高威望的黑人领袖,当他指出黑人自身的缺点并敦促他们改正缺点、承担责任、着手自我改造时,也招来了很多黑人的尖刻谴责,并因此被称作"汤姆叔叔"(DM 204)。

实际上,约翰逊遭受批评,究其根源,不仅因为倘若听从这一呼吁就要求黑人打破以往的不良习惯,并可能触动黑人的眼前利益,还因为他的这一立场触及了黑人思想中的一个根本问题,即自由与责任的问题。虽然几百年来,实现真正的自由一直是黑人最大的梦想,但很多黑人对"自由"的含义往往存在着误解。他们常常将自由当作想做什么就做什么,而不能将自由与责任紧密相连,不能以适度的理性与自律来约束自由,所以他们所追求的"自由"往往是放任自流。

正如萧伯纳(George Bernard Shaw)所言,"自由意味着责任,正因如此,多数人都惧怕它"①。约翰逊之所以一再强调黑人自身的责任和自我改造,是因为他深悟自由与责任之间存在着看似相互排斥,实则相互依存、互为因果的辩证关系,深知黑人同胞只有摒弃牺牲品心理,学会自立自强,承担起自己的责任,才能赢得真正的自由。

其实,约翰逊反对黑人持守牺牲品观念和传统的美国黑人叙事,并非说他对黑人在美国种族社会遭受的压迫和痛苦视而不见,更非说他否认黑人的种种困境多是由美国历史和社会环境所造成的这一事实。相反,正如康纳所言,约翰逊从未将非裔美国经验的残酷现实感情化或温柔化。② 无论在小说还是在散文中,约翰逊都常常不遗余力地批判和抨击美国的种族制度。在《美国黑人叙事的终结》中他愤怒地指出:"我们并不久远的祖先们——他们的生命是一个物品——他们从前的语言、宗教和文化一律被抹杀,取而代之的是奴隶制。"③在《中间航道》中他则向读者揭示:美国黑人每天都要面临"来自社会的无穷无尽的阻挠、挑战和审判"(MP 179)。他还写道,黑人的美国经验是以痛苦开始的,因

---

① 萧伯纳. 人与超人. 张梦麟,译. 上海:中华书局,1934:351.

② Conner, M. C. Introduction: Charles Johnson and Philosophical Black Fiction. In Conner, M. C. & Nash, W. R. (eds.). *Charles Johnson: The Novelist as Philosopher*. Jackson: University Press of Mississippi, 2007: xix.

③ Johnson, C. The End of the Black American Narrative. *American Scholar*, 2008, 77(3): 33.

为"黑人生活的经验是：被剥夺公民权、愤怒、种族二元对立、二等公民"①。根据纳什的研究，约翰逊的出生地伊利诺伊州的埃文斯顿镇种族关系较为和谐，但形势还是比约翰逊在《我称自己为艺术家》一文中的记述更为复杂。因此在约翰逊的成长过程中，埃文斯顿镇很可能与周围任何地方一样充满了种族歧视。实际上，约翰逊从未忘记那种充满敌意的环境，但他却强调，许多优秀的黑人前辈拒绝接受那种对种族身份的受限描述，他们那种坚韧不拔、永不服输的态度是对环境的最好回应。②

不过，虽然约翰逊也常对社会不公提出抗议，但他的作品与抗议文学有着本质区别，主要表现于两者的创作目标迥然各异。他描写美国社会种族制度主要不是为了谴责它的邪恶，而是正如查尔斯·H. 洛威尔（Charles H. Rowell）所言，通过思考奴隶制"帮助我们理解非裔美国人的现在"③。确切地说就是帮助读者，尤其是黑人读者，拓宽视野，解放知觉，重新认识自我和所谓的他者文化，在需要的时候学会改变看待世界的方式和生活态度，从而帮助黑人同胞实现自救。因此，比起一般的黑人作家，约翰逊的作品中包含了更加丰富的内容，他对黑人生活的描写是多彩的、多维度的，既反映他们遭受的压迫与苦难，也描绘他们生活中的乐趣与希望。

然而实际上，约翰逊并不仅仅关心黑人的生存状况，他关爱的目光从来都没有忽视过人类这个大家庭。因此，也许拜尔德对约翰逊的评价更为全面：约翰逊是"一位关心我们集体健康并完全认同一种更新观和力量观"④的信使。该观点的精辟性在下一节有关"乐队指挥家的本能"的讨论中将会得到印证。

---

① Johnson, C. *Turning the Wheel：Essays on Buddhism and Writing*. New York：Scribner，2003：46-47.

② Nash, W. R. *Charles Johnson's Fiction*. Champaign：University of Illinois Press，2003：15.

③ Rowell, C. H. An Interview with Charles Johnson. *Callaloo*，1998，20(3)：544.

④ Johnson, C. Preface. In Byrd. R. P. （ed.）. *I Call Myself an Artist：Writings by and about Charles Johnson*. Bloomington：Indiana University Press，1999：i.

5.2　人类和谐共生之路

　　约翰逊认为,人类的存在是相互联系的共在,任何一个民族或种族都不可能孤立地存在。因此,他在作品中不仅探讨了美国黑人如何自救的问题,也同样讨论了人类和谐共生之路。他对后一个问题的探讨是通过深入剖析"乐队指挥家的本能"这一普遍心理现象而展开的。

　　"乐队指挥家的本能"是贯穿约翰逊所有长篇小说的中心主题之一。它不仅与约翰逊的其他重要主题,如种族压迫、殖民主义、性别冲突、二元对立观、相互联系观、完整视域、"爱之共同体"等密切相关,还构成了它们存在的心理基础。从其第一部长篇小说《费丝》开始,约翰逊便将"乐队指挥家的本能"作为一个根本问题置于讨论的中心;《牧牛》和《中间航道》虽各有众多的主题,但对该问题的探讨始终以各种面貌不断重现;《梦想家》则直接、深入地剖析了这一现象的心理来源,不但探讨了滥用这一本能可能带来的巨大恶果,也思考了将这一本能引至正确方向、使其对人类发挥积极作用的方法。约翰逊在作品中从不同视角对"乐队指挥家的本能"的探讨是建立在其"完整视域"文学思想的基础上的。

　　本节将首先解释何为"乐队指挥家的本能",继而重点分析约翰逊对滥用和适当运用这一本能可能产生的利与弊所进行的探讨。

5.2.1　"乐队指挥家的本能":人类生存的根本动力

　　在为《梦想家》的创作积累素材的过程中,约翰逊吃惊地发现,人们大多以为马丁·路德·金最钟爱的演讲是"我有一个梦想"("I Have a Dream"),但实际上却是"乐队指挥家的本能"("The Drum Major Instinct")。在《梦想家》中,金遇刺身亡之后人们在葬礼上播放的便是他的这篇演讲:

　　　　我们所有人的内心深处都有一种本能。它是一种乐队指挥家的本能——一种站在队列最前面的欲望,一种引领队伍的欲望,一种做第一的欲望。而且,它遍布我们生活的各个方面……我们都想受到重视,超越他人,成就非凡,引领队伍……但有时候乐队指挥家的本能会起到毁灭性的作用……你们知道吗?许多种族问题都源自乐队指挥家的本能。这是一种有些人感觉自己必须高人一等的需要。有些国家也被乐队指挥家的本能控制了。我必须做第一。我必须高人一等。我们国家必须统治世界……不要放弃这种本能。继续保持那种需要受重视的感觉,继续保持那种想做第一的感觉。但我想要你们在爱中做第一,在道德高尚方面做第一,在宽宏大量方面做第一——(DM 234)

此演讲发表于 1968 年 2 月 4 日,那是金遇害的大约两个月前。在这篇演讲中,金从《圣经》故事《雅各和约翰的请求》①中得到启迪,进一步阐发了"乐队指挥家的本能"的深刻含义,并指出了这种欲望可能带来的利与弊。金在阐释这个故事时提醒说:我们在责备雅各和约翰之前必须认识到,我们自己内心深处也都有这种本能,都想受到重视,超过他人,引领队伍。根据著名精神分析学家阿尔弗雷德·阿德勒(Alfred Adler)的观点,这是人类的一种基本冲动,也是人类生存的根本动力。接着,金指出,"乐队指挥家的本能"有两种,一种是滥用的"乐队指挥家的本能",另一种是运用得当的"乐队指挥家的本能"。他还警告我们:如果滥用这种本能,不加约束,它便会变成一种十分危险的邪恶本能,并具有毁灭性——小则可能破坏、扭曲人们的个性;大则可能引发阶级主义、排外主义、种族主义、民族主义等政治斗争。现实社会中的种族斗争和国家战争主要就源自这种必须高人一等,甚至统治世界的欲望和信念。因此,滥用"乐队指挥家的本能"必然导致世界的分裂与冲突。然而,随后金从"完整视域"的视角指出了这种本能的另一面:若能得当运用这种本能,它就是一种好的本能,能给人类带来诸多益处。当人们想在争取正义与真理、奉献他人、爱他人方面做第一时,就能"把这个旧世界变成一个新世界"②。

---

① 在《圣经·马可福音》中,雅各和约翰请求耶稣让他们分别坐在他左右边的座位上,因为在他们看来这代表了最大的荣耀。他们的请求引起了众门徒的恼怒。耶稣委婉拒绝他们之后,对其他门徒说:你们不必恼怒,在你们中间谁愿为大,就必作你们的佣人;谁愿为首,就必作众人的仆人。

② King, M. L. Jr. The Drum Major Instinct. (2015-08-25)[2020-04-23]. http://mlk-kpp01. stanford. edu/. index. php/kingpapers/article/pauls_letter_to_american_christians/.

在"乐队指挥家的本能"演讲中,金还指出了什么是"伟大":真正的伟大不是来自得宠,而是来自胜任,每个人都必须通过为他人服务才能成为伟大的人。这便意味着,每个人都可以成为伟大的人,因为每个人都可以为他人服务,不必取得大学文凭,也不必知道柏拉图和亚里士多德,只需一颗慈悲之心和一个充满爱的灵魂便可。① 黑人应该在服务、奉献和爱中做表率,通过适当运用"乐队指挥家的本能"谱写一曲慈爱、奉献的和谐乐章。

5.2.2 被滥用的"乐队指挥家的本能":世界冲突的根源

"乐队指挥家的本能"是人类的一种基本心理,潜藏于所有人的内心。但在"乐队指挥家的本能"演讲中金告诫我们,如果滥用这种本能,则会带来非常有害的后果,因为如果一个人决心要在社会竞争中做第一,便会将他人视为竞争对手,甚至敌人;为了做第一,就要设法打败他人。这样世界必然出现冲突与分裂,人与人、人与世界的关系必然变为布伯所批判的"我—它"关系。

约翰逊通过一个个令人深思的故事呼应了金的告诫,让读者目睹了这种灾难性后果。在《费丝》中,约翰逊集中探讨了被滥用的"乐队指挥家的本能"对两性关系的破坏。在《费丝》中,马克斯韦尔所信奉的"意志竞争"理论其实就是被滥用的"乐队指挥家的本能"的代名词。该理论认为,社会由个体组成,每个人都有个体意志,不同的个体意志相互冲突促进了社会的繁荣发展。马克斯韦尔还十分肯定地对费丝说:每个人都想做第一,但力量说明了一切;有些人天生柔弱,只配做奴才,有些人则天生强壮,而他自己就是天生强壮者。显然,"意志竞争"理论是一种将世界视为处于永久性对抗中的二元对立观,它所提倡的"竞争"实际上是一种弱肉强食的社会达尔文主义。而马克斯韦尔之语的潜台词是,他自己是那种生来就该做主人的人。其实,费丝对这套理论并不陌生。她自幼便表现出一种强烈的竞争意识,三岁开始便"总是与其他孩子打架,总是与他们进行意志竞赛"(FG 70)。在孩子们的游戏和较量中,当别人得胜时,费丝总是气得哇哇大哭。但每当这种时候,父亲托德总是试图帮她纠正这种对抗性的世界观,他总是告诉女儿:"如果你认为有个胜利者或失败者……你就彻底错了……"

---

① King, M. L. Jr. The Drum Major Instinct. (2015-08-25)[2020-04-23]. http://mlk-kpp01. stanford. edu/. index. php/kingpapers/article/pauls_letter_to_american_christians/.

(FG 71)

在马克斯韦尔看来,人生就像一场"玫瑰碗"橄榄球赛①,在这场比赛中"所有人都互相争夺,但其中一人抱着球,凭借纯粹的意志跑过球场"(FG 116)。他还认为,"意志之力"能够克服一切,倘使一个人的意志力足够强大,他便能做到攻无不克(FG 116)。换言之,在人生这个赛场上,由于人人都有想做第一的欲望,他们的个体意志必然会不断地发生相互冲突。这时,只有意志力最强的那个人才会成为最后的赢家,而且如果他的意志力足够强大,他便无所不能。他还强调说,当然,这种意志必须指向正确的、好的东西。那么"正确的、好的东西"是什么呢? 他认为是"安全和舒适",确切地说,就是"处于控制地位,拥有好东西,受人尊敬,有一点权力,总之感觉像个男人"(FG 117)。需要注意的是,马克斯韦尔将"正确的、好的东西"等同于权力、地位和金钱,说明他已完全受制于被滥用的"乐队指挥家的本能",这也为他后来对待费丝的态度写下了一个清楚的注脚。

对"意志之力"和"意志竞争"理论的盲目推崇使马克斯韦尔的人格遭到了极大的异化。在这种思想的指导下,他将人与人之间的一切关系都看作意志竞争关系,或争夺至上权、控制权的关系,于是他人生的唯一目标也变成了往上爬和拼命赚钱。因此,尽管他对费丝怀有一定的真情,仍然只会将她当作一个能够处处服从于他的意志和需求的纯粹客体。在与费丝的相处中,他总是渴望获得至高无上的权威,掌握所有的决定权,为此他竭力将自己的"意志竞争"理论付诸实践:为了在家中做第一、做老大,他总是试图驾驭费丝,并时时提醒她"待在女人的位置上"(FG 114);为了在公司出人头地挣大钱,他竟要求费丝色诱他的上司,并美其名曰"负起责任"(FG 136)。更加讽刺的是,事成之后他主动买了一辆高级轿车作为对费丝的"奖励"和"酬谢"。在被滥用的"乐队指挥家的本能"的控制下,马克斯韦尔把妻子完全视为一个可供利用的工具,以利用、剥削、控制和现金联结的关系代替了夫妻之情。

马克斯韦尔的"意志竞争"理论不仅异化了他自己的人性,也严重腐蚀了费丝的心灵。这不仅表现于,一方面,她非常鄙视马克斯韦尔的人格,另一方面,她

①　"玫瑰碗"橄榄球赛是年度性的美国大学橄榄球赛,通常于元旦在加州帕萨迪纳的玫瑰碗球场举行。

却装作对他非常仰慕,还千方百计地诱使他向自己求婚;更有甚者,费丝对于他们的婚姻的态度是:

> 他是她的客体,纯粹而简单;她也是他的客体。在他们之间,这种意志至上权(正如他所称)的旋转轮换建立起一种张力或纽带,由于缺乏一个更好的词语,她愿意将其称作"爱"。你拿取能得到的,这总是可以的。(FG 109)

可见,与马克斯韦尔一样,费丝也仅仅将他们的婚姻视为一场"意志竞争"。两人根本没打算相互关爱与奉献,考虑的只是彼此利用、索取与征服。由此,他们之间完全是互为客体的压迫关系,而非主体与主体的平等关系。难怪婚后不久他们便成了"在雾蒙蒙的荒野上的两个面对面的决斗者"(FG 115),他们的婚姻则不可避免地变成了处于"生命与死亡之间的一场噩梦"(FG 129),或者说一场无休止的战争。在这场"意志竞争"中,作为女性,费丝由于身体相对柔弱,加之经济未获独立,在显性战场上常常处于不利地位,但"想做第一"的欲望使她不肯轻易服输,于是她设法在隐性战场上用尽伎俩对付马克斯韦尔,包括蔑视、欺骗甚至诅咒等。这样的竞争自然极大地扭曲了她的灵魂。发生在结婚前的一幕清楚地揭示了费丝的内在变化。与马克斯韦尔一起驱车去影剧院的路上,看着正在开车的马克斯韦尔,费丝想到婚后自己必须付出的那些代价和不得不忍受的种种义务,包括"性方面的义务和牺牲"(FG 114),十分焦虑不安。这时,突然冒出的一个念头给了她些许慰藉:黑人男性的患病死亡率很高,马克斯韦尔即便幸运也活不过 64.1 岁,那么她会比他活得长,所以她可以等待。在想象中,她看到:

> 餐桌上,他喘息着紧紧地抓住自己的喉咙,头向前一低,栽进了沙拉碗里。她看见自己站起身,开始给警察或消防队打电话,然后放下电话,转过身,走下铺着橡胶垫的后院楼梯来到庭院。她向长在路边的白牡丹弯下腰,把鼻子埋进一朵花里,抬头时吸足了似红酒一般的花香。花瓣上的露珠湿漉漉的,沾满她的双唇。想到那笔保险金,她露出了微笑。(FG 115-116)

面临即将与马克斯韦尔共同生活这一前景,费丝感到万分沮丧,竟以幻想他比自己早亡聊以自慰。费丝想象出的死亡场景令人不寒而栗。在费丝的想象中,某一天,与她相伴了一生的丈夫哮喘病突发,并在她眼前苦苦挣扎、气绝身亡,然而她既不惊慌,更不悲痛,不但没有奔过去倾力相助,反倒平静地冷眼旁观,目睹他毙命之后,才不慌不忙地拨打报警电话,继而轻松悠闲地走向庭院,贪婪地嗅着花香。想到丈夫之死将会带来的那笔保险金,她竟然"露出了微笑"!值得注意的是,在短短的一段描写中,作者使用了一系列的动作描述,有些呈现了马克斯韦尔患病时的危急与痛苦,如喘息、抓住、栽进等,有些衬托、展示了费丝的麻木不仁,如站起身、打电话、放下电话、转过身、走下、弯下腰、埋进、抬头、吸足、沾满、露出了微笑,等等。这一幕想象揭示出,费丝与马克斯韦尔的关系是一种彻底的现金联结关系,她虽决心嫁给马克斯韦尔,但那完全是出于经济利益上的考虑,内心却对他怀着冷漠甚至仇恨的情绪。这表明,在"意志竞争"理论的误导下,费丝的心灵已经遭到深深的扭曲,她已不知不觉地变成了一个冷酷无情、心肠恶毒的女人,以前那个单纯善良的乡村姑娘早已不见踪影。

但吊诡的是,这场悲剧性的婚姻中出现了一个悖论:在马克斯韦尔和费丝为了满足各自的需求——前者为满足虚荣心和控制欲,后者则贪图物质享受——而将对方客体化的同时,他们也各自将自我客体化了。由于他们彼此把对方视为可利用的客体和工具,因此为了得到对方这一工具,他们必须首先把自己物化为可满足对方需求的工具,正如婚后的费丝对镜凝思时所发的悲叹:不知何时,她自己已经变成了"它",吃用不缺,却成了"行尸走肉"(FG 125)。

在《牧牛》中,约翰逊继续探讨滥用"乐队指挥家的本能"给人类生活造成的危害。不过在这部小说中,约翰逊把讨论拓展到了男女两性关系之外,及至黑人与黑人之间的对抗。在此,由这一本能引起的两性冲突主要体现于女奴隶主弗洛与其第 11 任丈夫伊尔的关系上。实际上,他们的冲突也主要源于"意志竞争",他们的关系犹如费丝与马克斯韦尔的翻版。伊尔是个富家子弟,据弗洛说,他十分弱智无能,却嫉妒妻子的聪明能干,并渴望操控局面、事事领先。在被滥用的"乐队指挥家的本能"的误导下,他既不允许弗洛发挥其才干,也不允许她享受应有的自由和权利,由此导致弗洛对他产生了深深的鄙视和憎恨,最终两人关系彻底破裂。

滥用"乐队指挥家的本能"可能导致严重的种族对抗,这主要体现在乔治身上。在与女主人发生非正当性关系之前,乔治在"大宅子"里担任管家职位,因此他始终有一种优越感,向来瞧不起那些"田奴"黑人。这里需要说明的是,奴隶主庄园里的黑奴也存在着地位等级的差别。在主人的"大宅子"里工作的被称作"家奴",在野外田间劳作的则被称作"田奴",一般认为前者的地位明显高于后者。被主人赶出"大宅子"后,乔治的任务变成了在野外牧牛。由于无法接受自己地位的改变,他内心总是愤愤不平。可笑的是,乔治一面保持着管家的骄傲,并在内心偷偷盼望有朝一日能够回到"大宅子"重登管家之位,故而不愿屈尊与普通黑奴交往;另一面却宣称黑人的一切皆是好的,白人的一切皆是坏的,白人是恶魔,是由非洲黑人派生而来,还常常请求上帝"杀死所有白人,留下所有黑人"(OT 142)。从乔治的情感矛盾来看,他的巨大变化,即他突然之间对白人产生的仇恨,显然源于他失去了能带给他优越感的管家身份。随着这种优越感的真正丧失,他变成了一个彻底的黑人种族主义者,从默认白人优越变为宣称黑人至上,从拥护白人的统治变为誓与他们对抗到底,后来还组织了一场黑人暴动,终于葬送了自己和很多黑人同胞的性命。在乔治身上我们看到,滥用的"乐队指挥家的本能"可以导致严重的种族主义,以及由此带来的不可避免的种族冲突和杀戮。

滥用的"乐队指挥家的本能"也会使黑人内部产生对立与分裂。主人公安德鲁来到女奴隶主弗洛的"利维坦"庄园之后,弗洛原先的性奴帕特里克预感到弗洛会喜新厌旧并将他抛弃,于是千方百计地与安德鲁争宠。当一切努力皆失败后,帕特里克竟以剖腹自杀表达愤怒与抗议。帕特里克将自己的黑人同胞安德鲁视为敌人和威胁,说到底是因为争宠心切,即也受"想做第一"的欲望驱使。其实如果帕特里克不把争宠看得那么重,便有可能找到新出路,因为安德鲁是个与他一样处于受奴役、受压迫地位的黑人,不仅从未想过要在弗洛面前代替他,而且内心很想与他沟通合作。如果说安德鲁的到来果真对帕特里克构成了某种威胁,那也只是因为安德鲁初来乍到且性格单纯,对帕特里克和弗洛之间的特殊关系以及他自己的真实处境全都茫然无知。帕特里克的嫉妒使他深感迷惑,他曾主动表示想与帕特里克"一起工作"(OT 42),却遭帕特里克断然拒绝。正如安德鲁所言,"对至上权的丑陋争夺"是"黑人精神反常、扭曲的一面,它使每个其他奴隶——所有不是自我的东西——都被视为敌人、一种威胁"。(OT 50)当人们把"乐队指挥家的本能"运用于对"至上权"的争夺时,它只能导致人与人、人与世界之间形成相互竞争与利用、相互控制与压迫的关系,并最终造成个体的孤立、异化甚至死亡,人类的对立、分裂甚至灭亡。正如安德鲁在帕特里克自杀后发出的哀叹:人们传说即将发生一场各州之间的战争(指后来的美国南北战争),然而在此之前人类已身陷内战——黑人与白人、黑人与黑人、女人与男人之间的战争(OT 50)。

《中间航道》进一步探讨了滥用"乐队指挥家的本能"在不同层面上给世人带来的危害。前文曾指出船长法尔肯是二元对立思维模式的典型代表,并分析了他的分裂思维造成的严重后果。其实也可以说,造成法尔肯残暴行为及可悲后果的罪魁祸首就是滥用的"乐队指挥家的本能",因为这种本能是产生对立和分裂思维的根源。从小至大,法尔肯的生长环境里都充斥着这种被滥用的本能。他儿时被别人欺负凌辱,长大后学会了欺凌践踏别人,由此他的人生只能充满冲突与杀戮。法尔肯那段著名的"意识冲突论"[①]揭示了他暴力行为的思想根源。他的"意识冲突论"与马克斯韦尔的"意志竞争"理论如出一辙,两者都强调相遇的双方在观点不同时,每一方都具有占据主导地位、控制对方思想和意志的本能欲望,而征服者的观点便是真理。这显然是一种导致世界分裂与冲突的霸权思想和强盗逻辑。

《中间航道》揭示了隐藏在法尔肯强烈的扩张欲和控制欲背后的是他的自我膨胀欲,即对"成为其他人眼中令人着迷的对象的渴望"(MP 33),或者说一种被滥用的"乐队指挥家的本能"。小说中有个细节清楚地反映了这一点。他对卢瑟福德讲述自己啖食非洲男孩的经历后,一面静静地思索和踱步,一面偷偷地观察卢瑟福德对他有多少崇敬或厌恶,这令卢瑟福德想到:"对于一位美帝国的缔造者而言,即使我的厌恶也足以使他感觉非凡出众、独一无二。"(MP 34)由于法尔肯对自己的"乐队指挥家的本能"不加辨别和约束,自然也就催生了强烈的唯我独尊和极端自我主义意识。在与他人和世界相遇时,他总是将对方视为客体和他者,甚至完全抹杀他人的存在。他对卢瑟福德说的话便是明证:"我想,其他人

---

① 关于"意识冲突论",参见:Johnson, C. *Middle Passage*. New York: Penguin Books, 1990: 97-99.

对我而言从来都是不真实的,甚至你对我也是不真实的,只有我对自己是真实的。"(MP 95)

另外,从种族和国家层面上看,对"乐队指挥家的本能"的滥用促使法尔肯成为一个冷酷的种族主义者和殖民主义者。这不仅表现于他和黑人青年卢瑟福德在交往中总是固守白人至上观,以刻板化的黑人形象为标准先入为主地认识和评价卢瑟福德,更表现于他在国家法律已明文禁止的情况下仍偷偷从事奴隶贸易。延伸至国家层面上,法尔肯对卢瑟福德的歧视与拒斥折射出他对其他国家和公民的掠夺与殖民态度:他不但在奴隶贩卖的"中间航道"对非洲黑人实施种种暴虐行为,而且毫无顾忌地践踏其文化,甚至劫掠、贩卖其"神灵";他还借助旅游和探险之机抢劫了非洲霍顿督部落最神圣的宗教神殿,偷盗了东方一座偏远寺庙里仅有的一本经书……尽管如此,小说中的美国官方媒体却这样评价他:"一个爱国者,他燃烧的激情展现了推行'使全球皆美国化'的美利坚合众国的'天定命运'。"学者克里苏精辟地指出,法尔肯狂热地渴望到新地域旅行,其目的不是探索,而是征服;他学习语言的杰出能力不是为了交流,仍是为了征服。[1]在滥用的"乐队指挥家的本能"的驱使下,法尔肯将自己视为世界的主体,不择手段地对弱小民族进行殖民侵略和掠夺,但在小说中美国官方媒体却将他美化成令人仰慕的"爱国者",可见法尔肯的殖民掠夺行为在小说中代表的是美帝国的自我扩张行为。

作为"共和国号"的船长与舵手,法尔肯至死坚守由"乐队指挥家的本能"导致的二元对立和分裂观,即使到了生死关头仍不妥协,被船上发动暴动的非洲黑奴俘虏后宁可自杀也不愿和解,表达了他与世界彻底决裂的态度。与马克斯韦尔一样,他到处滥用"乐队指挥家的本能",因而将一切关系皆变为"我—它"关系,并最终将象征着美国的"共和国号"带向了灭亡。《中间航道》故事的寓意显而易见。该故事的悲惨结局促使我们进一步思考:应该如何正确运用"乐队指挥家的本能"呢?下文将对此做详细探讨。

---

[1] Crisu, C. "A Cultural Mongrel": Transatlantic Connections in Charles Johnson's *Middle Passage*. *Comparative American Studies*, 2008, 6(3): 271.

5.2.3　运用得当的"乐队指挥家的本能"：弥合分裂的途径

2010 年,约翰逊发表了一篇散文,题为《我的比你的大些吗?》("Is Mine Bigger Than Yours?")。[①] 此文思考了世人普遍存在的盲目攀比心理及其导致的焦虑、痛苦和伤害,并提出了解决问题的方法。尽管约翰逊在此文中未使用"乐队指挥家的本能"这个表达,但实际上他探讨的正是这个主题。

在《梦想家》中,约翰逊将"乐队指挥家的本能"与种族冲突和阶级矛盾直接联系起来,通过把滥用该本能与适当运用该本能进行对比,深入思考了解决由该本能带来的冲突和矛盾的途径。小说中的该姆与马丁·路德·金同为黑人,容貌极为相像,但命运却迥然相异。该姆生于社会底层,自幼便流落街头、孤独无助,长大后虽做出多方努力却仍逃不出穷困潦倒、四处漂泊的命运。而金则生于较为富足的中产阶级家庭,尽享双亲的关爱并受过良好教育,后来成长为一名深受黑人民众拥戴的牧师和领袖。相比之下,金显然是命运的宠儿。两人会面后双方都因彼此的相似与不似受到了极大的震动。面对该姆,金发现了一个令他难以置信的事实:原来黑人内部也存在着阶级差别!这使他对自己一直坚定不移的信念"人人平等"产生了动摇,并开始思考如何消除由命运不公引起的矛盾与冲突;而该姆看到自己与金的巨大差别后则加重了愤怒不平的心态,并对金产生了莫名的嫉妒。他渴望拥有金的才能,更渴望像金一样引人注目、受人爱戴、名垂青史。当他发现这些欲望无法得到满足时,便产生了绝望与暴力情绪。该姆的态度看似激进,却表达了人们内心深处潜伏的攀比心理——"乐队指挥家的本能"。

《梦想家》描写的人类冲突主要有三种:美国黑人和白人的冲突、黑人内部的阶级冲突,以及黑人民权运动内部不同意识形态的冲突。其中前两种都与滥用"乐队指挥家的本能"直接相关,因此我们的讨论将主要围绕前两种冲突展开。在《梦想家》中,作者首先多次描写了种族暴乱中黑人和白人之间恐怖的搏斗和杀戮场面;其次,作者也插入了马丁·路德·金两次遭黑人同胞刺杀的事件,一

---

①　Johnson, C. Is Mine Bigger Than Yours?. (2015-06-25)[2020-04-23]. http://www.lionsroar.com/is-mine-bigger-than-yours/.

次是一位黑人妇女行刺金[①],另一次是一个穷苦落魄的黑人老者枪击该姆(老人误将他当成了金)。实际上,这两种暴力冲突皆源于命运和社会不公激发了人们的攀比心理,或者说是激发了被滥用的"乐队指挥家的本能",两种冲突皆源于类似《圣经》中该隐对亚伯的那种嫉妒与仇恨。需要指出的是,根据故事叙述者毕肖普的考察,"该姆"(Chaym)就是"该隐"(Cain)的众多英文变体之一(DM 107),而"该姆"在小说中显然代表着处于社会底层的弱势群体。

具体说来,美国社会的种族压迫和歧视源自白人社会中人们感觉自己必须做第一、高于他人、控制他人的欲望;而两位穷苦黑人对金的刺杀事件则源于贫穷的底层阶级对富裕的中产阶级所怀的嫉妒与仇恨。因为被滥用的"乐队指挥家的本能"一旦发展到极致,便会产生二元对立的世界观,并最终在人们心里演变为一种狂暴邪恶的力量,使人们必须通过消灭他们的嫉妒对象才能恢复内心的平衡。

该姆的落魄状况引起了金对命运不公及其导致的世界分裂与冲突问题的深思。金深信,上帝和美国的建国之父们都主张社会公正与平等。《独立宣言》宣称"人人生而平等",无论是美国的宪法还是许多人笃信的《圣经》都为弱势群体要求社会公平和公正提供了依据。因此金认为,公平和公正问题必须得到解决,只有这样才能避免社会的分裂与冲突。尽管人与人之间存在着偶然的差异,他们却可以,也应该认同命运与共,否则,仇恨和流血便可能永无停息之日。

针对美国社会的种族分裂与冲突,金站在黑人大众的角度明确提出了解决问题的途径,这便是他颇具"完整视域"意识的"两条战线"思想,即前文提到的外部战线和内部战线。而金自己始终身先士卒地同时在"两条战线"上与黑人同胞一起作战。首先,他亲自领导黑人民运,在美国各地组织反抗种族隔离的请愿、游行、示威等抗议活动;其次,他不断反思并严厉批评美国黑人的诸多恶习,例如大声喧哗、酗酒贪杯、爱慕虚荣、不求进步等等,并指出,所有这些都可依靠黑人

[①] 这是有历史记载的真实事件:1958 年 9 月 20 日,金在哈莱姆给购买他的著作《奔向自由》的读者签名时遭遇一位贫穷黑人妇女的刺杀。参见:何言. 黑人之魂——马丁·路德·金. 北京:北京图书馆出版社,1997:52-53.

自身的努力来改善。① 当然,相比之下,金的时间和精力主要投在了第一条战线上,为了替黑人同胞争取应有的社会平等与公正,他竭尽全力,不畏艰险,直至献出自己年轻的生命。可以说,金用自己的生命在黑人民运中演绎了运用得当的"乐队指挥家的本能"。

在《梦想家》中,金的"替身"该姆则在"第二条战线"上展示了从滥用"乐队指挥家的本能"到学会正确运用这种本能,从坚持二元对立分裂观到接受相互联系的整体观,从习惯于以嫉妒和竞争的态度对待他人到自愿在奉献和仁爱中做第一等一系列的转变。在《梦想家》中,约翰逊用"行得好"(DM 157)来喻指这种在生活中运用得当的"乐队指挥家的本能"。

该姆一直羡妒金取得的巨大成就和令人瞩目的社会地位。但遇刺事件向他揭示出了事情的另一面:实际上,金的生活中不仅有夺目的光环,更有无私的付出和极端的危险;金面对的不仅有黑人同胞的仰慕,也有一些人的不解和怨恨。自此,该姆开始自我反思并渐渐学会了全面地看待和理解生活。养病期间一次偶然的机会,他参加了利特伍德牧师阐释该隐与亚伯故事的一场布道,这进一步促成了该姆的醒悟。利特伍德牧师对这个故事的重新阐释给了该姆巨大的启发,让他学会了从另外的视角看待问题。他似乎开始领悟:一个人只有通过"行得好"才能获得真正的自我拯救。这彻底消解了他的错误观念——黑人是该隐的后代,"是社会的弃儿"(DM 65),并促使他发生了蝶蛹之变。此后他不再渴慕世间的虚华,不再为自己的命运愤愤不平,也不再与他人盲目攀比,而是变得沉静好学、安于平凡,并学会了服务他人、无私奉献。这些变化通过他痊愈期的行为体现了出来:他不再刻意模仿金的穿戴打扮;自愿无偿地担负起照管当地教堂墓地、从事教堂杂活的工作,还主动担任起教堂主日班的教学任务。陈后亮评论道:"他似乎突然明白了生命的真谛不在于去和他人争夺虚无缥缈的名利,而在于认真过好每一个当下。"②

---

① Johnson, C. The Second Front: A Reflection on Milk Bottles, Male Elders, the Enemy Within, Bar Miltzvahs, and Martin Luther King Jr. In Johnson, C. & McCluskey, J. Jr. (eds.). *Black Men Speaking*. Bloomington: Indiana University Press, 1997: 186-187.

② 陈后亮. "你若行得好,岂不蒙悦纳?"——评约翰逊在《梦想家》中对黑人的伦理告诫. 外文研究,2015(2):71.

该隐与亚伯的故事在约翰逊的作品中反复出现,他们的关系既象征着兄弟之间或黑人内部不同阶级之间的矛盾,也隐喻了不同民族或种族之间的冲突,而约翰逊笔下的各类矛盾与冲突也大多是对该隐与亚伯故事的指涉和呈现,例如《梦想家》中该姆对金的嫉妒、黑人与白人的矛盾冲突,《中间航道》中卢瑟福德与杰克逊两兄弟的矛盾,以及《牧牛》中帕特里克和安德鲁之间的生死争宠,等等。值得注意的是,《梦想家》中利特伍德牧师有关"行得好"的阐释对于解决上述矛盾深具启发作用。

　　一方面,这一阐释可以帮助我们解释并解决黑人内部的阶级矛盾。黑人内部存在着显著的阶级矛盾。有些贫穷落魄的黑人像该姆一样内化了他们是该隐的后代这种说法,总认为自己是被拒绝的人,到处受人歧视,永难翻身,因而他们嫉妒甚至仇恨那些比自己状况好的人。而约翰逊认为,这是滥用"乐队指挥家的本能"导致的错误心理,这种心理让这些黑人像该姆一样个性遭到扭曲,对自己失去信心,将心智皆用于嫉妒和仇恨他人,因此在别人通过拼搏不断取得进步之时,他们仍止步不前甚至每况愈下。实际上,只要能够正确运用"乐队指挥家的本能",在道德和工作上都坚持"行得好",贫穷黑人就能逐渐改变自己的处境。《梦想家》塑造了一大批通过"行得好"而获得精神自由和美好生活的黑人,而该姆的转变则说明,每个人都有能力做到"行得好",因为正如小说结尾所言的,"即便是社会的遗弃者,或没有父亲的流浪儿,他至少有时也可以——偶尔也能——行得好"(DM 236)。

　　另一方面,这一阐释对于解决黑人和白人之间的矛盾也极具启示。有些黑人总认为自己是社会制度的牺牲品,由于他们的祖先做过奴隶,因而他们总是处于劣势,在社会领域无法与白人进行公平竞争。对此,约翰逊提出了一些对治方案。首先,黑人应在"两条战线"上同时作战,但尤其要加强"第二条战线"。这就要求黑人摒弃"牺牲品观念"这块绊脚石,树立自立自强意识,勤奋节俭,加强道德建设,从各方面提升自己的素养和能力,以增强自己的生存力与社会竞争力。其次,要放弃滥用的"乐队指挥家的本能",放弃造成世界分裂和冲突的种族优越感和控制欲,并防止以黑人种族主义代替白人种族主义以及在种族斗争中产生仇恨和使用暴力的危险倾向。同时,应认识到世界是一张相互联系之网,人类的命运是彼此关联、相互依存的,所以无论黑人还是白人,都应争取"在爱中做第

一、在道德高尚方面做第一、在宽宏大量方面做第一"①,这样才能化解矛盾,弥合分裂,重新建造一个和平健康、和谐友好的新世界。《梦想家》多次描写种族暴乱中黑人与白人之间恐怖打斗和杀戮的场面,如:"大街上一片混乱,气势汹汹的种族暴乱正在进行,火光与杀声交织成一道疯狂恐怖的风景线。"(DM 22-23)"好像暴乱、抢劫、疯狂、坍塌和混乱已经将空间和时间撕裂,摧毁了维度之间的一些微妙的平衡或障碍……为一些怪物的进入造好了大门。"(DM 32)可以想象,若任其发展,这些分裂与冲突迟早会毁掉人类世界。而马丁·路德·金发起民运正是为了让世人对此有所认识并及早纠正分裂行为。在这场运动中,无论是黑人民众的游行抗议,还是民运成员对非暴力主义的坚守,目的都是弥合世界的分裂。因此,金既反对坚守白人至上的白人种族主义者,也反对宣扬黑人至上的黑人民族主义者,而是极富洞见地指出,黑人与白人产生敌对与冲突的根源在于人们内心存在着"我必须做第一""我必须高人一等"的欲望,即对被滥用的"乐队指挥家的本能"不加控制。实际上,在前一部小说《中间航道》里,约翰逊就已暗示,如果人们不尽早放弃被滥用的"乐队指挥家的本能"并早日结束种族压迫与斗争,美国将会像"共和国号"贩奴船一样,最终走向船覆人亡的结局。

在《梦想家》中,约翰逊从该隐和亚伯的故事中看到了所谓的惩罚其实也是对被罚者的拯救。约翰逊通过该小说向读者表明:"乐队指挥家的本能"既有对人类不利的一面,也有有利的一面,应该用多重视角去看待并用好这种本能,反对、摒弃其不利因素,保留、鼓励其有利因素,使其为人类的和谐共生这个理想服务。这体现出约翰逊具有开阔、全面的思维和视野。

约翰逊希望黑人同胞都能具有这样的视野,能够看到自我拯救之路,并通过在生活中切实践行"行得好"这一原则来完善自我,从而赢得社会的信任,在为弥合美国社会不断扩大的种族分歧而斗争的同时,为自身争取较好的发展机会,逐步改善自身和所有黑人的生存境遇。因为他坚信,在合法的种族隔离已告结束的

---

① King, M. L. Jr. The Drum Major Instinct. (2015-08-25)[2020-04-23]. http://mlk-kpp01. stanford. edu/. index. php/kingpapers/article/pauls_letter_to_american_christians/.

今天,"黑人在美国所能希望获得的任何发展、任何进步,都只能来自黑人内部"①。

约翰逊通过不同的故事让我们看到,"乐队指挥家的本能"是人类的一种天性,如果盲目片面地听从这种本能的控制,必然会产生滥用它、给世界造成巨大危害的恶果;但如果能够从"完整视域"的视角出发,便可认识到这种本能的积极的一面,这样就能正确地运用它,使其对个人和社会发挥建设性的作用。由于这种本能起源于人类过分看重自我,并将自我与他人、自我与世界视为二元对立的关系,因此约翰逊认为,要解决该问题,就必须超越这种二元对立的思维模式,重建自我与世界。那么需要重建怎样的自我和世界呢?又如何重建呢?这些正是下一节将探讨的主题。

5.3 理想的人类存在方式

从"完整视域"的角度来看,世界是一个彼此依存、相互联系的存在,因此,人类若想获得恒久、美好的生存状态,就必须超越二元对立的思维模式,平息冲突,弥合分裂,致力于发展一种平等共荣、健康和谐的人类关系,建立一种公正、友爱的理想社会,一如马丁·路德·金所言的"我们的最终目的必须是创建一个'爱之共同体'"②。

"爱之共同体"是美国黑人民运领袖马丁·路德·金所设想的理想的人类生存状态。在"爱之共同体"内,人们因深悟世界的相互联系性而得以超越二元对立思维模式,并能真诚友爱地对待他人,无私忘我地奉献自己。因而,人与人、人与世界之间建立的是以价值理性为准绳的相互奉献、友爱互助的关系,而不是由工具理性所辖制的相互利用、控制奴役的关系。约翰逊认为,要做到这些,人们首先要能够摒弃文化上单一狭隘的自我,重建一个具有多维文化的"融合的自

---

① Johnson, C. The Second Front: A Reflection on Milk Bottles, Male Elders, the Enemy Within, Bar Miltzvahs, and Martin Luther King Jr. In Johnson, C. & McCluskey, J. Jr. (eds.). *Black Men Speaking*. Bloomington: Indiana University Press, 1997: 187.

② Johnson, C. The King We Need: Teachings for a Nation in Search of Itself. *Shambhala Sun*, 2005(3): 42-50.

我"（syncretistic self）。

建立一个"爱之共同体"既是金的终极目标，也是约翰逊所有小说主人公共同追求的目标——他的所有小说几乎都以主人公开始建造"爱之共同体"来结尾。

本节共分成两部分。第一部分为"重塑自我：'融合的自我'"，主要分析《费丝》和《牧牛》中的主人公从文化上单一的自我转变为"融合的自我"的过程，指出在约翰逊的小说中，只有"融合的自我"才能生存下来，因为他们能够合理借鉴不同的文化和思想，并由此超越二元对立思维模式，解放知觉，走向"完整视域"，最终为实现"爱之共同体"之梦奠定基础。第二部分为"重建世界：'爱之共同体'"，首先探讨了"重建世界"这一主题在约翰逊小说中的重要性，接着分析了约翰逊对暴力问题的思考，随后以《梦想家》《牧牛》《中间航道》和《重建世界》（"The Work of the World"，1998）为例分析了约翰逊作品中的主人公们为建造"爱之共同体"而付出的努力。最后指出，虽然约翰逊明白，要真正实现"爱之共同体"还为时过早，但他依然反复书写这一主题，这源于他的一个梦想：通过自己的文学创作来呼吁并促进社会变革。

5.3.1　重塑自我："融合的自我"

约翰逊曾说，在他的作品中最后生存下来的都是些能够转变的人，死去的大多是不能转变的人，对此，他所钟爱的另一表达是："在我的书中，名词死了，动词继续活着。"[①]约翰逊认为，自我是一种建构，如果真有一种叫作"身份"的东西，那么它会是一个过程，主要由变化和转变所决定，而不是由静止不动的品质所决定的。而且，人的一生有很多身份，身份往往由相互矛盾的东西组成。[②]约翰逊关于自我和身份的这些话主要描述了一个处于过程中的"融合的自我"，与他在《牧牛》的插入部分《第一人称的解放》中对奴隶叙事的主体（或叙事者的"自我"）

---

① Blue, M. An Interview with Charles Johnson. In McWilliams, J. (ed.). *Passing the Three Gates：Interviews with Charles Johnson*. Seattle：University of Washington Press，2004：137.

② Little, J. An Interview with Charles Johnson. In McWilliams, J. (ed.). *Passing the Three Gates：Interviews with Charles Johnson*. Seattle：University of Washington Press，2004：99.

的描述十分契合：叙事者的自我是一张"羊皮卷"，与许多事物互相交织，是许多事物的叠加，永远置身于他人和他物之中，从一切事物中汲取生命，并令其适时展现面貌（OT 152-153）。这个"羊皮卷"自我是一种融合的自我，约翰逊也常常称之为"跨文化影响的一个细胞组织"①。这个融合的自我永远处于变化和过程中，是动词而非名词，而且是自由的、解放的。拜尔德敏锐地指出，约翰逊的所有长篇小说的主人公——费丝、安德鲁、卢瑟福德和该姆——在某种意义上，都代表了一种对于美和危险的看法，代表了人类经验的复杂性，都是对纯粹性、本质主义、真实性和固定意义的一种反驳。②

　　在约翰逊看来，"融合的自我"是一种具有"完整视域"意识的自我，因而也是一种理想的自我。从其第一部正式出版的小说《费丝》开始，他便努力塑造这种"融合的自我"形象。约翰逊的主人公几乎都是真理和自由的追寻者，他们在精神追寻的旅程中都遇到了多位人生"老师"，每位"老师"都教给了他们一些东西，并改变了他们看待世界的方式，在综合筛选、吸取了不同"老师"的世界观之后，他们都从懵懂无知、遭受精神奴役之人成长为觉醒睿智、人格健全的青年。费丝也不例外。她奉母亲临终之命，去芝加哥寻找"好东西"。在离开家乡之前，她已接触到一些不同的影响。父亲托德以他对大自然和讲故事的热爱教给了她一种神话式的乐观浪漫的人生观；布朗牧师等人对基督教的狂热宣扬以及她内心对上帝的怀疑令她看到黑人牧师的愚昧与虚伪；林奇③医生对科学的机械式理解彻底否定了人生的意义与生命的价值。但那时费丝对现实存在的理解却超越了这类神学家、科学家等人的想象，她选择以爸爸的神话方式来理解生活。

　　在芝加哥，费丝接连邂逅了好几位新的人生"老师"，他们的哲学观和世界观常常既交叉又对立，每个人都以自己的方法努力向她提供对世界的解释，但由于每个人的方法都存在这样或那样的缺陷，有些人对世界的理解甚至完全与费丝欲追寻的"好东西"背道而驰，因此他们都只是她不充分的"老师"。

---

①　Johnson, C. *Being and Race： Black Writing since 1970*. Bloomington： Indiana University Press，1988：44.

②　Byrd, R. P. *Charles Johnson's Novels： Writing the American Palimpsest*. Bloomington：Indiana University Press，2005：3.

③　"林奇"的英文是Lynch，而lynch意思是"私刑"。此命名折射了约翰逊对于像林奇一样把科学当教条的医生的尖锐讽刺。

费丝在芝加哥遇到的第一个新"老师"是无业青年提皮斯。提皮斯持守一种彻底的主—客对立世界观,认为"好东西"是某种具体的实物,并毫不掩饰地向费丝兜售他的"客体化"理论:

> 这就是世界的真实面貌——主体—客体对抗。把一个东西客体化,使它仅仅成为一个客体,以便能够抓住它、操控它、统治它……所以去找一个客体……为自己找一个可接受的目标——舒适的生活,这是个好目标…… (FG 58)

"客体化"理论使得提皮斯将人类的关系看作一种彻底的"我—它"关系,他后来对费丝的诱奸便是对这一理论的彻底践行。此外,提皮斯还坚持历史—环境决定论,认为人类逃避不了自己的历史,一个人过去的每一行为和思想都决定着他的现状。或许因为提皮斯是费丝进城之后接触到的第一位"老师",他的这些思想对她后来的行为产生了显著影响,这不仅反映在他的历史—环境决定论触发了费丝心底的创伤感和牺牲品观念,令她不敢坚定地为超越过去经历的束缚而努力,更反映在她后来对马克斯韦尔采取的欺骗和利用态度上。

费丝遇到的第二个新"老师"是哲学教授巴莱特。与费丝一样,巴莱特也在执着地追寻"好东西"。但他把"好东西"想象成超验、永恒、不变的真理,并因此拒绝接受真实的日常世界。本来"好东西"就在他面前——他的孩子、妻子、学生、工作和生活,可他却对这一切全然视而不见。这种盲目追寻使他将知识与生命、生活相剥离,给他自己和周围人都带来了莫大的伤害,因而他最终的结局只能是妻离子散,并丢了工作,成了一具"道德残骸"(FG 93)。斯道豪夫指出,巴莱特的追寻出现了一个悖论式的结果:他越是让自己与经验世界分开,他与"好东西"的距离也就越大。他之所以会成为"道德残骸",是因为他的思考不能超越两个世界:被他蔑视的经验世界以及让他付出一切并赋予绝对意义的理想世界。[1]尽管费丝未能看清巴莱特在追寻中陷入了怎样的误区,但他的结局给了她一定的启发,使她避开了他的道路。不过遗憾的是,这时费丝为自己过度贫穷

---

[1] Storhoff, G. *Understanding Charles Johnson*. Columbia: University of South Carolina Press, 2004: 35.

的现实所困,对"好东西"的认识仅仅流于表面,因此她开始相信"好东西"是某样具体的东西,比如舒适的生活、漂亮的大衣等。

费丝对"好东西"的错误理解将她引向了下一个人生"老师"——马克斯韦尔。此人代表了与巴莱特完全相反的价值观,是个庸俗不堪的拜金主义者。费丝虽然对他鄙夷不屑,但鉴于他有固定、可观的收入,因此,依照提皮斯的教导——"舒适的生活,这是个好目标",费丝认为,马克斯韦尔算得上一个"好东西"。由于马克斯韦尔极端推崇"意志之力",并将费丝视为"意志竞争"的对象,因此在他和提皮斯的双重影响下,费丝发生了显著的变化,从一个梦想家和理想主义者变成了一个冷酷的实用主义者。为了在"意志竞争"中取胜,她在马克斯韦尔身上充分运用了林奇医生的"张力与释放"(FG 39)理论和提皮斯的"客体化"理论。结果出乎意料的是,在她将马克斯韦尔客体化的同时,自己也遭到了彻底的客体化;在她伤害马克斯韦尔的时候,自己也遭到了巨大的伤害。拜尔德指出,这次婚姻是费丝的自我背叛,是她对自己的追求和理想的背叛。[①] 其实,这次婚姻也是对林奇、提皮斯和马克斯韦尔等人的世界观正确与否的一次检验。事实证明,当费丝把他们的理论用于生活时,她不但没有得到自己渴望的"好东西",反而由于与他人的相互利用和竞争而引起了双方激烈的矛盾与冲突,结果是,她不但离"好东西"越来越远,而且迷失了自我。

费丝的另一个人生"老师"是她痴情迷恋的前男友霍姆斯。此人与费丝的父亲托德有很多相似之处:两人都擅长讲故事和撒谎,都十分珍视当下的快乐,并倾向于以乐观的精神超越现实的限制。由于霍姆斯在监狱里学会并爱上了绘画,出狱后他走上了艺术之路。绘画艺术使他发现了生活的意义,摆脱了身心的束缚,达到了一种暂时的精神解放。霍姆斯的转变给了费丝莫大的启发,不但让她看到了超越不利环境限制的可能性,而且重新唤起了她的精神追求和对"好东西"的向往。另外,霍姆斯对"好东西"的理解也比较接近其原意,他认为日常生活中的每件事物都是好东西。但极为讽刺的是,当他得知费丝怀孕时却吓得惊慌失措,并想方设法抛弃了她。这说明他只是一个逃避责任、自私自利的艺术家,与巴莱特一样,并未真正领悟"好东西"的实质。

---

① Byrd, R. P. *Charles Johnson's Novels*: *Writing the American Palimpsest*. Bloomington: Indiana University Press, 2005: 46.

在费丝邂逅的所有人生"老师"中,最终对她的醒悟和成长产生决定性影响并帮助她彻底重塑自我的是"沼泽女"。霍姆斯曾对费丝说,他最崇拜的艺术家便是沼泽女,因为她的创作不需要颜料或石头等,只用思想就够了(FG 159)。那么,沼泽女拥有的是一种怎样的"思想"? 它为何如此神奇? 从她和费丝的对话中可以看出,沼泽女拥有的是一种具有"完整视域"的思想,它源自世界上多种文化和思想的融合,包含过程哲学、佛学、道家思想、非洲巫术和神话等等,因此可以说,沼泽女就是一个"融合的自我"形象、一个真正获得了身心自由的觉悟者。这在小说的结尾部分展示得十分清楚。当费丝再次向沼泽女追问什么是"好东西"时,沼泽女强调说:"好东西"是个"完整的东西",需要从"这里采一点,那里采一点"。(FG 187-188)它以无数种方式、在无数的道路上显现,因而我们需要做的就是去尝试不同的道路,体验不同的事物。她还要求费丝与宇宙自然保持和谐一致,并告诉费丝,得到"好东西"的最好方法是"变魔法"(FG 191)。沼泽女的多种文化思想和"完整视域"意识在此显而易见。在她的悉心引导下,费丝最终走向了醒悟,选择了魔法师的道路,并拥有了"变魔法"的能力。

需要注意的是,在费丝实现醒悟与转变的过程中,"变魔法"是个关键词。对于约翰逊的"变魔法",斯道豪夫认为,它指拒绝死守确定性信念,并抵制二元对立思维的诱惑,因为这种思维会造成世界的分裂。沼泽女用"变魔法"向费丝宣布了冲突的结束和自由的开始。① 利托则认为,"变魔法"的能力就是"好东西",因为它是创造的能力、讲故事的能力,以及进入新世界和新生命的能力。与死气沉沉的科学分析的理性方法及经验主义不同,"变魔法"或"创造"呼吁被二元对立经验主义省略的东西——爱。② 笔者认为,约翰逊的"变魔法"不仅指在现实生活中打破二元对立世界观、超越环境、保持思维开放和灵活转变的能力,也指在艺术创作上冲破僵化、定型的传统模式,敢于突破创新的能力。作为"融合的自我",费丝没有被锁进任何一个身份,她认识到自己可以尝试很多不同的身份,并从不同视角获得综合智慧。这使她最终能够冲破种族、经济和性别压迫的背

---

① Storhoff, G. *Understanding Charles Johnson*. Columbia: University of South Carolina Press, 2004: 48.

② Little, J. *The Spiritual Imagination of Charles Johnson*. Columbia: University of Missouri Press, 1997: 75.

景,自由地创造意义和价值,从一个受迫害的自然主义者逐渐转变成强有力的魔术师和恶作剧精灵,通过这一转变,她实践了自己的美学,完成了精神解放。[1]

由以上分析可见,费丝在接触了一系列的不同思想并对其进行有选择的吸纳借鉴或筛选扬弃之后,又接受了沼泽女的东西方混合文化思想,这帮助她拓宽了视野,解放了知觉,最终变成了一个能够走向"完整视域"和身心自由的"融合的自我"。

《牧牛》的主人公黑人青年安德鲁在获得醒悟之前也变成了一个"融合的自我"。与费丝一样,安德鲁在成长的过程中也接受了许多不同的影响。

第一个给予安德鲁较大影响的人是他的家教老师艾泽凯尔。艾泽凯尔是个十分博学之人,精通东西方哲学和宗教文化。安德鲁跟他学习了 10 年,自然从他那里接受了很多混合文化思想,包括超验主义的自立思想。第二个影响了安德鲁的人是他的父亲乔治。乔治从一个普通黑奴变成了一个激进、悲愤的黑人民族主义者的过程引起了安德鲁的深思。安德鲁从中认识到,由于死守"黑人牺牲品观念",父亲毁掉了自己的生活,于是他决定拒绝接受父亲看待世界的方式。另一个给了安德鲁重要影响的人是马克思。在"跛子门"种植园做客期间,马克思对艾泽凯尔自我孤立、与世隔绝的生活方式的批评,对平凡生活之价值的珍视,尤其是对"爱"的重要性的强调,为安德鲁后来选择成为"一家之主"奠定了心理基础。从弗洛及其"情人"们身上,安德鲁看到了享乐主义带来的可怕后果,并决心远离弗洛式的感官享乐;与兽医进行的关于种族问题的两次讨论则使他看清了黑人的真实生存状况——"黑人世界过去是、一直是,可能永远都是一个屠宰场"(OT 70),并使他萌生了跨越种族界限寻找新生活的念头。

但对安德鲁产生关键性影响的人物主要还是睿伯和班农。睿伯是"利维坦"庄园里专门负责制作棺木的匠奴。安德鲁与他关系亲近融洽,并常常与他为伴。睿伯来自非洲的阿姆色利部落,该部落最突出的价值观是"存在的一体性",其核心内容便是爱与责任。阿姆色利人高度重视存在的整体性以及仁爱、节制、和谐、无欲、无我等品质,它们也是佛教、印度教、基督教和中国道家思想共同倡导的价值观。睿伯身上清晰地体现了阿姆色利人的融合文化特征。首先,睿伯具

---

[1] Little, J. *The Spiritual Imagination of Charles Johnson*. Columbia: University of Missouri Press, 1997: 55.

有强烈的责任意识:"他不期望回报,没有娱乐,责任就是一切……这便是他的道路。"①其次,睿伯展示了一个已获觉悟的佛家弟子形象:不吃荤,不近女色,走路的时候似乎也在修持调息法,并能像得道的高僧一样面对死亡毫不惊惧。再次,睿伯也体现了老子笔下的"居家道士"②形象,他的言行中包含了很多中国道家哲学思想元素。小说中"睿伯制棺"的故事显然是对《庄子·达生篇》中"梓庆为镶"故事的模仿,生动地体现了庄子的"心斋"思想。另外,睿伯还具有鲜明的过程哲学思想:他为安德鲁刻制的雕像折射出一个始终处于流变之中而非静止不变的安德鲁。简言之,睿伯超越了自我、环境和二元对立观,将东西方不同民族和种族的文化思想融于一身,是一个既具生存能力也具精神自由的"融合的自我"。

安德鲁很佩服和赞赏睿伯的生活方式,与他做伴的过程中也接受了他不少的影响,但安德鲁最终还是决定不跟随睿伯的道路。因为在他看来,睿伯选择的是一条没有快乐、不怀希望的道路——睿伯总是"做该做的事,对一切不抱希望"(OT 77),而且"肯定是个永不回归者"(OT 147),因此可以说,他的醒悟还不彻底。另外,日本佛教学者、著名禅师铃木大拙反复强调,醒悟不只是一种消极的停止状态,更是一种新感觉的彻底更新和积极觉醒。"要想自由,"铃木大拙解释道,"生活就必须是绝对肯定的。"③安德鲁想走的正是这种绝对"肯定生活"的道路,他渴望做个普通的"一家之主"(OT 147),而不是一个"永不回归者"。

尽管安德鲁从不同的人生"老师"那里学到了不同的人生经验,但真正令他成为一个"融合的自我"并走向醒悟的人却是黑奴追捕者班农。《牧牛》的最后一章"醒悟"主要讲述了班农追捕睿伯无果,返回后与安德鲁进行的最后一次会面,以及安德鲁的最终醒悟。面对"死神"班农的突然降临,安德鲁瞬间迎来了醒悟,这种醒悟是从他获得了知觉的解放,发现了大自然的丰富与美好开始的:

---

① Little, J. *The Spiritual Imagination of Charles Johnson*. Columbia: University of Missouri Press, 1997: 76-77.

② Nash, W. R. A Conversation with Charles Johnson. In McWilliams, J. (ed.). *Passing the Three Gates: Interviews with Charles Johnson*. Seattle: University of Washington Press, 2004: 227.

③ Suzuki, D. T. *Essays in Zen Buddhism*. New York: Grove, 1961: 68.

黑奴追捕者坐在我身旁,谈论着那些可怕的杀人技巧。他的出现驱散了我所有的错误想法,把我的知觉剥离得像鲸骨一样干净,使它摆脱了那些常常影响我视野的个人的、自私的兴趣。我听到雨鸦正在前方的树上鸣叫——也许我就是这个声音,另一声听起来像是燕子,或是一只鹪鹩,它的叫声自由地打断了雨鸦的鸣唱;我看见树下有一些开着蓝花的植物,它们不为人知,正在静待被人发现;接着我看到了那棵长着两个树干的大树,它做梦都想再次变成人,沿着那条链子向上爬——经过一个又一个形态——直至到达值得付出最大牺牲的物种——人类。(OT 172)

　　安德鲁发现了世界和生活的丰富与美好,看到了世界的相互联系性,由此实现了与世界万物的融合,并后悔自己以前于不觉中辜负了这一切。更重要的是,正如陈后亮所言,他终于认识到自己的痛苦不是来自肉体的奴役,而是来自一种精神奴役,来自他从父亲乔治那里继承来的遗产:以"分别心"看待世界。① 这种"分别心"会让人陷入男女、黑白等二元对立的思维模式,并引起世界的分裂与冲突,因此安德鲁说:"奴役是一种看待世界的方式。"(OT 172)父亲乔治坚持以二元对立的方式看待世界,一直生活在愤怒与悲苦中,安德鲁后悔自己也被这种"分别心"遮蔽了双眼,对世界的丰富性视而不见,深陷精神奴役不得解脱。

　　安德鲁的真正醒悟发生于班农向他展示自己胸口和前臂上的文身之时。在此,约翰逊再次借助他在《费丝》中运用过的魔幻现实主义手法,让安德鲁从班农的文身中看到一幅由无数亡魂互相混杂、互相交织的"身体马赛克"(OT 175),其中包括他父亲乔治的亡魂。更加神奇的是,安德鲁还在班农身上看到了自己的面孔,并由此理解了"一与许多的奥秘"以及自己与父亲的精神联系。此时安德鲁已能超越时空进入"无相"境界,看到了他人在自己身上的存在以及所有生命"互即互入"、和谐共生的美好图景。由此他终于克服了看待事物的"分别心",不再将自己与世界和他人割裂开来,并战胜了对死亡的恐惧,获得了喜悦、解脱和真正的自由。显然,与费丝一样,安德鲁最终也变成了一个精神上的"融合的自我"。对此,安德鲁的妻子佩吉已早有洞见:这将安德鲁的身份不仅与存在联

---

① 　陈后亮. 佛教视野中的美国种族问题——论《牧牛传说》中的佛教思想. 外语与翻译, 2015(4):61.

系了起来,而且也与过去和未来、他失去的文化遗产以及他的祖先联系了起来。他的道路是"一家之主"的道路,他成了无数相互联系的家庭、社区和种族中的一员。这使他能够在美国建立一个非裔美国人的家园,从东西方文化中采撷养育生命的露珠。①

斯道豪夫指出,约翰逊的作品让不同传统打破各种界限进行相互交流,他的主要目标是创造一种"融合的自我"。② 其实,约翰逊的主人公不仅是不同思想的融合物,而且是东西方各种"文化的混合物"(MP 187)。他们在追寻之旅中邂逅的每位"老师"都唤醒了他们某些方面的自我意识,包括种族的自我、智力的自我、感觉的自我和精神的自我,③对不同文化和观点的合理借鉴解放了他们的知觉,使他们变成了"融合的自我",并最终走向了"完整视域"和"爱之共同体"。细读之下会发现,在约翰逊的后期小说中出现了更多"融合的自我"形象,如《中间航道》中的杰克逊及转变后的卢瑟福德、斯奎波和克林格,以及《梦想家》中的马丁·路德·金及转变后的该姆和毕肖普等人。可见,正如纳什所言,约翰逊始终没有放弃这样一个原则,即每个人都必须自己努力,学会克服对种族身份和个人身份的狭隘理解,并拒绝那些被狭隘定义的知觉模式,以达到"完整视域"。显然在约翰逊看来,一个人如果没有这种看待世界的自由方式,就无法实现"爱之共同体"这种理想的人类存在方式。④

5.3.2 重建世界:"爱之共同体"

"重建世界"是约翰逊小说的一个永恒主题,也是他笔下那些"融合的自我"的共同目标。约翰逊之所以反复书写这一主题,是因为在他看来,二元论思想已经扎根于西方人的灵魂,使他们形成了一种二元对立思维模式。这种思维模式

① Page, P. *Reclaiming Community in Contemporary African American Fiction*. Jackson:University Press of Mississippi, 1999:126-127.

② Storhoff, G. *Understanding Charles Johnson*. Columbia:University of South Carolina Press, 2004:14-15.

③ Byrd, R. P. *Charles Johnson's Novels*:*Writing the American Palimpsest*. Bloomington:Indiana University Press, 2005:69.

④ Nash, W. R. Charles Johnson. In Parini, J. (ed.). *American Writers*:*A Collection of Literary Biographies*, *Supplement 6*. New York:Charles Scribner's Sons, 2001:80.

给世界带来了严重的分裂与冲突,既造成了夫妻纷争、兄弟交恶,甚至自我物化等怪异现象,又导致了种族对立、阶级斗争和殖民统治,严重威胁着个人、家庭甚至整个人类社会的生存与发展。在《梦想家》中,约翰逊曾借助马丁·路德·金的思考直接指出了这种分裂可能带来的严重后果:

> 他能想到的所有社会邪恶以及所有"本体的恐惧"……都来自铭刻在事物中心的那个神秘的二分法:自我和他人,我和你,内和外,观察者和被观察者。这种分裂如果不被治愈,将会吞噬整个世界。(DM 18)

这里的"二分法"即指二元对立思维模式,它之所以会造成无数的社会邪恶和"本体的恐惧",是因为"它忽视或掩盖二分双方的互动和勾连,将二分的双方对立化了"①。约翰逊在其小说世界中不断揭示由这种二分法引起的人类分裂与冲突。《费丝》中的提皮斯以"客体化"理论指导自己的行动,将所有人都视为自己的欲望客体;马克斯韦尔则将"意志竞争"作为人生信条,把所有人都看作自己的竞争对手和征服对象。《牧牛》中的乔治坚持黑人民族主义,与白人世界势不两立、拼杀到底;女奴隶主弗洛则固守极端自我主义,将自己最中意的"情人"也视为奴仆。《中间航道》中的法尔肯则把"意识冲突论"当作永恒的真理,由此将整个世界都变成了血腥的战场。这些故事人物所持的人生信条看似不同,但实际上皆为约翰逊所说的"那个神秘的二分法"的不同变体。它们最终不但给他人造成了灾难,也使这种思想的追随者沦为自己信念的牺牲品。

在约翰逊看来,这个世界——小到每个家庭,大至每个社会乃至整个人类,都在遭受着由二元对立思维模式造成的分裂和冲突的摧残。因此,世界亟待重建。那么,应该重建一个什么样的世界?依约翰逊之见,应该重建一个马丁·路德·金所憧憬的"爱之共同体"。怎样重建?通过恢复人与人、人与世界之间相互联系、"互即互入"的关系,克服二元对立思维模式及其引起的分裂观,摒弃牺牲品观念和被滥用的"乐队指挥家的本能",最终转变看待世界的方式。落实到行动上,则每个人都要能以相互联系的眼光看待世界,主动担当起家庭和社会责任,自强自立,友爱互助,服务他人,无私奉献。

---

① 张其学. 从二分思维到间性思维:构建平衡的文化生态. 岭南学刊,2010(5):97.

"爱之共同体"是马丁·路德·金和约翰逊共同憧憬的理想的生存状态。约翰逊在其散文《被我们忘之脑后的马丁·路德·金》("The King We Left Behind", 1999)中直接说明了急需建立"爱之共同体"的原因：黑人在公共场所的一些不文明行为与不断升级的粗俗文化，以及城市中心黑人贫困程度不断恶化的现象引起了媒体对黑人群体的不断轰炸，而且公共生活中每一种新仇恨都在转变成常态。因此，这时"没有什么目标会比金的'爱之共同体'这个鼓舞人心的信念更具现实紧迫性了"①。这里，约翰逊指出了现实生活中的四个严重现象，因此若想弥合美国社会的种族分裂，只能听从金的劝告，努力将美国建造成一个"爱之共同体"。

　　约翰逊的"重建世界"思想主要源自马丁·路德·金的"爱之共同体"理想。"爱之共同体"的理想与金的"三原则"——非暴力、兄弟情谊和种族融合紧密相关。所以，要实现"爱之共同体"，就必须首先坚持金的"三原则"。约翰逊继承了金的思想，认为不论是白人还是黑人，东方人还是西方人，所有人之间都应保持亲密的兄弟关系，人类应该消除暴力，齐心协力地将自己的共同栖息之地建造成一个"爱之共同体"。在一次采访中，约翰逊声称：

　　　　金吸引我的也是在五六十年代吸引了一代美国人的东西，即金的伟大人性，他的"兄弟情谊"观，他对种族融合的深刻理解，以及所有事物之间存在的内部联系，还有，他为实现"爱之共同体"做出的巨大个人牺牲。②

　　在另一篇文章里他想象，如果金依然在世，定会"温和而断然地提醒我们，兄弟情谊是我们的目标，爱是我们的方法，慷慨与宽恕是我们的原则，和平是我们

---

①　Johnson, C. The King We Left Behind. In Byrd, R. P. (ed.). *I Call Myself an Artist：Writings by and about Charles Johnson*. Bloomington：Indiana University Press，1999：194.

②　Ghosh, N. K. From Narrow Complaint to Broader Celebration：A Conversation with Charles Johnson. *MELUS*，2004，29(3)：377.

的生活方式"①。

需要注意的是,在约翰逊的小说中,暴力问题是个突出现象,也是美国社会引起约翰逊反复思考的一个问题。因为暴力行为若不消除,则"兄弟情谊"将无从谈起,"爱之共同体"更无望建立,这或许正是"非暴力"在金的"三原则"中居于首位的原因。而且,暴力往往具有巨大的毁灭性,但暴力在黑人生活中却是司空见惯的现象。朱小琳指出:"美国社会暴力构成的最主要形式之一就是种族冲突,而历史上曾深受制度之痛、人身权利之痛的非裔美国人一直处于种族冲突的中心,是美国暴力事件的主要承受者和发动人。"②由此,如何消除暴力便成了一个关键性问题。

在《中间航道》和《梦想家》中,约翰逊反复展示了暴力给人类带来的灾难,并着重思考了如何解决种族斗争中出现的暴力问题。《中间航道》中的阿姆色利部落在暴乱中获胜后并未感受到胜利的喜悦,相反,他们因这场暴乱给双方造成的巨大伤亡而痛苦不堪,并由此开始思考:"如何做到在赢得胜利的同时不打败别人?"(MP 140)小说结尾,"共和国号"贩奴船沉入海底,几乎所有暴乱参与者都葬身大海,只有超越了二元对立思维并能以博爱精神对待所有人的卢瑟福德和斯奎波连同三个无辜的非洲孤儿幸免于难。可以说,这样的结尾是约翰逊对固守种族制度的美国社会发出的一个预警:分裂思维和种族制度只能给美国带来灾难和灭亡;在种族斗争中,以暴抗暴的抗争之路根本走不通;只有消除暴力、坚守爱的原则才能带来希望和出路。在《梦想家》中,暴力问题再次被提出并置于讨论的中心。该小说不但多次展现了种族冲突中的暴力场面之血腥恐怖,而且一再提出如下问题:"怎样才能做到在结束邪恶的时候不制造错误或邪恶?"(DM 114,224)

约翰逊试图借助马丁·路德·金的非暴力思想来进一步寻求诊治暴力问题的良方。在《非暴力与蒙哥马利市抵制公共汽车运动》("Non Violence and the Boycott of Buses in Montgomery",1955)一文中,金系统论述了他的非暴力思

---

①　Johnson, C. The King We Left Behind. In Bryd, R. P. (ed.). *I Call Myself an Artist: Writings by and about Charles Johnson*. Bloomington: Indiana University Press, 1999: 194.

②　朱小琳. 托妮·莫里森小说中的暴力世界. 外国文学评论, 2009(2):169.

想,从中可见其最终目标是创立一个博爱、理想的社会——"爱之共同体"。[①] 但具有悖论的是,尽管金发起民运的目的是消除隔离和暴力,实现人类的和谐共生,且他一生都在竭力倡导和践行非暴力斗争,然而现实却是,他不但无法彻底消除暴力,有时甚至还不得不引发暴力行为。金刚来到芝加哥时便意识到,在这个种族压迫和隔离极为严重的城市里,他将要发起的民运会引起新的分裂与冲突,因为即便运用非暴力斗争的形式,只要试图解决美国社会的种族压迫和歧视,呼吁种族融合,就必然会触动白人社会的利益,也必然要将种族问题公开化,这将不可避免地遇到巨大的阻挠并引起新的社会混乱与冲突。而且,为了使斗争取得预期效果,金在非暴力行动中使用的"人为的紧张局势"[②]斗争方法也不可避免地给人们,尤其是黑人,造成了一定程度的伤害。另外,金被谋杀后,美国有100多座城市同时发生了种族暴乱,黑人用冲天的火光和血腥的杀戮来表达心中的愤怒,这种大规模的暴力事件是金一生极力反对的。《梦想家》中一次次发生的种族冲突既是对共同体精神缺失的描写,也暗示了人们对共同体的渴望和呼唤。

同时,这一切似乎都向我们表明,如果非暴力斗争方法不能被斗争双方同时采用,那么它最多也只能在某种程度上减少错误,减轻罪恶和伤害,却无法彻底消除它们。显然,要实现"爱之共同体",只依靠非暴力原则显然还远远不够,还必须同时培养各种族之间的兄弟情谊并实现种族融合。金希望世人像兄弟一样生活在一起,并尊重彼此的尊严与价值。[③] 金在许多演讲中都公开传递了他对种族平等、融合和自由的期盼,以及在美国建立一个各种族和谐共处、自由生活的"爱之共同体"的梦想。在"我有一个梦想"演讲中,他提出:首先,黑人要求美国社会实现宪法中的立国信条,给予他们应有的平等与自由权利;同时,黑人要求彻底废除隔离制度,实现种族融合。"我有一个梦想,从前奴隶的后嗣和奴隶

---

① 金.非暴力与蒙哥马利市抵制公共汽车运动//格兰特.美国黑人斗争史——1619年至今的历史、文献与分析.郭瀛,伍江,杨德,等译.北京:中国社会科学出版社,1987:308-309.

② "人为的紧张局势"指黑人运用静坐、游行等"非暴力直接行动"引起当局对他们呼声的关注,最终促成双方的谈判.

③ King, M. L. Jr. The Drum Major Instinct. (2015-08-25)[2020-04-23]. http://mlk-kpp01. stanford. edu/. index. php/kingpapers/article/pauls _ letter _ to _ american _ christians/.

主的后嗣,有一天,可以在佐治亚州红色的山峦上,平起平坐,兄弟相称……"①
在另一个演说"美国梦"("The American Dream")中,金指出:"美国一直具有某
种分裂人格,悲剧性地与自我产生分离。"②种族隔离是罪恶的,因为它给被隔离
者打上烙印,将其视为等级制度中的贱民。金反复强调的是,所有人的生活都是
相互交织的,所有人都被网进了一张不可避免的相互联系之网,直接影响某个人
的事情,也会间接地影响所有人。因此他渴望,有一天,所有美国人"会组成一个
美国人的大家庭"③。

　　约翰逊清楚地认识到,"重建世界"是个艰难曲折、循序渐进的过程,但是人
类若要健康长久地生存下去,就必须开展这项工作。为了探索重建世界的途径,
他创作了众多的故事。短篇小说《中国》《魔法师的学徒》和《武馆》都展示了如何
重建人与人之间相互理解与关爱的能力。在一些故事的结尾,夫与妻、父与子、
师与生都由最初的相互误解与疏远走向了彼此理解与相爱;《费丝》的主人公费
丝经历了种种人生磨难,终于学会了用"变魔术"的方法进行创造,由此进入了一
个崭新的世界,开始新的生活,并学会了帮助他人重建生活;在《牧牛》的结尾,班
农放弃了追捕和杀害黑人的工作,与痴等他多年的情人建立了家庭,过上了温馨
的家庭生活,安德鲁则回到家里,与妻女一起继续"重建世界"(OT 176)。他们
是如何"重建世界"的? 小说至此戛然而止,未做具体交代。但据前文对安德鲁
所思所为的描写完全可以推知,他不但会在家庭中,而且会在社区教育和其他公
共事务中做出无私的奉献。

　　在《梦想家》中,约翰逊重点强调了这种无私奉献的美德,并将其总结为"行
得好"。纳什指出,在《梦想家》中约翰逊强调行动,强调"行得好",并将其视为对
金的"爱之共同体"所做的贡献。在此意义上,一个人只是用一种新的方法来看

①　金,霍玉莲. 我有一个梦想. 王婷,戴登云,译. 北京:中央编译出版社,2001:100.
②　King,M. L. Jr. The Drum Major Instinct. (2015-08-25)[2020-04-23]. http://mlk-kpp01. stanford. edu/. index. php/kingpapers/article/pauls _ letter _ to _ american _ christians/.
③　King,C. S. (ed.). *The Martin Luther King Jr. Companion*. New York:St. Martin's Press,1993:94.

待世界便不够了,他还必须表现得与过去不同。① 约翰逊笔下的很多人物,都通过"行得好"为建造"爱之共同体"做出了贡献,比如该姆和毕肖普。该姆在遇刺后醒悟了,对生活不再抱怨,懂得了无私奉献的价值。伯特利教区本来就是一个居民勤劳友善、民风敦厚淳朴之地,该姆以恬淡友爱的心态和只求奉献、不问索取的态度加入那里的人们的生活后,很快便找回了内心的平静和人生的意义,并由此成长为这个"爱之共同体"的建造者。同样重要的是,该姆的转变对主人公毕肖普产生了潜移默化的影响。在他的感染下,毕肖普也学会了恬淡平静、踏实自信地生活。他找到了自己的生活道路,重返大学校园继续学习,并克服了对恋爱和婚姻的畏惧,以真诚赢得了艾米的爱情。在校读书期间,他还主动利用课余时间定期去做义工。可以想象,在未来的生活中,由于能够坚持"行得好",毕肖普一定会有很多收获,他与人们的关系也一定会十分和谐融洽。

实际上,在《中间航道》中约翰逊就已经重点突出了这一主题。在这部小说中,他使用了"最好的伙伴"(MP 174)这个短语来形容这种为他人无私奉献的人。虽然在小说中"最好的伙伴"只是被用来描述克林格和阿姆色利人,但实际上,约翰逊塑造了很多"最好的伙伴"形象。这些"最好的伙伴"能够超越二元对立思维、超越自我,在困境中挺身而出,甘愿牺牲自我、奉献他人,用自己的实际行动为创建"爱之共同体"做出努力。

卢瑟福德的哥哥杰克逊终生都在为创建和谐友爱的生存环境而努力,可以说,他与周围人结成的关系完美地诠释了金和约翰逊的"爱之共同体"理想。均分遗产一幕清晰地体现了杰克逊对他人所怀的"兄弟情谊"。尽管他和弟弟一生贫穷,很需要主人遗赠的这份财产,但他不是只为自己着想,而是考虑到了所有穷人的需求。他的做法折射出马丁·路德·金的观点:所有生命都是相互联系的,我们被裹进了同一件命运之衣。② 此即建造"爱之共同体"的基础。正因为杰克逊具有高度的责任感、自我牺牲和慈爱精神,所以即使处于奴隶制下,他仍然赢得了自尊自立和精神自由。

---

① Nash,W. R. Charles Johnson. In Parini, J. (ed.). *American Writers:A Collection of Literary Biographies*,*Supplement 6*. New York:Charles Scribner's Sons,2001:78.

② King,C. S. (ed.). *The Martin Luther King Jr. Companion*. New York:St. Martin's Press,1993:94.

来自非洲的阿姆色利人不但能以整体的生存观来超越自我和二元对立世界观,而且具有融合的文化思想和高度的精神文明。实际上,他们的文化习俗与马丁·路德·金所提倡的"三原则"非常契合。在他们特有的精神之力的感召下,卢瑟福德、斯奎波、克林格等人都发生了显著的变化。大厨斯奎波从前是个十足的酒鬼,除了饮酒,唯一能吸引他的事就是不断地追逐女人,但在暴乱后,斯奎波却默默地承担起大量繁重的工作:

> 他不仅要当厨师,要担任我们的外科医生,需要舵手时,他还必须从烂醉如泥的记忆中搜寻航海知识……如果需要他把下层的船板擦洗两遍或在舱口上钉上扣板,他便默默地去做。他已超然于喜恶之上,而专注于所做杂务的最小细节……(MP 175-176)

斯奎波变成了一个不再酗酒、只知忘我奉献的人。更为奇特的是,他在各方面都与阿姆色利人越来越相像,以致"文化交汇之流在他体内达到了完美的平衡"(MP 176)。

大副克林格在种族问题上起初也像其他水手一样怀有"分别心",严重的种族偏见使他将阿姆色利人想象成可怕的他者,以致与他们邂逅之前便认定"他们整个部落都是崇拜魔鬼、擅长念咒的巫师,不论男人、女人还是孩子"(MP 42)。不过,与其他水手不同的是,克林格本性慷慨大方、宽厚仁爱,正如卢瑟福德对他的评价:不论以什么标准来看,他都是大家"最好的伙伴","一个给人希望,为别人扶稳梯子的人"。(MP 174)暴乱后,由于卢瑟福德的求情和阿姆色利人的宽容,克林格得以保全性命并有机会真正与阿姆色利人直接接触。零距离的相处进一步解放了他的知觉,使他认识到,以前从书本上读到的那些有关非洲黑人的负面描述皆属谣传,黑人不但不是叛乱者,相反,他们是最勇敢仁慈的人。因此,他由衷地赞赏他们:"我的朋友们……谁也找不到比你们更好的伙伴了。你们是勇敢的小伙子,姑娘们也用尽了洪荒之力,分担了水手的责任。"(MP 173)更为感人的是,当他看到自己的病体已经无法康复而船友们却在忍饥挨饿时,竟主动要求斯奎波帮他结束生命,期望以自己的身体为食物来延长船友们的生命。这里,克林格将"好伙伴"精神发挥到了极致,他的公正、慈爱和奉献精神都得到了无限升华,他的无私牺牲令人想起为黑人的平等和自由而牺牲自我的马丁·路德·金。

殷企平在论文《〈好伙伴〉与共同体形塑》中指出,一群人的机械聚合不能构成一个共同体,能够甘苦与共、互助互爱的伙伴情才是共同体的支柱。[①] 上文分析显示,据此观点,《中间航道》中的美国白人斯奎波和克林格已经勇敢地越过肤色界限,与船上包括非洲黑人在内的所有人一起重建了一个甘苦与共、和谐互爱的共同体。

阿姆色利部落内部也同样展示出这种"好伙伴"精神。通过克林格的赞美可知,船上的阿姆色利男女为了返回家乡这个共同目标都在尽心尽责地工作,而他们的头人恩戈亚马最典型地展现了这种"好伙伴"精神。恩戈亚马不但沉稳睿智、宽厚正直,而且具有强烈的责任意识。在沦为奴隶的日子里,他仍能不顾自身的安危,不动声色地暗中关注着黑人同胞们的命运。平日里,他利用法尔肯的信任冒险设法为船上的黑人同胞减轻痛苦;暴乱后,当破旧不堪的"共和国号"再次遭遇暴风雨的袭击时,他挺身而出充当舵手。为了能在狂风骤雨中继续坚守岗位,他竟用绳子将自己紧紧地缚在船舵上。结果,船上发生炮击事故时,卢瑟福德无比悲痛地发现,恩戈亚马的尸体"坐在燃烧的驾驶台上,看起来异常孤独,黑色的皮肤和木头完全融在了一起"(MP 183)。可见,恩戈亚马具有可与克林格相媲美的责任意识和自我牺牲精神。

上述这些"最好的伙伴"无论来自哪个种族和国度,都有一些共同的特征:他们不但能够齐心合力地应对灾难和困境,而且能够不计得失地主动承担起责任。更为重要的是,在灾难面前他们都能首先顾全他人,甚至为了其他伙伴而不惜牺牲自我。换言之,他们身上都体现出一种充满友爱的"共同体精神"[②]。在这些"最好的伙伴"的无私行为和人性光辉的熏陶下,连一向玩世不恭的卢瑟福德也得到了心灵的净化,开始认识到自己从前的行为多属自我放纵,是对人生不负责任的表现,并从此出现了脱胎换骨的转变。当船上出现异常状况时,他所做的第一件事便是"忘记个人得失、自己的痛苦和希望,然后随众人来到遍布病患者的甲板上"(MP 183),竭尽全力地为众人排忧解难。暴动后,船上的人们陷入了混

---

① 殷企平.《好伙伴》与共同体形塑.浙江工商大学学报,2016(2):9-10.

② 殷企平.《好伙伴》与共同体形塑.浙江工商大学学报,2016(2):8.

乱和灾难,这时他成了所有人的抚慰者,充满了责任和力量。无疑,与斯奎波一样,卢瑟福德不仅转变了看待世界的方式,也在行动上发生了切实的变化。换言之,他和斯奎波一样,已经从一位只知追求感官刺激的社会混混变成了"共和国号"上的"最好的伙伴",学会了用日常行动来践行"爱之共同体"这个理想。

　　法尔肯曾告诉卢瑟福德:"一艘船就是一个社会,一个共和国。"(MP 175)如果说暴乱前的"共和国号"象征着美国社会,它在船长法尔肯"意识冲突论"的引导下已陷入四分五裂、分崩离析的局面,那么暴乱后的"共和国号"则象征着一个和谐友爱的共同体,因为其中的多数成员都将世界看成一个相互联系的整体,并能够超越自我和二元对立的世界观,牺牲自我、奉献他人。同时,也由于他们具有共同的目标和价值取向,因而形成了一个"具有高度凝聚力的共同体"①,一个约翰逊和马丁·路德·金共同憧憬的"爱之共同体"。尽管由于"共和国号"早已伤痕累累无法修复,加之仍有少数分裂者从中作乱,这个"爱之共同体"无法长续久存,最终只能沉入海底、人船两毁,但却给了有幸逃生的卢瑟福德巨大的启发,也给了他精神重生的机会和"重建世界"的勇气。

　　与《费丝》和《牧牛》一样,《中间航道》"重建世界"的主题在故事结尾处再次得到彰显。在上述那些"最好的伙伴"的共同影响下,死里逃生的卢瑟福德获得了重生与成长,从内到外都发生了深刻的转变,变成了一个精神强大、人格健全的新人。他不再迷恋感官刺激,也不再关注一己私利,摆脱了分裂、孤立的世界观,与他人建立起亲密和谐的关系。他一系列的行动清楚地说明了这一点:将非洲孤儿巴莱卡收做养女;向重新邂逅的伊莎多拉表达了歉意和深情;为了替三个孤儿争取抚养费而勇敢地与黑人恶霸泽林格周旋、争斗;决定携妻带女返回家乡,与哥哥杰克逊一起建立起一个和谐美满的大家庭。值得注意的是,此时卢瑟福德与周围人结成的是由爱和真诚联结起来的关系。这种关系具有巨大的建设性力量。殷企平指出,德国社会学家、哲学家斐迪南·滕尼斯(Ferdinand Tönnies)曾经在与"社会"相对的意义上给"共同体"下过定义:

　　　　共同体意味着人类真正的、持久的共同生活,而社会不过是一种暂时的、表面的东西。因此,共同体本身必须被理解为一种生机勃勃的有机体,

---

① 　殷企平.《好伙伴》与共同体形塑.浙江工商大学学报,2016(2):6.

而社会则是一种机械聚合和人工制品。①

　　据此,在故事结尾时,原本从家里出逃的卢瑟福德正在规划重返家乡,去重建一个充满爱意与温馨的家庭共同体。这个共同体规模虽小,根基却很稳固;家庭成员虽然来自不同的文化背景,却能相互支持、和睦友爱。因此它将是一个充满生机、有望长存的真正意义上的"爱之共同体"。

　　约翰逊认为,马丁·路德·金将建立"爱之共同体"看作超越二元对立思维模式、对治世界冲突与分裂思维的良方。因为在这个共同体中,"我"被看作"你",自我被理解成他人,主体和客体在本体上被视为同一个人。因此,《梦想家》中的金不仅试图结束种族隔离,甚至不仅仅要关照穷人,还要竭力设法解决人类社会中引起区分和二元对立、压迫和邪恶的形而上的根源问题。② 换言之,金想竭力建造一个不仅基于美国或西方社会而且基于全人类层面的"爱之共同体"。约翰逊的观察属实不虚,金的"爱之共同体"理想确实并不仅仅局限于美国,而已延伸至全人类。为了实现这一理想中的大同世界,金敢于谴责一切非正义的分裂行为。20世纪60年代,越南战争爆发,随着战争的不断升级,金感到不能再保持沉默,反复呼吁美国政府立即停止战争,哪怕受到来自社会各界的指责和压力,甚至因此开罪于当时在位的林登·B. 约翰逊(Lyndon B. Johnson)总统也在所不惜。另外,约翰逊指出,金"最后和最大的'梦想'便是永久性地改革资本主义以结束贫困"③。

　　然而,细心的读者可能会注意到,尽管《梦想家》的结尾暗示,最优秀的人和最不优秀的人可以为了创建"爱之共同体"而共同努力④,但在约翰逊的长篇小说中,较高层面的"爱之共同体"(即国家层面和全人类层面的共同体)一般难以实现,即便在一些人的共同努力下建造了起来,往往也难以长存,比如《中间航

① 　转引自:殷企平. 西方文论关键词:共同体. 外国文学,2016(2):71.

② 　Johnson, C. *The Words and Wisdom of Charles Johnson*. Ann Arbor:Dzanc Books,2015:350.

③ 　Johnson, C. The King We Need:Teachings for a Nation in Search of Itself. *Shambhala Sun*, 2005(3):42-50.

④ 　Nash, W. R. Charles Johnson. In Parini, J. (ed.). *American Writers:A Collection of Literary Biographies*, *Supplement 6*. New York:Charles Scribner's Sons, 2001:80.

道》中暴乱之后由美国白人克林格和非洲黑人恩戈亚马等共同创建的跨越种族界限的"爱之共同体",以及《梦想家》中在金和其他民权领袖共同努力下共同建造的一些"爱之共同体"。相比之下,在每部小说的结尾,黑人主人公都在醒悟后承担起自己的责任,继而重建起与现实生活的联系,并成功建造了幸福美好的家庭共同体,如《牧牛》中安德鲁与白人妻子和岳父建立的家庭,《中间航道》中卢瑟福德与妻女及哥哥组成的家庭,以及《梦想家》中毕肖普和未婚妻艾米及其祖母即将建立的家庭。这似乎表明约翰逊其实很清楚一个事实:就现阶段来说,若想在美国这样一个受种族制传统影响深远的国家里建造一个较高层面上的"爱之共同体",就必然面临巨大的挑战。其实这一猜测可从约翰逊本人的话中找到依据。在《语录与智慧》中,约翰逊明确表示,金的追求"看起来不切实际,因此他——就像甘地一样——是注定要失败的"[①]。另外,当前美国社会种族事件频发这一不幸现实同样可证明这一猜测。就近几年观之,2014 年 8 月密苏里州发生了"弗格森骚乱",白人警察枪杀了手无寸铁的黑人青年,引发弗格森镇的游行示威与种族骚乱,并在两天内蔓延至全国 100 多个城市,骚乱持续发酵 4 个多月,局势非常危险。2015 年 6 月,在南卡罗来纳州查尔斯顿市的一个教堂里,白人青年枪杀了 9 名无辜黑人,意欲挑起美国的种族战争。2016 年 7 月,得克萨斯州发生了"达拉斯枪杀案",白人警察相继枪杀 2 名黑人男子,再次引爆美国最敏感的种族问题,导致示威游行连日爆发,并有黑人男子进行暴力反击,半个月之内有 8 名白人警察遭到枪杀,另有 3 名警察受伤。2020 年连续发生的弗洛伊德事件和布莱克事件点燃了全美反种族歧视浪潮,多地出现了大抗议和大骚乱。当前美国种族冲突问题依然严重,连前总统奥巴马也坦言,美国存在着"根深蒂固的种族歧视遗产",警察和有色人种社区间的严重不信任"是全美的一个问题"[②]。这一切似乎都表明,在当今美国,真正的种族平等仍然只是个幻觉,人类层面,甚至国家层面的"爱之共同体"之梦离实现之日仍然遥遥无期。

尽管约翰逊对现实有着清醒的认识,但他却从未放弃自己的理想,而是依然像金一样憧憬着更高层面、更大范围的"爱之共同体"的出现。这表现在:首先,

① Johnson, C. *The Words and Wisdom of Charles Johnson*. Ann Arbor: Dzanc Books, 2015:350.

② 参见网址:http://www.jisiedu.com/jisinews/jr/cb14df4c474.html,访问日期 2016-02-16.

约翰逊的主人公在小说结尾时全部变成了"融合的自我",他们是重建世界的主力军;其次,约翰逊几乎总是让家庭共同体在他的作品中成功建立,因为家庭是社会的细胞组织,只有当越来越多美好和谐的家庭共同体,尤其是黑人家庭共同体得以产生时,社会层面的"爱之共同体"才有望实现。最后,在创作《梦想家》的同时,约翰逊发表了一篇名为《重建世界》的短篇小说,清晰地表达了他对重建更高层面的"爱之共同体"的憧憬。

《重建世界》这一小说标题清楚地显示了约翰逊的用意——继续强化创建"爱之共同体"这一主题。故事始于这个世界被印度之神湿婆①摧毁之后,一群人正在共同努力,力图重建一个崭新的世界。他们全都忘我地投入重建工作,甚至忘记了自己的名字,因为他们所关心的唯有谁愿意工作、谁愿意创造的问题。小说显示,这群人已经超越了彼此的区分,超越了那些曾将他们深深分离并导致世界破碎的"错误的二元对立"②。这是一个彼此信任、相互关爱,并由共同的价值观和生活目标联结起来的群体:"现在我们的工作和生命都成了可以互相交换的东西——所有人都有一双手,两只臂膀,以及一个共同的目标,即用上千年的时间从灰烬中将一个凤凰涅槃般的世界拉回来,用森林重建一个世界。"③同时,他们也在反思过去:那个旧世界是怎样的?为什么要为我们本该知道无法长久保持的东西,包括生命本身,而产生愤怒、战争、仇恨、小小的争吵和无关紧要的争斗呢?除了这些淳朴友好、相互协作的伙伴之外,他们现在一无所有,却对眼前的境况不但毫无怨言,反而心满意足,因为"我们碰巧是一个群体——而且是一个共同体"④。这种状况,在约翰逊看来便是:

> 虽说渺小、自私的自我是一个幻觉,但所有有情众生确实都在受苦。然

---

① 湿婆与梵天和毗湿奴合称为印度教三大主神。湿婆是毁灭者,兼具生殖与毁灭、创造与破坏的双重性格。
② Johnson, C. The Work of the World. In Bryd, R. P. (ed.). *I Call Myself an Artist: Writings by and about Charles Johnson*. Bloomington: Indiana University Press, 1999: 74.
③ Johnson, C. The Work of the World. In Bryd, R. P. (ed.). *I Call Myself an Artist: Writings by and about Charles Johnson*. Bloomington: Indiana University Press, 1999: 74.
④ Johnson, C. The Work of the World. In Bryd, R. P. (ed.). *I Call Myself an Artist: Writings by and about Charles Johnson*. Bloomington: Indiana University Press, 1999: 74.

而,当他们聚在一起并互相帮助时,这些个体创造了人类所知道的一个最美好的共同体形式。①

小说中的这群人懂得,他们的生命是交织在一起的,他们已经"被裹进了同一件命运之衣"②,而这反过来也为他们实现"爱之共同体"之梦提供了有利的条件。需要补充的是:约翰逊的"爱之共同体"不仅指人类社会,而且指一个"更广大的社会,包括动物和植物在内的一切有知觉的东西,是一个整体的宇宙"③。从这个意义上来说,《中间航道》中的阿姆色利人,可算是约翰逊心目中的"理想人类",因为他们是一个崇尚"存在的一体性",懂得尊重一切生命的民族。

综上可见,虽然约翰逊知道要真正实现更高层面的"爱之共同体"还为时过早,但他依然反复书写这一主题,其目的在于:通过自己的文学创作来呼吁并促进社会变革。对此,利托曾精辟地指出:

> 约翰逊与列夫·托尔斯泰有着类似的创作动机。后者写道:"艺术要完成的任务是让兄弟情谊和爱邻如己(现在只有社会上最好的人才能做得到)成为惯常的感情和所有人的天性。通过在想象状态下唤醒兄弟情谊和爱,艺术将会训练人们在实际生活中类似的状况下去体验同样的感情。"而且,对托尔斯泰而言,"普适性的艺术"能够摧毁人们之间的隔离并教育他们"团结起来",向他们展示"冲破了生活设定的束缚之后得到的普适团结之乐"。④

---

① Johnson, C. The Twenty-Sixth Paul Tillich Lecture. Cambridge, MA: Harvard Divinity School, 2003-04-10.

② King, C. S. (ed.). *The Martin Luther King Jr. Companion*. New York: St. Martin's Press, 1993: 94.

③ Little, J. *The Spiritual Imagination of Charles Johnson*. Columbia: University of Missouri Press, 1997: 80.

④ Little, J. *The Spiritual Imagination of Charles Johnson*. Columbia: University of Missouri Press, 1997: 4.

5.4　小　结

从"完整视域"的视角观之，世界是一个相互联系的整体，任何事物都不能孤立存在。因此，人类若想健康长久地生存，就需结束冲突与分裂，重建一个和谐友爱的新世界。如何重建这样的世界？这正是约翰逊济世思想的核心。本章讨论了约翰逊对黑人自身缺点以及人类思维中普遍存在的一些问题的反思和批评，同时分析了约翰逊提出的黑人自救以及人类和谐共生、长续久存之路。具体说来，约翰逊认为，黑人若想在当代社会中求生存、谋发展，就必须摒弃牺牲品观念，树立自立自强意识，努力加强"第二条战线"，即黑人的自我改造；人类若想和谐共生、长续久存，就必须克服导致世界冲突与分裂的二元对立思维模式，拒绝滥用"乐队指挥家的本能"，学会超越自我和环境，正确运用这一本能。鉴于目前美国社会依然存在着较为严重的种族分裂现象，约翰逊呼吁人们共同努力，通过遵守马丁·路德·金的"三原则"并发扬"行得好"和"好伙伴"精神，齐心建造理想的人类栖居之地——"爱之共同体"。

需注意的是，约翰逊的济世思想几乎总是在回应、阐释和发展美国民权领袖马丁·路德·金的思想，如"第二条战线""乐队指挥家的本能""爱之共同体"等等。在专著《查尔斯·约翰逊的精神想象》（*The Spiritual Imagination of Charles Johnson*，1997）中，利托敏锐地指出，约翰逊的思想与金有许多相似之处，后者对前者产生了巨大影响。"两人在意识形态、精神和哲学上都很类似。金对种族问题的淡化，他的（东西方）精神信仰，他对平等的美国民主的信仰，都在约翰逊的作品中得到了回应。"[1]

为了在一个马丁·路德·金"奇怪地缺席了"[2]的世界里延续其精神生命和影响，约翰逊创作了大量反映金的世界观和价值观的文学和艺术作品，其中包括

---

[1]　Little，J. *The Spiritual Imagination of Charles Johnson*. Columbia：University of Missouri Press，1997：3.

[2]　Johnson，C. The King We Need：Teachings for a Nation in Search of Itself. *Shambhala Sun*，2005(3)：42-50.

长篇小说《梦想家》、短篇小说《金博士的冰箱》、四篇纪念金的散文①，以及金的照片集《金：马丁·路德·金相册》（King：A Photobiography of Martin Luther King Jr.，2000）。在这些作品中，约翰逊探讨了当今美国社会出现的一个颇具讽刺意味的现象：金作为一个被神化、抽象化的奠基人无处不在，但其思想却遭受冷遇、忽视，即金遭遇了"经典化的诅咒"②。他忧心忡忡地写道："这个国家最优秀的道德哲学家"已被抛之脑后，遭到遗忘，一个"与之相反的大杂烩正在代替金的非暴力和兄弟情谊"。③

人们一般认为，与过去的几个世纪相比，当今美国社会的种族问题已得到了很大缓解，美国黑人在政治、经济、教育等各个社会领域的地位都得到了显著提高。2009 年黑人奥巴马就任美国总统职位后，美国已经进入了"后种族时代"。虽然如此，美国社会根深蒂固的种族矛盾却未真正消解。如果说进入 21 世纪后美国的种族问题看起来已不似从前那样严重的话，那么一个重要的原因或许是在当今美国，白人主流社会对有色人种的种族歧视已变得越来越隐蔽，种族问题也变得越来越复杂。同时，虽然从某种意义上看，由于现代科技的迅速发展缩小了人们之间的距离，人们与外界乃至全世界的联系变得更为紧密，相互之间也愈加了解，当今世界似乎真的已经变成了一个"地球村"，然而事实上，由于世界各国在文化观念、宗教信仰、意识形态和价值观念等方面存在着诸多差异，国家与国家、种族与种族之间的矛盾与冲突始终不断，人类一直遭受着战争和毁灭的威胁。因此，对约翰逊"完整视域"中的济世情怀的探讨仍然具有巨大的现实意义。

---

① 四篇散文分别为："Searching for the Dreamer"（1996）、"Searching for the Hidden Martin Luther King Jr."（1998）、"The King We Left Behind"（1999）、"The King We Need：Teachings for a Nation in Search of Itself"（2005）。

② Johnson，C. The King We Left Behind. In Byrd，R. P.（ed.）. *I Call Myself an Artist：Writings by and about Charles Johnson*. Bloomington：Indiana University Press，1999：194.

③ Johnson，C. The Work of the World. In Bryd，R. P.（ed.）. *I Call Myself an Artist：Writings by and about Charles Johnson*. Bloomington：Indiana University Press，1999：194-195.

6 结 论

以上各章的论证表明，"完整视域"思想在约翰逊的文学创作中占据着核心地位。解放知觉、通达"完整视域"是约翰逊文学创作的终极目标，同时也是他对现实人生意义的最高追求。这一文学思想不仅鲜明地体现于他的创作手法中，也同样体现于他的文化思想和济世情怀中。

1998 年，约翰逊获得美国的麦克阿瑟奖。众所周知，该奖奖励的不是获奖者过去的成就，而是他们的创意、胆识和潜力。约翰逊荣获此奖的主要原因是他"探索了小说和哲学相遇的领域"[1]。正是借助黑人哲理小说这个特殊的载体，约翰逊才得以朝着"完整视域"创作目标不断迈进。

约翰逊以通达"完整视域"为终极目标的黑人哲理小说是对美国传统非裔文学的背离和超越。由于受意识形态和政治实用性要求的控制，美国传统非裔文学普遍存在着技巧和主题单一、公式化的问题，明显地缺乏"冒险精神和创造的雄心"[2]以及对艺术多样性和生活丰富复杂性的认知与呈现。约翰逊承认传统非裔文学为非裔文学的发展和黑人斗争做过巨大贡献，但他同时也洞察到它们严重的片面性和僵化性。他本人的创作与之不同之处主要在于：尽管他也常常批判、谴责美国社会的种种不公，尤其是由种族歧视造成的不公，但批判和谴责不是他作品的唯一内容。相反，他总是设法摆脱"黑人经验"的束缚，努力描绘黑人生活和黑人文化丰富多彩的一面，发掘黑人自身的存在价值。正如约翰逊的得意门生康纳所言，约翰逊"拒绝所有的二元对立和对抗，坚持生命和经验的一体性"[3]。在这种"完整视域"意识的指导下，约翰逊大胆运用不同的创作视角，并将东西方不同的文学和文化传统交汇、融合起来，努力打破和超越传统非裔文

[1] Levasseur, J. & Rabalis, K. An Interview with Charles Johnson. In McWilliams, J. (ed.). *Passing the Three Gates: Interviews with Charles Johnson*. Seattle: University of Washington Press, 2004: 251.

[2] Johnson, C. *Being and Race: Black Writing since 1970*. Bloomington: Indiana University Press, 1988: 119.

[3] Conner, M. C. A Meditation Through Art. *American Book Review*, 2014, 35(6): 9.

学僵化、公式化的模式,拓展非裔文学的视域,促使它向多样性、丰富性发展;同时,他还呼吁黑人作家和读者培养一种能与"种族他者"相认同的文化多重意识①和"完整视域"意识,从而使黑人的生活和艺术创作"从狭隘的抱怨走向豁达的欢庆"②。

　　值得注意的是,尽管约翰逊反复强调艺术家通达"完整视域"的重要性和必要性,但他对通达"完整视域"所受的局限性有着清醒的认识。在《哲学与黑人小说》中,他指出要通达"完整视域"看似简单,做到却很难,因此可以作为衡量作家的创作的一个理想。③ 在《完整视域》一文的结尾,他更加坦率地提醒读者:无论我们怎样努力,"完整视域"只是一个永远无法达到的艺术理想,因为"艺术和科学中的'完整视域'思想就像地平线一样,只能是一个永远向后退去的理想——它是某种我们为之奋斗的东西,但同时我们也认识到,我们的知识肯定是片面、不完整和暂时的"④。换言之,约翰逊告诉我们:无论人类如何努力,都无法通达彻底意义上的"完整视域"。我们可以通过努力不断拓展视域,从而不断接近"完整视域"的目标,但却永远无法通达绝对的"完整视域"。从某种意义上说,约翰逊能够认识到这一点,这本身即体现出了一种"完整视域"意识。需要补充的是,约翰逊说"完整视域"只是一个永远无法达到的艺术理想,这并非说,我们朝着这个目标所做的努力是无意义的。其意义在于,当我们朝着"完整视域"迈进的时候,我们的视野拓宽了,思维转变了,知觉解放了,看待世界的方式也随之发生了改变,正如约翰逊所言,我们变成了"动词而不是名词","成了过程而不是结果",我们不再把自己限制在狭隘的种族、地域、性别或阶级偏见中,而是获得了知觉的解放和真正的自由,于是便能"四处游走,'歌唱世界'"了。⑤

①　Ghosh, N. K. From Narrow Complaint to Broader Celebration: A Conversation with Charles Johnson. *MELUS*, 2004, 29(3): 368.

②　Johnson, C. *Being and Race: Black Writing since 1970*. Bloomington: Indiana University Press, 1988: 123.

③　Johnson, C. Philosophy and Black Fiction. In Byrd, R. P. (ed.). *I Call Myself an Artist: Writings by and about Charles Johnson*. Bloomington: Indiana University Press, 1999: 80.

④　Johnson, C. Whole Sight. *Boston Review*, 2007(7/8): 29.

⑤　Johnson, C. *Being and Race: Black Writing since 1970*. Bloomington: Indiana University Press, 1988: 123.

约翰逊是一位具有强烈社会责任意识和济世情怀的作家。他认识到,作为一位当代美国黑人作家,自己有责任担负起领路人的角色,努力将非裔文学和黑人同胞带出由"片面视域"所造成的文学、文化和生活的现代荒原,进入希望的乐园。他说:"我认为任何一个有同情心、有良知的公民都应该以某种方式探讨我们的社会问题。"①在一次访谈中,他说明了自己创作《梦想家》的一个重要原因:当时(20世纪八九十年代)的美国社会到处充满暴力,黑人男性的状况委实堪忧。他的儿子马利克时年23岁,正值黑人男性最危险的年龄段。② 对儿子能否健康成长的担忧促使他深入思考当代美国黑人应该如何生活,以及如何结束美国社会的暴力与社会分裂等一系列问题。他意识到,这时回顾马丁·路德·金的非暴力思想对整个美国社会都具有重大意义,于是他决定创作《梦想家》。在这部小说中,约翰逊适时"召唤了一位具有创造性的前辈,在解决种族问题给生活和文学设置的那些挑战方面,这位前辈为后人树立了一个榜样"③。为了强调金的文化和种族融合理想,约翰逊还陆续发表了四篇回忆金之思想和精神的散文。④

目前,已从讲坛退休的约翰逊仍笔耕不辍。奥巴马登上美国总统之位并连任后,本来就十分重视文学普适性的约翰逊对种族问题的关注似乎也暂时有所淡化,但他赋予自己的家庭和社会责任似乎并未减弱。2012年,他应女儿伊丽莎白之邀开始转向儿童文学创作,并制订了"埃默里计划"(The Emery Project)。这是一个被称作"科学神童埃默里·琼斯的冒险"("The Adventures of Emery Jones, Boy Science Wonder")的丛书计划,由约翰逊与女儿伊丽莎白合写,已出版其中的三部:《转变的时刻》《难解的问题》和《不受欢迎的明天》。人们可能会对约翰逊文学创作的转向感到惊奇,而约翰逊解释了其中的原委:当时

---

① Mudede, C. The Human Dimension: An Interview with Writer-Philosopher Charles Johnson. In McWilliams, J. (ed.). *Passing the Three Gates: Interviews with Charles Johnson*. Seattle: University of Washington Press, 2004: 245.

② 当时普遍认为,16—34岁是黑人男性最危险的年龄段,因为该年龄段的黑人男性最易卷入各种街头暴力、吸毒贩毒等犯罪活动,因而也最易遭到监禁。

③ Nash, W. R. Charles Johnson. In Parini, J. (ed.). *American Writers: A Collection of Literary Biographies, Supplement 6*. New York: Charles Scribner's Sons, 2001: 81.

④ 参见本书5.4节。

他的外孙埃默里(Emery)刚刚两岁,为了"寻求拓展我们在艺术中理解黑人人物的方式",约翰逊想写一个黑人神童的故事,想塑造"一个智力超群的黑人男英雄"。① 康纳明确指出了约翰逊父女这一创作计划所包含的高度社会责任感,他说:一个明显的事实是,当今出版的美国儿童读物中只有百分之三刻画了黑人人物,因而这一创作计划是对"儿童文学的种族隔离"②的抵制。事实上,正如约翰逊的其他文学作品一样,"埃默里计划"不仅包含着他对黑人后代的深厚感情,而且包含着他对全人类的博大关怀。在已出版的三部作品中,约翰逊父女不仅为黑人儿童塑造了埃默里这个天才英雄和榜样,而且继续探讨了科技发展与人类的文明和奴役的关系等重大社会问题。

在其论文《论查尔斯·约翰逊》("Charles Johnson",2001)中,纳什认为,从《黑色的幽默》(*Black Humor*,1970)③到《中间航道》,约翰逊为了实现如下社会和文学理想——塑造一个不受种族主义定义和分裂的国家,并书写一个不被人们用种族词汇来讨论的美国经典作品——已经努力了将近30年。④ 学界对约翰逊也存在着争议,比如利托暗示他的社会理想是一种乌托邦。⑤ 对此,科尔曼和乔丹做出了更为客观的评价,前者认为,约翰逊是不是对的,这一点并不是最重要的问题,因为无论对错,约翰逊创造了优秀的、激动人心的作品,它们推动了黑人小说传统研究的重要领域的开创⑥;后者指出,尽管约翰逊的观点或许存在一些问题,但约翰逊为所有个人,也为所有社会提供了实现成长、变得完整、发生转变和得以发展的良方⑦。笔者完全赞同科尔曼和乔丹的上述观点。因为无论

① Conner, M. C. A Meditation Through Art. *American Book Review*,2014,35(6):9.

② Conner, M. C. A Meditation Through Art. *American Book Review*,2014,35(6):9.

③ 约翰逊自幼酷爱绘画艺术,17岁时已是小有名气的卡通画家。此作是他转向文学创作之前出版的两部绘画集之一。

④ Nash, W. R. Charles Johnson. In Parini, J. (ed.). *American Writers*:*A Collection of Literary Biographies*,*Supplement 6*. New York:Charles Scribner's Sons,2001:81.

⑤ Little, J. *The Spiritual Imagination of Charles Johnson*. Columbia:University of Missouri Press,1997:160.

⑥ Coleman, J. W. Charles Johnson's Quest for Black Freedom in *Oxherding Tale*. *African American Review*,1995,29(4):643.

⑦ Jordan, M. I. "Evolve or Die":Rewriting "the Disfiguring Hand of Servitude" in Charles Johnson's *Middle Passage*. In Jordan, M. I. (ed.). *African American Servitude and Historical Imaginings*. New York:Palgrave Macmillan,2004:179.

如何,相对于后现代语境下碎片化的表征危机和分裂式的二元思维模式,约翰逊集艺术手法、文化内涵和现实关怀于一体的文学创作思想显然代表了一种健康的态度。而且,约翰逊在小说创作和实际生活中都在努力践行自己的"完整视域"思想,他具有强烈创新和融合意识的文学创作以及他丰富多样的人生经历表明,通达"完整视域"或许并非异想天开的乌托邦想象,而是具有一定可行性和操作性,并有望实现的一种理想。

　　至此,笔者对约翰逊"完整视域"文学思想的研究暂时告一段落。尽管在这项研究中笔者已倾尽心力,然而遗憾的是,由于约翰逊的"完整视域"文学思想所包含的内容十分丰富,也由于笔者的认知水平和科研能力所限,因此这项研究中仍不可避免地留下了一些遗憾和不足,比如本书未能对约翰逊创作手法中很具特色的"道德小说"创作、非裔美国民俗文化、黑人父性与男性气概等展开探讨。这些课题只能留待将来另做研究。

参考文献

一、查尔斯·约翰逊的著作

1. 小说作品

Johnson, C. *Faith and the Good Thing*. New York：Penguin Books，1974.

Johnson, C. *Oxherding Tale*. New York：Grove Weidenfeld，1982.

Johnson, C. *The Sorcerer's Apprentice*. Auckland：Penguin Books，1986.

Johnson, C. *Middle Passage*. New York：Penguin Books，1990.

Johnson, C. *Dreamer*. New York：Scribner，1998.

Johnson, C. *Soulcatcher and Other Stories*. San Diego：Harvest
    Original，2001.

Johnson, C. *Dr. King's Refrigerator and Other Bedtime Stories*. New York：
    Scribner，2005.

Johnson, C. & Johnson, E. *The Adventures of Emery Jones，Boy Science
    Wonder Series：Bending Time*. Seattle：Booktrope Editions，2013.

Johnson, C. & Johnson, E. *The Adventures of Emery Jones，Boy Science
    Wonder Series：The Hard Problem*. Seattle：Booktrope Editions，2015.

2. 文论、书评等

Johnson, C. *Black Humor*. Chicago：Johnson Publishing Company，1970.

Johnson, C. *Being and Race：Black Writing since 1970*. Bloomington：
    Indiana University Press，1988.

Johnson, C. Searching for the Dreamer. *Seattle Times*, 1996-01-14(B5).

Johnson, C. A Phenomenology of the Black Body. In Byrd, R. P. (ed.). *I Call Myself an Artist: Writings by and about Charles Johnson*. Bloomington: Indiana University Press, 1999: 109-122.

Johnson, C. Black Images and Their Global Impact. In Byrd, R. P. (ed.). *I Call Myself an Artist: Writings by and about Charles Johnson*. Bloomington: Indiana University Press, 1999: 137-140.

Johnson, C. I Call Myself an Artist. In Byrd, R. P. (ed.). *I Call Myself an Artist: Writings by and about Charles Johnson*. Bloomington: Indiana University Press, 1999: 3-32.

Johnson, C. Novelists of Memory. In Byrd, R. P. (ed.). *I Call Myself an Artist: Writings by and about Charles Johnson*. Bloomington: Indiana University Press, 1999: 97-108.

Johnson, C. Philosophy and Black Fiction. In Byrd, R. P. (ed.). *I Call Myself an Artist: Writings by and about Charles Johnson*. Bloomington: Indiana University Press, 1999: 79-84.

Johnson, C. The King We Left Behind. In Byrd, R. P. (ed.). *I Call Myself an Artist: Writings by and about Charles Johnson*. Bloomington: Indiana University Press, 1999: 193-199.

Johnson, C. The Work of the World. In Bryd, R. P. (ed.). *I Call Myself an Artist: Writings by and about Charles Johnson*. Bloomington: Indiana University Press, 1999: 73-75.

Johnson, C. Where Philosophy and Fiction Meet. In Byrd, R. P. (ed.). *I Call Myself an Artist: Writings by and about Charles Johnson*. Bloomington: Indiana University Press, 1999: 91-96.

Johnson, C. Whole Sight: Notes on New Black Fiction. In Byrd, R. P. (ed.). *I Call Myself an Artist: Writings by and about Charles Johnson*. Bloomington: Indiana University Press, 1999: 85-90.

Johnson, C. *Turning the Wheel: Essays on Buddhism and Writing*. New

York：Scribner，2003.

Johnson，C. The King We Need：Teachings for a Nation in Search of Itself. *Shambhala Sun*，2005(3)：42-50.

Johnson，C. Whole Sight. *Boston Review*，2007(7/8)：27-29.

Johnson，C. The Cultural Challenge of Barack Obama. *Life*，2008，25(4)：325-330.

Johnson，C. The End of the Black American Narrative. *American Scholar*，2008，77(3)：32-39.

Johnson，C. *Taming the Ox：Buddhist Stories and Reflections on Politics*，*Race*，*Culture*，*and Spiritual Practice*. Boston：Shambhala Publications，2014.

Johnson，C. *The Words and Wisdom of Charles Johnson*. Ann Arbor：Dzanc Books，2015.

Johnson，C. & McCluskey，J. Jr.，（eds.）. *Black Men Speaking*. Bloomington：Indiana University Press，1997.

Johnson，C. & Adelman，B. （eds.）. *King：A Photobiography of Martin Luther King Jr*. New York：Penguin Putnam，2000.

Johnson，C. & Boylan，M. （eds.）. *Philosophy：An Innovative Introduction：Fictive Narrative，Primary Texts，and Responsive Writing*. Boulder：Westview Press，2010.

二、有关查尔斯·约翰逊作品的研究论著

Byrd，R. P. （ed.）. *I Call Myself an Artist：Writings by and about Charles Johnson*. Bloomington：Indiana University Press，1999.

Byrd，R. P. *Charles Johnson's Novels：Writing the American Palimpsest*. Bloomington：Indiana University Press，2005.

Coleman，J. W. *Black Male Fiction and the Legacy of Caliban*. Lexington：The University Press of Kentucky，2001.

Conner, M. C. & Nash, W. R. (eds.). *Charles Johnson: The Novelist as Philosopher*. Jackson: University Press of Mississippi, 2007.

Jordan, M. I. (ed.). *African American Servitude and Historical Imaginings*. New York: Palgrave Macmillan, 2004.

Little, J. *The Spiritual Imagination of Charles Johnson*. Columbia: University of Missouri Press, 1997.

McWilliams, J. (ed.). *Passing the Three Gates: Interviews with Charles Johnson*. Seattle: University of Washington Press, 2004.

Nash, W. R. *Charles Johnson's Fiction*. Champaign: University of Illinois Press, 2003.

Page, P. *Reclaiming Community in Contemporary African American Fiction*. Jackson: University Press of Mississippi, 1999.

Selzer, L. F. *Charles Johnson in Context*. North Dartmouth: University of Massachusetts Press, 2009.

Storhoff, G. *Understanding Charles Johnson*. Columbia: University of South Carolina Press, 2004.

Whalen-Bridge, J. & Storhoff, G. (eds.). *The Emergence of Buddhist American Literature*. Albany: State University of New York Press, 2009.

陈后亮. 当代非裔美国作家查尔斯·约翰逊小说研究. 北京:中国社会科学出版社,2018.

三、其他图书

Allen, J. G. *Coping with Trauma: A Guide to Self-Understanding*. Washington, D. C.: American Psychiatric Press, 1999.

Appiah, K. A. *In My Father's House: Africa in the Philosophy of Culture*. New York: Oxford University Press, 1992.

Byerman, K. *Remembering the Past in Contemporary African American Fiction*. Chapel Hill: The University of North Carolina Press, 2005.

Cleave, E. *Soul on Ice*. New York：Dell Publishing，1968.

Denard, C. C.（ed.）. *Toni Morrison：Conversations*. Jackson：University Press of Mississippi，2008.

Elam, H. J. Jr. *The Past as Present in the Drama of August Wilson*. Ann Arbor：University of Michigan Press，2004.

Fowles, J. *Daniel Martin*. London：Jonathan Cape，1977.

Hughes, C. M. *The Negro Novelists*. New York：The Citadel Press，1953.

King, C. S.（ed.）. *The Martin Luther King Jr. Companion*. New York：St. Martin's Press，1993.

Merleau-Ponty, M. *The Prose of the World*. O'Neill, J.（trans.）. Evanston：Northwestern University Press，1973.

Morrison, T. *Playing in the Dark：Whiteness and the Literary Imagination*. Cambridge, MA：Harvard University Press，1992.

Murchie, G. *The Seven Mysteries of Life*. Boston：Houghton Mifflin，1978.

Sartre, J.-P. *Saint Genet*. New York：New American Library，1971.

Suzuki, D. T. *Essays in Zen Buddhism*. New York：Grove，1961.

Toomer, J. *The Wayward and the Seeking*. Washington, D. C. ：Howard University Press，1980.

Washington, J. R. Jr. *Marriage in Black and White*. Lanham：University Press of America，1993.

Wintz, C. D. *Black Culture and the Harlem Renaissance*. College Station：Texas A & M University Press，1996.

艾里森. 看不见的人. 任绍曾，等译. 南京：译林出版社，2008.

布莱森. 万物简史. 严维明，陈邕，译. 南宁：接力出版社，2005.

杜波依斯. 黑人的灵魂. 维群，译. 北京：人民文学出版社，1959.

福柯. 必须保卫社会. 钱翰，译. 上海：上海人民出版社，1999.

格兰特. 美国黑人斗争史——1619年至今的历史、文献与分析. 郭瀛，伍江，杨德，等译. 北京：中国社会科学出版社，1987.

格里芬. 后现代精神. 王成兵，译，北京：中央编译出版社，1998.

顾祖钊. 文学原理新释. 北京:人民文学出版社,2000.

海德格尔. 诗·语言·思. 彭富春,译. 北京:文化艺术出版社,1991.

何言. 黑人之魂——马丁·路德·金. 北京:北京图书馆出版社,1997.

胡克斯. 反抗的文化:拒绝表征. 朱刚,肖腊梅,黄春燕,译. 南京:南京大学出版社,2012.

怀特海. 过程与实在——宇宙论研究. 修订本. 杨富斌,译. 北京:中国人民大学出版社,2013.

霍布斯. 利维坦. 黎思复,黎廷弼,译. 北京:商务印书馆,1985.

金,霍玉莲. 我有一个梦想. 王婷,戴登云,译. 北京:中央编译出版社,2001.

老子. 道德经. 北京:外语教学与研究出版社,1998.

老子·庄子·列子. 张震,点校. 长沙:岳麓书院,1989.

李泽厚. 中国古代思想史论. 北京:人民出版社,1985.

马克思. 1844 年经济学哲学手稿. 刘丕坤,译. 北京:人民出版社,1979.

梅尔维尔. 白鲸. 戌时,译. 北京:人民文学出版社,2011.

梅洛-庞蒂. 知觉现象学. 姜志辉,译. 北京:商务印书馆,2001.

莫里森. 宠儿. 潘岳,雷格,译. 海口:南海出版公司,2006.

莎士比亚. 汉姆莱脱. 卞之琳,译. 兰州:甘肃人民出版社,1994.

隋红升. 危机与建构:欧内斯特·盖恩斯小说中的男性气概研究. 杭州:浙江大学出版社,2011.

梭罗. 瓦尔登湖·论公民的不服从义务. 鲍荣,何栓鹏,译. 北京:北京时代华文书局,2014.

索科拉夫斯基. 现象学导论. 高秉江,张建华,译. 武汉:武汉大学出版社,2009.

塔基耶夫. 种族主义源流. 高凌瀚,译. 北京:生活·读书·新知三联书店,2005.

吐温. 亚当夏娃日记. 谭惠娟,译. 杭州:浙江文艺出版社,2003.

王恩铭. 美国黑人领袖及其政治思想研究. 上海:上海外语教育出版社,2006.

王家湘. 20 世纪美国黑人小说史. 南京:译林出版社,2006.

萧伯纳. 人与超人. 张梦麟,译. 上海:中华书局,1934.

张德明. 流散族群的身份建构——当代加勒比英语文学研究. 杭州:浙江大学出

版社,2007.

张立新. 文化的扭曲:美国文学与文化中的黑人形象研究(1877—1914 年). 北京:中国社会科学出版社,2007.

庄周. 庄子. 郭象,注. 上海:上海古籍出版社,1989.

四、其他文章

Bentham, J. An Introduction to the Principles of Morals and Legislation. In Mack, M. P. (ed.). *A Bentham Reader*. New York: Pegasus, 1969.

Coleman, J. W. Charles Johnson's Quest for Black Freedom in *Oxherding Tale*. *African American Review*, 1995, 29(4): 631-644.

Conner, M. C. A Meditation Through Art. *American Book Review*, 2014, 35 (6): 9.

Cooper, P. P. "All Narratives Are Lies, Man, an Illusion": Buddhism and Postmodernism Versus Racism in Charles Johnson's *Middle Passage* and *Dreamer*. In Hakutani, Y. (ed.). *Cross-cultural Vision in African American Literature: West Meets East*. New York: Palgrave Macmillan, 2011: 191-202.

Crisu, C. "A Cultural Mongrel": Transatlantic Connections in Charles Johnson's *Middle Passage*. *Comparative American Studies*, 2008, 6(3): 265-280.

Cunningham, J. C. Between Violence and Silence: Intersections of Masculinity and Race in Contemporary United States Men's Writing. Los Angeles: University of California, 1995.

Davis, G. The Threads that Connect Us: An Interview with Charles Johnson. *Callaloo*, 2010, 33(3): 807-819.

Douglass, F. The Narrative of the Life of Frederick Douglass. In Gates, H. L. Jr. & Mckay, N. Y. (eds.). *The Norton Anthology of African American Literature*. New York: W. W. Norton & Company, 2004:

387-451.

Ellis, T. How Does It Feel to Be a Problem?. In Belton, D. (ed.). *Speak My Name: Black Men on Black Masculinity and the American Dream*. Boston: Beacon Press, 1995: 9-11.

Fagel, B. Passages from the Middle: Coloniality and Postcoloniality in Charles Johnson's *Middle Passage*. *African American Review*, 1996, 30(4): 625-634.

Ghosh, N. K. From Narrow Complaint to Broad Celebration: A Conversation with Charles Johnson. *MELUS*, 2004, 29(3): 359-379.

Gleason, W. The Liberation of Perception: Charles Johnson's *Oxherding Tale*. *Black American Literature Forum*, 1991, 25(4): 705-728.

Goudie, S. X. Leaving a Mark on the World. *African American Review*, 1995, 29(1): 109-122.

Hardack, R. Black Skin, White Tissue: Local Color and Universal Solvents in the Novels of Charles Johnson. *Callaloo*, 1999, 22(4): 1028-1053.

Hurston, Z. N. How It Feel to Be Colored Me. In Gates, H. L. Jr. & Mckay, N. Y. (eds.). *The Norton Anthology of African American Literature*. New York: W. W. Norton & Company, 2004: 1030-1033.

Keizer, A. R. Being, Race, and Gender: Black Masculinity and Western Philosophy in Charles Johnson's Works on Slavery. In Keizer, A. R. (ed.). *Black Subjects: Identity Formation in the Contemporary Narrative of Slavery*. Ithaca: Cornell University Press, 2004: 48-74.

Little, J. Charles Johnson's Revolutionary *Oxherding Tale*. *Studies in American Fiction*, 1991, 19(2): 141-151.

Lucasi, S. False to the Past: Charles Johnson's Parabiographical Fiction. *Critique*, 2011, 52(3): 288-312.

Malcolm X. Not Just an American Problem, but a World Problem. *Atlantic Studies*, 2010, 7(3): 285-307.

Muther, E. Isadora at Sea: Misogyny as Comic Capital in Charles Johnson's

Middle Passage. African American Review, 1996, 30(4): 649-658.

Nash, W. R. Charles Johnson. In Parini, J. (ed.). *American Writers: A Collection of Literary Biographies, Supplement 6*. New York: Charles Scribner's Sons, 2001: 64-84.

Peder, C. *Middle Passage. Massachusetts Review*, 1993(34): 225-239.

Retman, S. Nothing Was Lost in the Masquerade: The Protean Performance of Genre and Identity in Charles Johnson's *Oxherding Tale. African American Review*, 1999, 33(3): 417-437.

Rowell, C. H. An Interview with Charles Johnson. *Callaloo*, 1998, 20(3): 531-547.

Rushdy, A. H. A. The Phenomenology of the Allmuseri: Charles Johnson and the Subject of the Narrative of Slavery. *African American Review*, 1992, 26(3): 373-394.

Rushdy, A. H. A. The Properties of Desire: Forms of Slave Identity in Charles Johnson's *Middle Passage. Arizona Quarterly*, 1994, 50(2): 73-108.

Rushdy, A. H. A. Charles Johnson's Way to a Spiritual Literature. *African American Review*, 2009, 43(2/3): 401-412.

Selzer, L. F. Master-Slave Dialectics in Charles Johnson's "The Education of Mingo". *African American Review*, 2003, 37(1): 105-114.

Steinberg, M. Charles Johnson's *Middle Passage*: Fictionalizing History and Historicizing Fiction. *Texas Studies in Literature and Language*, 2003, 45(4): 375-390.

Storhoff, G. The Artist as Universal Mind: Berkeley's Influence on Charles Johnson. *African American Review*, 1996, 30(4): 539-548.

Thaden, B. Z. Charles Johnson's *Middle Passage* as Historiographic Metafiction. *College English*, 1997, 59(7): 753-766.

Whalen-Bridge, J. Charles (Richard) Johnson. In Giles, J. R. & Giles, W. H. (eds.). *Dictionary of Literary Biography (Vol. 278)*. Detroit:

Gale，2003：132-150.

Whalen-Bridge，J. Waking Cain：The Poetics of Integration in Charles Johnson's *Dreamer*. *Callaloo*，2003，26(2)：504-521.

Whalen-Bridge，J. "Whole Sight" in Review：Reflections on Charles Johnson. *MELUS*，2006，31(2)：244-267.

Wright，R. Blue Print for Negro Writing. In Gates，H. L. Jr. (ed.). *Black Literature and Literary Theory*. New York：Methuen，1984：1409.

陈后亮. 国外查尔斯·约翰逊研究述评. 世界文学研究论坛,2013(3):532-542.

陈后亮. "你若行得好,岂不蒙悦纳?"——评约翰逊在《梦想家》中对黑人的伦理告诫. 外文研究,2015(2):67-72.

陈后亮. 佛教视野中的美国种族问题——论《牧牛传说》中的佛教思想. 外语与翻译,2015(4):58-62.

陈后亮. 蓄奴制、民族创伤与黑人父性缺失问题. 当代外国文学,2016(2):61-67.

陈后亮. 伦理责任与日常生活——《菲丝与好东西》的文学伦理学批评. 山东外语教学,2017(2):70-75.

陈后亮. 佛教、中国功夫与美国种族问题——评约翰逊在《中国》里对东方文化的创造性使用. 中国比较文学,2017(3):79-88.

陈后亮. 再现黑人经验的"完整视野"——论查尔斯·约翰逊的黑人哲理小说观. 中南大学学报(社会科学版),2017(5):160-165.

陈后亮,贾彦艳. 美国非裔文学中的"新鲜事物"——论《牧牛传说》里的道家思想. 外语教学,2015(1):89-92.

陈后亮,申富英. 艺术是通往他者的桥梁——论查尔斯·约翰逊的小说伦理观. 中南大学学报(社会科学版),2015(6):173-179.

陈伟. 今日美国黑人的穷根儿. 读书,2002(1):83-88.

陈英敏,高峰强. 过程、整体与和谐——后现代语境中过程哲学与中国传统文化的碰撞及启示. 华东师范大学学报(教育科学版),2009(3):55-61.

程明亮. 论查尔斯·约翰逊《中间航道》中的人性恶. 武汉:华中师范大学,2018.

程锡麟. 西方文论关键词:黑人美学. 外国文学,2014(2):106-117.

戴欢. 中间性及其超越——查尔斯·约翰逊小说《中途》主人公的身份转化. 当代教育理论与实践,2011(4):138-141.

关四平. 论道家的"天人合一"思想. 上海师范大学学报,1997(4):24-29.

海德格尔. 诗人何为?//海德格尔. 诗·语言·思. 彭富春,译. 北京:文化艺术出版社,1991:82-130.

韩水仙. 文学的哲思——论启蒙时代"从哲思到小说"的法国哲理小说. 广东外语外贸大学学报,2008(1):13-15.

何新敏,赵文博.《中途》的空间及意义表征. 长春理工大学学报(社科版),2014(10):127-129.

胡允桓. 译序//莫瑞森. 最蓝的眼睛. 陈苏东,胡允桓,译. 海口:南海出版公司,2005:译序 1-2.

黄卫峰. 美国内战前白人女子与黑人男子间的性关系. 世界民族,2008(6):86-91.

李有成. 楷模:杜波依斯、非裔美国知识分子与盖茨的《十三种观看黑人男性的方法》. 当代外语研究,2010(8):2-9.

梁联强. 浅论道家思想的"无为"与"有为". 广西社会科学,2006(11):354-39.

罗良功. 中心的解构者:美国文学语境中的美国非裔文学. 山东外语教学,2013(2):8-13.

庞好农,薛璇子. 唯我论的表征与内核:评约翰逊的《中间通道》. 外语教学,2015(1):81-84.

史永红.《中途》的心理创伤与救赎之道. 贵州社会科学,2015(1):54-59.

史永红. 查尔斯·约翰逊的"完整视域"文学思想研究. 杭州:浙江大学,2017.

唐金凤. 后现代语境下的历史重构——查尔斯·约翰逊小说《中途》叙事策略解读. 开封教育学院学报,2017(11):14-16.

唐友东,赵文书. 从《蝴蝶君》看东西方对"柔"的不同理解. 中国比较文学,2010(4):109-115.

王晓东,刘松. 人类生存关系的诗意反思——论马丁·布伯的"我—你"哲学对近代主体哲学的批判. 求是学刊,2002(4):37-41.

王玉括. 威尔逊与布鲁斯坦之争及当代非裔美国文化之痛. 外国文学,2015(3):

129-136.

王治河. 过程哲学:一个有待发掘的思想宝库. 求是学刊,2007(4):5-6.

魏永丽. "混杂性"理论下《牧牛传说》中安德鲁的身份构建. 兰州:兰州大学,2021.

肖峰. 现象学与月亮. 哲学分析,2012(1):90-102.

徐艳芳. 评老子的"守雌处下"思想. 华中师范大学学报(哲社版),1996(6):66-70.

杨富斌. 怀特海过程哲学思想述评. 国外社会科学,2003(4):75-82.

殷企平. 《好伙伴》与共同体形塑. 浙江工商大学学报,2016(2):5-11.

殷企平. 西方文论关键词:共同体. 外国文学,2016(2):70-79.

于民雄. 老子"无知无欲"发微. 贵州社会科学,2007(9):60-64.

约翰逊. 追捕黑人者. 史永红,译. 译林,2012(1):186-188.

张爱民. 美国"肯定性行动计划"述评. 南开学报,2000(3):75-81.

张德文. 种族身份的思考及其复杂心态的书写——哈莱姆文艺复兴的越界小说研究. 长春:吉林大学,2009.

张聚国. 杜波依斯对解决美国黑人问题道路的探索. 史学月刊,2000(4):93-101.

张鸣纷. 查尔斯·约翰逊的《中途》中的权力关系和身份重建. 昆明:云南大学,2017.

张其学. 从二分思维到间性思维:构建平衡的文化生态. 岭南学刊,2010(5):97-103.

周家荣,廉永杰. 主体间性哲学思想的人本特征. 北方论丛,2007(6):111-114.

朱小琳. 托妮·莫里森小说中的暴力世界. 外国文学评论,2009(2):168-176.

朱新力. 1990 年美国全国图书奖揭晓. 世界文坛动态,1990(4):203.

后　记

本书是在我的博士论文基础上修改而成的。

我对查尔斯·约翰逊的研究始于 2010 年的夏季。当时我刚考取浙江大学外国语言文化与国际交流学院的博士,在网上查找资料时,无意中遇到一篇豆腐干式的短文,报道了当代美国黑人作家查尔斯·约翰逊以其长篇小说《中间航道》荣获 1990 年美国国家图书奖一事。短文还简要介绍了该小说的故事梗概和约翰逊的写作风格。读后一阵惊喜,凭直觉我预感到这正是我想要研究的作家,便很快去浙江大学图书馆和浙江图书馆查找了一番,但没能找到约翰逊的任何作品。好在当时我爱人正在上海外国语大学访学,赶忙让他从上海外国语大学图书馆为我借来了英文版的《中间航道》。快速读完一遍,得到的是震撼、欣喜与懵懂、迷惑相交织的感受。再次阅读,手边摆上了英文词典和笔记本,边读边思索、做笔记。此番细读之后虽仍不能彻底领悟所读文字的全部含义,但那扑朔迷离的浓雾已在慢慢散去,作品的思想像藏于云层中月亮的清辉,开始不时向我闪现。接着便是对约翰逊所有小说、散文、访谈录和文论的收集与细读。约翰逊对现代人的机械化、单一化及二元对立思维模式的批判,对拓宽视野、超越自我、解放知觉及"完整视域"意识的强调,对个体责任、融合文化与和谐存在的呼吁,以及他优雅灵动、幽默风趣的文风,慷慨宽厚、仁爱豁达的胸怀,对真、善、美和人生智慧赤诚执着的追求……这些都深深地吸引着我。此般阅读带来的是一种枯木逢春的快意,感觉就像一边在仰望星空,一边又脚踩着大地,看到的是一片辽阔无垠的天宇,收获的是一份沉甸甸的厚重;又像跟着作者和故事人物走在回家的路上,欢快地回归期盼已久的精神家园。

选择研究约翰逊不仅为我开辟了一片崭新的学术天地,也将我引入了一个充满思考、智慧和希望的奇妙世界。在这里,我开始了深度的阅读与沉静的思考,也发生了主动的转变与成长,逐渐悟得了存在的意义,找到了人生的方向。因此,在纷纷扰扰的尘世喧嚣里,那颗惶惑担忧、躁动不安的心终能重归喜悦与平静。由于在国内约翰逊研究尚属一片全新的学术领域,收集资料成了一个难题。阅读的文献大都是全英文的,这也是个很大的挑战。我的博士论文就在这样的苦乐参半中完成,写作过程历时一年两个月之久,之后又经过几轮修改,才有了现在的这本书。

我深知本书的问世并非我一人独力所能及,而是凝聚了诸多师友、亲人的汗水与心血。在此,我要向他们表达深深的感谢。首先,我要特别感谢我在浙江大学时遇到的何辉斌和隋红升两位导师。在本书的写作过程中,两位导师给过我很多悉心的指导和中肯的意见,他们学问的深厚广博、为人的慷慨宽厚、治学的踏实严谨,都令我由衷敬佩,并转化成促使我踏实写作与修改书稿的巨大动力。

然后,我非常感谢我在浙江大学时遇到的殷企平教授、吴笛教授和张德明教授。殷老师是我在读博期间跟随听课长达四年之久的老师。殷老师以不倦的激情、儒雅的风范、严谨的治学态度和创新精神,把我带进了温馨而神奇的学术殿堂,他以对后辈学者无私的关爱和付出完美地诠释了他所提倡的"共同体"精神。吴老师不但是个睿智风趣、宽厚豁达的师长,在学术上也有着很高的造诣,在课堂、讲座和毕业答辩中总能高屋建瓴地提出一些极具启发性的观点。张老师深厚的理论功底、睿智敏捷的思维、诲人不倦的精神,以及他随时随地对我们的启迪都常令我感到学习中充满了收获与喜悦。

感谢浙江大学人文学院和外国语学院的教授们,他们开设的课程和讲座对我理解约翰逊的作品和思想大有助益。

感谢四川大学程锡麟教授、上海外国语大学虞建华教授和杭州师范大学管南异教授。整个读博阶段的前后,程老师对我的关心、鼓励和帮助都令我不胜感激。虞老师生动细致的文本分析则使我获益匪浅。管老师常常在读书会和学术讲座上无私地为大家服务,他的至诚至善是我们学习的榜样。我还要将真诚的感谢献给来自美国的刘军教授和钱兆明教授。他们一次次不远万里回国举办的精彩讲座启迪了我的思维,拓宽了我的学术视野。

感谢本书所研究的作者——美国华盛顿大学教授、作家查尔斯·约翰逊先生。自选定研究目标之日起我便与约翰逊先生建立了书信联系。在整个博士论文研究以及修改书稿期间，约翰逊先生不但常与我探讨相关问题，解答我的困惑，还常常为我提供研究资料。他的慷慨仁爱令我深深地感动，也给了我完成书稿的极大信心。

好友们对我的关爱和帮助同样令我难忘。闫建华、刘建刚教授夫妇不辞辛苦地帮我从国外带回很多宝贵资料，并对我的论文构思提出了很多宝贵意见；潘艳慧、胡敏琦、张丽娟等多次与我讨论相关学术话题。感谢你们给我的无私帮助、支持和鼓励！

感谢匿名评审我的博士论文的五位专家和参加我博士论文答辩的导师！你们的指点和宝贵意见对我修改和完善书稿大有助益。

特别感谢本书的责任编辑董唯女士，她认真负责的工作态度、耐心细致的敬业精神和扎实深厚的业务水平让本书的质量得到了根本保障。

本书的出版获得了我现在的工作单位浙江树人学院的出版资助，也得到了学校人文与外国语学院的大力支持，在此深表感谢！

最后，我也要深深感谢我的爱人和儿子。在漫长的读博期间，在修改书稿的日子里，如果没有你们的深切理解、全力支持与苦乐相伴，无法想象我如何能够走到今天。你们是雨季里一把坚固的大伞，永远为我撑起一片晴天。

史永红

2022 年 2 月 20 日于杭州